Kinky Friedman · Nie wieder Tequila

Entertainer

Die Originalausgabe ›Musical Chairs‹ erschien 1991 bei
William Morrow and Company, Inc., New York.

Der Text des Mottos entstammt dem Song
»Homo Erectus« von Kinky Friedman und Panama Red.

Homo Erectus
Got to connect this
Bone that I discovered yesterday
Tyrannosaurus
Lived in the forest
Died because its heart got in the way

Dieses Buch ist dem Andenken an
Lloyd E. Potter jr.
gewidmet, Freund, Lehrer und
unermüdlicher Verteidiger der texanischen Tierwelt,
und dem Andenken an
Joan B. Potter,
die über die sonst verlorengegangene
menschliche Gabe verfügt, in jedem
etwas Liebenswertes zu entdecken.

Konzeption und Gestaltung von Urs Jakob
Umschlagzeichnung von Nikolaus Heidelbach

Deutsche Erstausgabe

Satz: LibroSatz, Kriftel
Druck und Bindung: Ebner Ulm
ISBN 3 251 30042 3
1 2 3 4 5 6 – 99 98 97 96 95 94

KINKY FRIEDMAN

Nie wieder Tequila

KRIMINALROMAN

AUS DEM AMERIKANISCHEN
VON
HEN HERMANNS

HAFFMANS VERLAG

1

Es war Heiligabend, und die Salamis im Fenster des Carnegie Deli waren alle sorgfältig aufgehängt worden. Es war zwei Uhr morgens, und ich driftete am Fenster vorbei wie ein weltlicher Geist im Regen, als ich plötzlich zwischen zwei Salamis etwas bemerkte, was mich wie angewurzelt stehenbleiben ließ.

Mitten im Restaurant, eingetaucht in dieses weißglühende, himmlische Licht, das nur aus dem Himmel oder aus einer Jukebox kommen kann, stand Leo Steiner.

In Leos Fall glaubte ich zu wissen, woher das Licht kam. Leo war tot.

Zumindest hoffte ich, daß er tot war – wir hatten ihn vor fast einem Jahr begraben.

Leo war von 1976 bis 1986 Besitzer und Geschäftsführer des Carnegie gewesen; in dieser Zeit hatte er es mit einer ausgewogenen Mischung aus Pastrami und Charme geschafft, den Ort in eine kulturelle Institution zu verwandeln, in einen wahrhaften Hafen für wandernde Juden aller Konfessionen und Religionen.

Leo war der Mann, der mich zum ersten Mal glauben ließ, daß New York meine Heimat werden könnte.

Jetzt hielt Leo ein paar Speisekarten und scherzte und plauderte mit Adlai Stevenson, Jean Seberg und Thurmond Munson, offensichtlich eine von diesen ziemlich schwer zu plazierenden Drei-Personen-Gesellschaften, und versuchte, für sie einen Nichtrauchertisch nicht zu nahe an der Küche zu finden. Für einen Moment dachte ich an das, was mein Vater immer sagt, wenn ein Kellner oder Oberkellner ihm einen Tisch irgendwo in der Nähe der Küche gibt: »Warum setzen Sie uns nicht direkt *in* die Küche?« Weder mein Vater noch der Kellner scheinen diesen Spruch je witzig zu finden, aber in diesem Augenblick war es so ziemlich das Lustigste, was ich zu bieten hatte.

Als ich da draußen auf dem gefrorenen Bürgersteig stand und beobachtete, wie sich diese unweltliche Szene entwikkelte, begann ich mich zu fragen, ob ich nicht von einem durchgegangenen Volvo geplättet worden war und es nur noch nicht bemerkt hatte. Aber ich konnte sehen, daß ich nicht im Himmel war, und zum großen Glück sah das verdammt wenig nach Kansas aus. Das himmlische, fast blendende Licht aus dem Carnegie Deli fiel immer noch reichlich unheimlich auf die Straße hinaus. Ich fragte mich, ob es etwa von den cherubischen Backen eines großen, leuchtenden Hinterns reflektierte.

Ich rieb mir meine blutunterlaufenen Augen und erblickte für einen Moment jenes verlorengegangene Paradies, dessen Geist sich manchmal erhebt, wenn man ihn wirklich nicht gebrauchen kann. Mein Blick fiel auf eine Obdachlose, die ihren irdischen Besitz in seiner ganzen abgerissenen Pracht um sich geschart hatte, mit den Füßen in der Gosse auf dem Bordstein saß und sich die Hände über einem Entlüftungsschacht wärmte. Als sie mich anlächelte, sah ich in ihrem Gesicht alles, was ich in meinem Leben zu bedauern hatte.

Ich schaute noch mal durch den Salamivorhang: Leo und seine coolen Gäste waren verschwunden. Es war jetzt nur noch irgendein Schaufenster, dachte ich, und die Heilige Nacht war nur irgendeine Nacht für mich. In den offenen Kaminen mancher Amerikaner wurden jetzt vielleicht Kastanien geröstet. Aber mir froren im Moment fast nur die eigenen Nüsse ab. Ich winkte ein Taxi ran und fuhr Richtung 199 B Vandam.

Ich beobachtete, wie New York unter Straßenlaternen vorbeiglitt, die schon alles gesehen hatten und immer noch mehr wollten. Vom Taxi aus erschien das wie ein bekannter Film, den man vergessen konnte, gefangen im Projektor eines alten Kinos aus der Kindheit. Ein Körper lag auf dem Bürgersteig, Leute stiegen darüber hinweg. Ein Skinhead ging mißmutig in Richtung Süden und trat nach Tauben. Ein neuer Mercedes mit getönten Scheiben und einer Angeberautonummer, die GIER hieß. Ich fragte mich, wo zum Teufel die Engel waren. Vielleicht hingen die Herolde am Herald Square rum.

Als wir ins Village kamen, war gerade der dritte McCartney-Song in Folge zu Ende gegangen.

»Was ist los?« fragte ich den Fahrer. »Ist Paul McCartney gestorben?«

»Es ist eine Kassette«, sagte er.

2

Der Zeitraum zwischen Weihnachten und Neujahr kann für diejenigen unter uns, die mit dem Wind verheiratet sind, eine ziemlich einsame Zeit werden. Alte, alleinlebende Leute neigen in enorm steigender Anzahl dazu, von ihren Balkonen aus den obersten Stockwerken zu springen, und brauchen dabei manchmal bis *Purim*, bis sie aufs Pflaster aufschlagen. Junge Leute, die sich allein fühlen, betrachten die Feiertage als eine sehr gute Gelegenheit, alles zu beenden, bevor es angefangen hat. Sie hängen sich auf, während sie Platten von Whitesnake hören, nehmen eine Überdosis Kinderaspirin Marke St. Joseph oder verschwinden einfach, weil sie immer schon davon träumten, sich selbst eines Tages mal als vermißte Kinder auf den Milchtüten abgebildet zu sehen.

Es ist auch keine besonders gute Zeit für die »Dazwischen-Leute«, wie die Koreaner die Mischlingskinder nennen, die vom Krieg übriggeblieben sind. Sie bleiben allein zu Haus, forschen nach den Überbleibseln ihrer Kindheit, drohen a-l-t zu werden und fragen sich, ob das die schreckliche schweigende Ankunft des »mittleren Alters« bedeuten könnte.

Das könnte es.

Als ich am zweiten Weihnachtsfeiertag in meinem Loft saß, eine Zigarre rauchte und einen medizinischen Schuß Jameson Irish Whiskey niedermachte, ertappte ich mich bei dem vagen Wunsch, ein Jungrepublikaner zu sein. Ich hatte Jungrepublikaner nie besonders gemocht, aber ich hatte nie einen unglücklichen Jungrepublikaner gesehen, und ich fragte mich irgendwie, worin wohl ihr Geheimnis lag. Ich fühlte mich nicht gerade so, daß ich mir leid tat, aber ich fühlte auch sonst nicht gerade sehr viel.

Ich streichelte die Katze, kippte mir noch einen Schnaps ein und sah auf den Kalender. Ich hatte eine Art Neujahrsverabredung mit Winnie Katz reingekritzelt, dem Mädchen, das die Lesbentanzschule im Loft über mir betrieb. Natürlich wußte man bei einer Lesbe nie so genau, wie die Dinge standen oder, je nach Fall, lagen. In ihrem Kopf war eine feine, leicht verdrehte Seidenspinnerei, die kein Mann jemals intim observieren konnte. Es war schon schwierig genug, normale Bräute zu verstehen, was an sich schon ungefähr so war, wie den Blickkontakt mit einem Einhorn herzustellen.

Winnie und ich hatten im letzten Jahr in einem Ab-und-an-Verhältnis gestanden, und jedesmal, wenn ich die Lesbentanzschule über meinem Kopf loslegen hörte, dann wußte ich, daß es mal wieder »ab« war.

»Wenigstens«, sagte ich zur Katze, »werde ich diesmal kein Silvesterkonzert im Lone Star Café geben.« Das letzte Mal, daß ich das getan hatte, lag einige Jahre zurück, und das Ergebnis war äußerst unerfreulich, um nicht zu sagen schmerzlich gewesen.

Die Katze sagte nichts, sah mich aber mit einem ziemlich scheelen Blick an. Was Country-Musik betraf, war sie jetzt seit einiger Zeit ausgebrannt. Das letzte, was sie wirklich gemocht hatte, war »I've Got a Tiger by the Tail« von Buck Owens. Ich selbst hatte nie viel um Buck Owens gegeben, wenn ich auch zugeben mußte, daß er sich nicht gerade wie ein Jungrepublikaner anhörte.

Die Katze und ich hatten einen ziemlich unterschiedlichen musikalischen Geschmack, aber irgendwie kamen wir damit klar. Wir waren in einem kalten, zugigen Loft in der 199 B Vandam Street, New York, seit fast fünf Jahren miteinander ausgekommen. Das ist mehr, als man von den meisten urbanen Paaren behaupten kann.

Wenn ich es mir richtig überlegte, dann hatte es in der letzten Zeit in meinem Leben und dem der Katze an Musik gefehlt. Ich kippte den Schnaps runter und dachte darüber nach, nahm einen nachdenklichen Zug aus der Zigarre und dachte noch etwas mehr darüber nach. Meine Jahre als Country-Sänger *on the road* hatten mich dazu gebracht, den Klang der singenden menschlichen Stimme zu hassen. Ich nahm an, daß das verständlich war. Sony Bono läßt seine junge Frau niemals Rock 'n' Roll spielen. Elton John besucht niemals Konzerte, es sei denn, es sind seine eigenen. Klar, seine engen Freunde nennen ihn Sharon, aber die Sache ist eben die, daß zuviel des Guten ziemlich öde werden kann.

Für mich hatten die Dinge allerdings nicht immer so ausgesehen. Ich nahm einen nostalgischen Zug aus der Zigarre, blies den Rauch hoch in Richtung der jetzt stillen

Insel Lesbos, lehnte mich im Stuhl zurück und driftete tagträumend zu einem Mädchen im pfirsichfarbenen Dress ab. Ihre Augen starrten mich so unentwegt an, als gehörten sie zu einem mexikanischen Jesusbild.

Sie war von der Bildfläche verschwunden, um es mal so zu sagen. Sie hatte einen sehr erfolgreichen Schuhhändler in Seattle geheiratet und war jetzt ungefähr im neunten Monat mit Zwillingen schwanger. Das war ungefähr so weit von der Bildfläche entfernt, wie man nur sein konnte. Ich hatte ihr aber für den Fall, daß sich einer der Zwillinge als Mädchen entpuppen sollte, vorgeschlagen, sich mal zu überlegen, ob sie ihm nicht den Namen Kinkadora geben wollte.

Plötzlich klingelte es in meinen Ohren.

Man sagt, ein Klingeln im linken Ohr bedeutet gewöhnlich, daß jemand etwas Schlechtes über einen sagt. Man sagt, ein Klingeln im rechten Ohr – was natürlich ein viel selteneres Erlebnis ist – bedeutet, daß jemand etwas Gutes über einen sagt.

So wie es aussah, sagte niemand was über mich. Die beiden roten Telefone klingelten auf meinem Schreibtisch. Ich beobachtete sie eine ganze Weile beim Klingeln. Dann hob ich den Hörer auf der linken Seite ab.

»Red schon«, sagte ich.

»Kinky, hier ist Tequila. Ich bin hier in New York.«

»Tequila«, sagte ich mit einem kaum verhohlenen Mangel an Enthusiasmus. Tequila war Gitarrenzupfer in meiner alten Band gewesen, den Texas Jewboys. In den dreizehn Jahren, seit sich die Band aufgelöst hatte, hatte ich Tequila weder gesehen noch gesprochen, und dafür hatte es einen verdammt guten Grund gegeben. Dieser Kerl wurde von Ärger verfolgt wie ein Tornado, der über einen Wohnwagen-Park herfällt.

»Hab mich gefragt, ob ich nicht für ein paar Tage bei dir

reinplatzen könnte. Ich muß mit dir reden. Du bist doch jetzt so ne Art Privatspürnase, oder?«

»Genau so hat sie mich gestern nacht auch genannt.« Man weiß nie, in welche Art von Malen-nach-Zahlen-Hölle man sich heutzutage bringt, wenn man den Hörer abhebt, aber nachdem ich das schon mal widerwillig getan hatte, gab ich Tequila ebenso widerwillig meine Adresse. Er sagte, er wäre gleich da.

»Übrigens, Tequila«, sagte ich, »wozu brauchst du einen Privatschnüffler?«

»Oh, ich hab vergessen, dir das zu sagen«, sagte er, »da versucht jemand, meinen Arsch zu killen.«

3

Eines der Dinge, die ich in meinem Leben im Moment nicht gebrauchen konnte, war ein Geist aus der Weihnachtsvergangenheit. Ich füllte die Espressomaschine und die Katze auf, und ich lief in der Küche herum und sah in leeren Schränken nach, was ich für eine Hausplage, die ich nicht wollte, nicht vorrätig hatte.

»Tja«, sagte ich zur Katze, »wenigstens wird er nicht lange bleiben.« Die Katze sagte nichts, aber sie drehte ihre Augen mit einem angewiderten Blick zur Decke. Katzen hassen in der Regel Hausplagen aller Art, weil sie sie, meistens völlig korrekt, als Vertreter der Veränderung betrachten. Für eine Katze ist jede Veränderung extrem unerwünscht. Sie sind Liebhaber des Status quo und empfangen fremde Leute mit fremden Gewohnheiten, die in ihre Welt einbrechen, nicht mit offenen Armen. Katzen stehen als Gruppe ein bißchen rechts von Richter Bork.

Ich ging ins Badezimmer, um mir ein bißchen kaltes

Wasser ins Gesicht zu klatschen, und sah zufällig in den Spiegel. Vielleicht war es das Licht, aber ich sah aus, als würde ich anfangen Richter Bork ähnlich zu sehen. Offensichtlich hatte ich mich einige Wochen lang nicht mehr rasiert, und ich würde verdammt sicher nicht damit anfangen, nur weil eine Hausplage zu mir kommen wollte. Schließlich war er nicht Prinz Charles; er war ein ausgebrannter, paranoider Gitarrenzupfer mit einer finsteren Streptocumulus-Wolke von der Größe Bangladeschs über dem Kopf. Und er glaubte, daß jemand versuchte ihn umzubringen. Das konnte ein netter Besuch werden.

Ich setzte mich wieder an den Schreibtisch, um auf Tequila zu warten. Ich fand eine halbgerauchte Zigarre im Abfalleimer, die ganz hübsch und erdig aussah, und zündete sie an. Zigarren sind wie die Liebe beim zweiten Mal oft besser. Es gibt noch andere Parallelen und Analogien zwischen Zigarren und der Liebe, und ich hätte einige aufstellen können, wenn ich in einer romantischen oder philosophischen Stimmung gewesen wäre, aber das war ich nicht. Ich wartete auf Tequila.

Blöder Name, Tequila. Die ganze Zeit, in der ich mit diesem Kerl *on the road* hing, kannte ich nie seinen richtigen Namen. Was brachte einen Kerl dazu, fragte ich mich, sich Tequila zu nennen? Warum nicht einen Namen wie Kinky annehmen?

Ich wurde durch einen gedämpften Schrei von der Straße aus meiner Träumerei gerissen. Ich stand ziemlich widerwillig auf und ging rüber zum Küchenfenster. Ich öffnete das Fenster gerade weit genug, um die Temperatur im Loft um weitere fünf Grad zu senken. Wenn es noch ein bißchen kälter wurde, dann konnte ich in der Hölle Orchideen züchten.

Ich sah runter in den gefrorenen, grauen, zähflüssigen Nachmittag und erblickte einen großen schwarzen Hut, der in ungefähr eins sechzig Höhe über dem Bürgersteig zu schweben schien. Tequila war nicht groß, aber er trug einen großen Hut. Wahrscheinlich weil er nicht wollte, daß ihm die Tauben auf die Lippen schissen.

Ich langte zum Kühlschrank hoch und holte den Puppenkopf mit dem Fallschirm und dem in den Mund geklemmten Haustürschlüssel runter. Es war ein freundlicher Negerpuppenkopf, den ich mal auf einem Flohmarkt in der Canal Street aufgegabelt hatte, während ich auf meinen äußerst wählerischen Freund Ratso wartete, der versuchte, jenen Kerl zu bekehren, mit dem Preis für ein Paar Schuhe eines toten Mannes herunterzugehen.

Der Puppenkopf war so ungefähr die einzige Hausplage, die ich oder die Katze jemals auf so was wie Dauer akzeptieren würden. Er hatte jederzeit für jeden ein Lächeln und ein kleines Augenzwinkern, das »Schönen Tag auch« zu sagen schien, ohne natürlich so öde zu werden, tatsächlich »Schönen Tag auch« zu *sagen.*

Ich warf den Puppenkopf aus dem Fenster und benutzte dabei den großen schwarzen Hut als Zielscheibe. Der farbenfrohe Fallschirm schwebte in Zeitlupe durch den Niesel wie eine exotische Qualle, die genau an Jacques Cousteaus Nase vorbeischwamm. Ich nahm an, daß sogar Tequila rauskriegen konnte, was er mit dem Schlüssel zu tun hatte, und daß er den Weg in den dritten Stock finden würde. Ich schloß das Fenster, ging zurück zum Schreibtisch, goß einen kleinen Schuß Jameson in das alte Stierhorn, kippte den Schnaps und wartete auf meine äußerst unwillkommene Hausplage.

»Ich hätte diesem Bastard niemals unsere Adresse geben dürfen«, sagte ich zur Katze. Die Katze sagte nichts, aber es war unschwer zu erkennen, daß sie gereizt war. Ihre Augen waren von einem friedlichen Grün in ein ziemlich gefährlich aussehendes Gelb übergegangen.

Ich hörte jemand die Treppe raufstolpern. Ich hörte Stimmen im Flur. Ich sah die Katze an, und die Katze sah mich an, und ich versuchte, nur teilweise erfolgreich, den kleinen kätzischen Dolchen auszuweichen, die sichtlich auf mich zukamen. Noch mehr Stimmen im Flur. Ich nahm einen geduldigen Zug aus der Zigarre.

Ich wartete.

Manche sagen ja, daß der Himmel denen gehört, die warten können. Aber die haben offenbar nie versucht, Theaterkarten zu kaufen.

4

Tequila brauchte verdammt länger als der Durchschnittsamerikaner, um das Loft zu finden. Vielleicht war er in einen Baßspieler aus L. A. gerannt, der irgendwo im Flur lauerte, und sie waren in eine Jam Session geraten. Ich drückte die Zigarre tief im Herzen eines Aschenbechers in Texasform aus, seufzte tief und sah beunruhigt auf die Tür. Nichts.

Ich wollte gerade aufstehen und zur Tür gehen, als ich ein lautes, hartnäckiges Klopfen hörte, das wie ein ziemlich widerwärtiger Rabe auf Methedrin klang. Ich ging zur Tür, öffnete, und da war er. Hut, Mantel, Handschuhe, Rucksack, Matchbeutel, Gitarre, das Gesicht eine Straßenkarte mit mehr Falten, als ich erinnerte, gekrönt von einem verzerrten kleinen Richard-Speck-Lächeln.

»Hey, Brother«, sagte er, als er seine Arme in der Art Umarmung um mich warf, die man nur von einem befreundeten Straßenmusiker oder einer jüdischen Tante kriegen kann. Jetzt kam mir wieder alles hoch. Ich konnte die sandige, staubige, lang zurückliegende Straße sehen, die sich ihren Weg so entlangzickzackte wie das Leben selbst. Von

Austin nach Nashville. Von Nashville nach L. A. Von L. A. nach New York. Durchsetzt von One-night-stands auf der mühsamen Paraderoute in die Ewigkeit.

»Schön, dich wiederzusehen, Tequila«, sagte ich mit einer Wahrhaftigkeit, die mich selbst überraschte. »Lange Zeit zwischen den Träumen.«

Die Katze inspizierte Tequilas Gitarrenkasten, der mit Aufklebern jeder Band bespickt war, in der er mal gespielt hatte, so auf diese Art, wie manche ältere Paare die Rückseite ihres Wohnwagens mit Dingern bepflastern wie »Wir haben die Niagarafälle gesehen«, »Wir waren im Grand Canyon«, »Wir glauben an nichts, was nicht auf einen Autoaufkleber reduziert werden kann«. Ich ging rüber zur Theke, um uns beiden einen Schnaps einzuschenken.

»Gut siehst du aus, Kinkster«, sagte Tequila und nickte mit dem Kopf wie ein zufriedener Vater.

»Macht das saubere Leben. Du siehst auch nicht schlecht aus«, sagte ich.

Er sah beschissen aus.

Tequila hatte nicht nur das Ambiente der Straße an sich, er schien auch rein körperlich eine Menge von der Straße an sich zu haben. Und in seinen Augen konnte ich den stumpfen Schmerz erkennen, aus dem Scheinwerferlicht geraten zu sein, an das er mal gewöhnt war.

»Ich reite gerade für ne Weile die Couchrunde«, sagte er, als hätte er meine Gedanken gelesen. Er schien einen Moment zu zittern und nieste dann dreimal schnell hintereinander. Als er mit diesem Repertoire fertig war, reichte ich ihm das Glas, und er hob es zu einem Trinkspruch.

»Auf die Texas Jewboys«, sagte er.

»Mögen sie in Frieden ruhen«, sagte ich.

Ich sagte Tequila, daß mein Loft sein Loft sei, zeigte ihm die Couch und gab ihm ein großes grünes Strandtuch aus Hawaii, in das er prompt mehrfach hineinnieste.

»Erkältung erwischt?« fragte ich.

»Nee, Mann. Ich glaube, ich bin nur allergisch gegen Katzen.«

Er schüttelte den Kopf und wischte seine Nase am Strandtuch ab. Ich war froh, daß es grün war.

»Spring in den Regenraum«, sagte ich. »Nimm ne heiße Dusche. Ich muß mal für ne Minute raus und ein paar Lebensmittel einkaufen.«

»Gute Idee«, sagte Tequila, »ein bißchen von diesem Tennessee-Schlamm und Georgia-Lehm abzuwaschen.«

»Das schafft Platz für ein bißchen New Yorker Taubenscheiße.«

Tequila lächelte. Es machte seine Augen immer noch trauriger, wenn er lächelte.

Als ich das Wasser laufen hörte, zog ich meinen Mantel an, schnappte mir ein paar Zigarren und machte mich in den dunklen Nachmittag davon. Ich ließ Tequila im Loft zurück und schloß die Tür so leise, wie man sie hinter einem Pilger in einer heiligen Stätte schließen würde.

5

Zwischen der Straße und *the road* gibt es einen Unterschied. Ich dachte darüber nach, während ich die eine hinunterlief und mich an die andere erinnerte. Um mich herum schienen Schatten zu zucken, als ich die Vandam runterging und irgendwo vor der Seventh Avenue einen linken Haken einlegte. Ich mußte für eine ganze Weile herumgewandert sein, denn als ich zu dem kleinen Eckladen kam, der sich auf Bier, Katzenfutter und Dauerwurst spezialisiert hatte, fühlte ich mich selbst wie ein Schatten, mit der Ausnahme, daß ich nirgendwo hinfallen konnte. Der Nachmittag war wie ein gut eingeübter Zaubertrick in den Abend übergegangen.

Die Typen, die den Laden führten, waren von schwermütiger, ziemlich unklarer ethnischer Herkunft. Sie sahen italienisch, griechisch, libanesisch oder pakistanisch aus, das kam ganz darauf an, wie man sich gerade fühlte.

An diesem Abend sahen sie pakistanisch aus. Ich trug zwar keine sieben Goldketten mit böse aussehenden Ikonen um den Hals, aber irgendwie fühlte ich mich selbst pakistanisch. Es gab sowieso niemand, der von hier kam. Spirituell gesehen kam nie jemand von irgendwoher. Jeder Ort und jede Person war nur eine Station auf dem Weg. Das war das Vermächtnis der *road*.

Ich kaufte eine Dose »Neun Leben«-Thunfisch für 67 Cents. Ich kaufte ein unheimliches Ding, das eine vietnamesische Salami sein konnte, Kaffee, Toilettenpapier und noch ein paar Dosen »Neun Leben«-Thunfisch für 67 Cents das Stück. Ich wollte nicht, daß Tequila irgend jemand erzählte, ich würde mich nicht gut um meine Hausplage kümmern.

Ich zahlte das Zeug und machte mich durch die Düsternis auf den Weg nach Hause. In meiner Erinnerung sah ich deutlich das Bild eines staubigen Kombiwagens, der einen überladenen Anhänger hinter sich her zog. Wie in *Tausend Clowns* war er mit Leuten vollgequetscht und rollte mühelos über das Arkansas meiner Gedanken. Wir hatten gerade die Rechnung im Little Rock Holiday Inn geprellt und rasten nach Dothan, Alabama, um eine Show für B. J. Thomas zu eröffnen . . .

Ein Klinkenputzer aus Dallas oder ein Wanderrabbi oder ein Vertreter für Brustwarzenschmuck glauben vielleicht, daß sie *the road* kennen, und vielleicht tun sie das auch. Sie sagen, das sei ihr Territorium. Einer hat den Südwesten. Einer hat den Mittleren Westen. Aber die Haltung eines

Country-Musikers der *road* gegenüber ist die eines Jet-set-Zigeuners. Die *road* gehört nicht ihm; er gehört wie Jack Kerouac zur *road*.

Ich hielt auf dem Weg nach Hause bei einem Schnapsladen an und kaufte eine Flasche Tequila für Tequila.

Als ich zurück in der Vandam war, hatte sich *the road* auf eine laue Erinnerung zurückgezogen, und ich wußte, daß ich wieder auf der Straße war. Ich marschierte mit den Einkäufen in der Hand die letzten paar Blocks der urbanen Tundra entlang, vorbei an Müllwagen, Stadtstreicherinnen und eiligen Leuten. Ein knallroter Porsche mit plärrender Alarmanlage parkte im Windschatten eines Müllwagens. Der Porsche gehörte wahrscheinlich einem von Janis Joplins Freunden. Er sah in der kalten wirbelnden Leere der New Yorker Nacht nicht deplaziert aus. Nachts schien in New York nie etwas deplaziert.

Ich steuerte den Lastenaufzug mit der einsamen nackten Glühbirne in den dritten Stock. Es war eine ereignislose Fahrt. Es gab noch nicht mal einen Fahrstuhlführer, der »Gute Fahrt« sagte.

Vor meine Tür hatte jemand ein Gitarrenplektrum geworfen. Tequila wahrscheinlich, dachte ich. Aber es war komisch, daß ich es nicht auf dem Weg zum Lebensmittelladen gesehen hatte. Ich drehte das Plektrum um und sah, daß darauf »Kinky Friedman« mit einem Davidsstern für den i-Punkt in »Kinky« stand. Ich dachte daran, was Robert B. Parker, mein Erwachsenenbrieffreund, mal zu meiner Art, Briefe zu unterschreiben, sagte: »Einer, der seine i mit einem Davidsstern pünktelt, kann kein schlechter Mensch sein.« Diese Plektren hatte ich 1974 machen lassen und der Band und ein paar engen Freunden geschenkt, solange es sie gab. Die Plektren, meine ich.

Ich drehte das Plektrum in meinen Fingern um und lächelte versonnen. *Mußte* Tequila gewesen sein, dachte ich.

Als ich die Lofttür öffnete, hörte ich, daß die Dusche immer noch lief. Als ich rüber zur Küchentheke ging, um die Einkäufe abzustellen, merkte ich, daß der Küchenboden voller Wasser war, das aus dem Badezimmer floß. Als ich »Hey, Tequila, häng den verdammten Vorhang in die Wanne!« schrie, kam keine Antwort. Wie ein reichlich verärgerter Jesus ging ich den ganzen Weg zum Badezimmer über das Wasser, hämmerte laut gegen die Tür und schrie: »Tequila!«

Nichts. Nicht einmal ein Niesen.

Ich lauschte für einen Moment und dachte an meine Heißwasserrechnung. Ich öffnete die Badezimmertür, und das Loft verwandelte sich plötzlich in eine Navajo-Sauna. Ich schnitt eine entschlossene Lücke durch das Tuch aus Dampf und versuchte, irgendwas anderes auszumachen als den heißen weißen Mull, der sich auf meine Augen legte.

Ich entdeckte das grüne Strandtuch, das immer noch am Haken hing. Der Duschvorhang war halb geöffnet, und das aus der Duschwanne fließende Wasser war von einem dunklen Rosa, das so langsam ins Rote überging wie ein Sonnenuntergang in Hawaii. Was nicht besonders hübsch war, war das gezackte Loch, das in Hüfthöhe des Vorhangs zu sehen war.

Ich ging ein paar Schritte näher heran und sah den dunklen Umriß eines Körpers in der Wanne liegen. Ein kurzer Blick ließ das Haar an meinen Unterarmen Wellen schlagen wie Miniaturweizenfelder. Ich konnte es nicht mit Sicherheit sagen, aber ich stellte eine wohlbegründete Vermutung über das Objekt an, das den Abfluß verstopfte.

Das Ding sah verdammt so aus wie etwas, was von Tequilas Kopf übriggeblieben war.

6

»Nein, McGovern, wir können uns nicht im Corner Bistro treffen«, sagte ich in den Hörer auf der linken Seite. Das Loft wimmelte von Bullen aller Formen, Größen und Persönlichkeitsprofile, und einer der eher unangenehmeren war Detective Sergeant Mort Cooperman, der neben meinem linken Ellbogen stand und mich durch den Zigarrenrauch anglimmte.

»Warum nicht?« wollte McGovern wissen.

»Es hat hier einen kleinen, ähm, urbanen Jagdunfall gegeben.« Ich nahm einen nervösen Zug aus der Zigarre. Cooperman machte eine kleine gereizte Geste, und ich zuckte hilflos mit den Achseln und deutete auf den Hörer.

»Ist eine Story für mich drin?« hörte ich McGovern fragen.

»Oh, ich weiß nicht, McGovern«, sagte ich und warf einen Seitenblick auf Cooperman. »Hier sind ungefähr siebenhundert Bullen, und in meinem Regenraum liegt eine Leiche. Könnte eine nette kleine Geschichte aus dem Leben für das Sonntagsmagazin abgeben.«

»Kennst du den Kerl?« fragte McGovern.

»Ich fürchte ja«, sagte ich.

»Jemand, den ich kenne?«

»Ich fürchte nein.«

»Vielleicht sollte ich ihn kennenlernen. Jede Leiche, mit der ich bis jetzt durch dich Bekanntschaft gemacht habe, hat eine gute Story abgegeben.«

»Die Bekanntschaft hier wird ein bißchen schwieriger zu machen sein, McGovern. Ihr Gesicht wurde weggeblasen.«

»Ich bin gleich da.«

»Soll ich den Rotwein oder den Weißen kalt stellen?« fragte ich, aber McGovern hatte schon aufgelegt. Es ist sicherer, zwischen einem Pitbull-Terrier und einer Kehle zu stehen als zwischen einem Zeitungsmann und einer Story. Ich legte den Hörer zur Ruhe, drehte mich um und bemerkte, daß Cooperman mich immer noch feindselig anstarrte.

»Weißt du was, Tex«, sagte er, »du mußt Scheiße geradezu magnetisch anziehen. Das letzte Mal, als ich hier war, war es ein abgekratzter Kraut. Davor war es was anderes. Was war das noch, Fox?«

Detective Sergeant Buddy Fox stand ganz in der Nähe der Küche und studierte offensichtlich seine hageren, unheimlichen Züge im schimmernden Widerschein der Espressomaschine.

»Gespickte Spics«, erklärte er lakonisch.

»Yeah«, fuhr Cooperman fort, »du hast ein echtes Problem, Tex. Du wohnst in einem Zweigroschenloft, das anscheinend gern mal ein Schlachtfeld sein möchte, wenn es groß ist.«

»Und es macht sich nicht mal übel«, sagte Fox mit einem Sandpapierkichern.

Er hörte damit auf, sich zu bewundern, drehte sich um und spazierte durch das Loft zur Wohnzimmercouch, auf der zwei Bullen hockten und vorsichtig mit Tequilas kläglichem Besitz herumspielten, Zigeuner, die in der Lagerfeuerasche herumstocherten.

»Ich weiß, es ist nicht ganz leicht«, sagte Cooperman, »eine Identifizierung vorzunehmen, wenn der, den man identifiziert, kein Gesicht mehr hat, aber laß uns dieses Erlebnis miteinander teilen, Tex.«

Er ging mit lässigem Tempo zum Tatort und gestikulierte mir schroff, ihm zu folgen. Ich erhob mich steif aus dem Stuhl. Mir war noch nie richtig aufgefallen, wie weit der Schreibtisch von der Badezimmertür entfernt war. Mir war klar, daß es für Cooperman nur Routine war, aber in mir war etwas, was nicht gerade scharf darauf war, zurück in diesen Regenraum zu gehen. Früher oder später mußte ich natürlich.

Eins war klar – je eher ich mit Cooperman kooperierte, desto schneller würden die Bullen die Fliege machen und abschwirren. Zum anderen mußte ich pinkeln wie ein Rennpferd. Klar, wenn ich daran dachte, wieder von Angesicht zu blutigem Brei mit Tequila zu stehen, schien es, gelinde gesagt, vorzuziehen zu sein, rauszugehen und gegen einen Elektrozaun zu schiffen. Als ich den langen Weg zur dampfenden Schwelle des Todes antrat, schien der schützende Schock nachzulassen und ließ mich kalt in dem rauhen, albtraumhaften Kasino der Realität zurück. Zum ersten Mal seit dem Mord dachte ich bewußt daran, was mir Tequila am Telefon gesagt hatte: »Jemand versucht meinen Arsch zu killen.« Ich betrat das Badezimmer und zwang mich, in die Wanne zu sehen.

Ich wußte nicht, wer es gewesen war, aber er hatte einen verdammt guten Job gemacht.

7

Cooperman führte mich mit dem Geprotze eines Gebrauchtwagenhändlers am Tatort herum. Laut Cooperman gab es einige interessante Unterschiede zwischen der Wunde im Körper des Opfers und der Wunde im Kopf. Die Ladung, die sich Tequila in der unteren Brust eingefangen hatte, war offensichtlich aus einer größeren Distanz abgefeuert worden. In der Brustwunde gab es keine Schmauchspuren, die, wie Cooperman erklärte, »Tätowierungen« genannt wurden. Die Kopfwunde dagegen wurde aus einer viel kürzeren Distanz verursacht und zeigte eine deutliche »Tätowierung«, wie Cooperman mit nur leicht verborgenem Vergnügen ausdrücklich betonte. Vieles von Tequilas Kopf fing an, dem Extramager-Abteil in der Fleischtheke des Supermarkts zu gleichen. Keine Augen, keine Nase und definitiv niedrig im Fett- und Cholesteringehalt. Ich kämpfte eine plötzliche Neigung zum Würgen nieder.

Cooperman zog sich an meinem Unbehagen hoch und stürzte sich, davon zusätzlich angefeuert, kopfüber in eine nähere Überprüfung und Erklärung der Brustwunde. Er zeigte auf die Plastikteilchen des Duschvorhangs, die deutlich in der blutigen Sauerei zu erkennen waren. Ich nickte und versuchte meine Zehennägel nicht hochzukotzen.

»Ist das kein Job für Quincy oder so jemand?« fragte ich.

»Yeah«, sagte Cooperman, »Quince wird jede Minute hiersein. Während wir warten, sollten wir mal einen kleinen Plausch abhalten. Wie heißt dieser Kerl?«

»Tequila.«

»Tequila?«

»Tequila. Gitarrist, der mal in meiner Band war. Hab ihn bis heute dreizehn Jahre lang weder gesehen noch gesprochen.«

»Tja, so was passiert, wenn alte Freunde wieder zusammenkommen, was, Tex? Es ist nie so, wie es mal war.« Cooperman zwinkerte mir zu und nickte in Richtung des Körpers in der Wanne. »Hast du ihn gekillt, Tex?«

Ich erklärte Cooperman, wie ich Tequila im Loft zurückließ, für eine Weile rausging, rumlief, Lebensmittel einkaufte, die Flasche Tequila besorgte, zurückkam und die Leiche fand.

Cooperman machte ein paar Notizen in seinem kleinen Notizbuch und schlug die Seite über Kopf um. Weitere Figuren fingen an, in und aus dem Badezimmer zu strömen. Sie sprachen über Football. Ich machte Anstalten zu gehen, aber Cooperman wich mit seinem kleinen Notizbuch nicht von der Stelle.

»Wie lautete sein richtiger Name?« fragte er.

Ich erklärte, daß ich ihn nur unter dem Namen Tequila gekannt hatte. Cooperman lachte unangenehm in sich hinein.

»Das ist nett«, sagte er. Er schüttelte eine Gauloises aus seinem Päckchen und zündete sie mit einem Zippo an. Er inhalierte und sah mich für einen Moment prüfend an. Dann sagte er: »Nicht, daß ich dir nicht trauen würde, Tex, aber wo hast du diese Lebensmittel gekauft?«

»Das ist so ein kleiner Eckladen irgendwo in der Tenth Street. Wird von Griechen geführt oder Italienern oder Pakistani oder –«

»Streng dein Karnickelhirn an, Tex«, sagte Cooperman barsch.

»Libanesen«, sagte ich.

Nach ungefähr vierzig Tagen und Nächten verließen Cooperman und ich endlich die Müllkippe. Wir spazierten in die Küche, wo er sich an den Tisch setzte und mich anstarrte und ich mich mit der Espressomaschine beschäftigte, damit ich nicht zurückstarren mußte. Er fragte mich gerade nach meiner ersten Begegnung mit Tequila, als ein rundlicher kleiner Mann in einem schlechtsitzenden Ledermantel wie eine empfindungsfähige Bowlingkugel in den Raum rollte. Ohne seinen Schritt zu unterbrechen, nickte er Cooperman zu und ging auf die Tür zum Badezimmer zu, das in Sachen Aktivität anfing, dem Nest eines vor kurzem belästigten Schmutzfinks zu gleichen.

Als der kleine Mann im Regenraum verschwand, blickte Cooperman auf und lächelte auf die einem richtigen Lächeln ähnlichste Art, die ich in den letzten Jahren bei ihm gesehen hatte. Es erwärmte das Loft nicht merklich. Es sah eher so aus, als würde er sich halbherzig für einen Auftritt in »Dein Freund und Helfer« bewerben und sich nicht groß darüber aufregen, falls sie die Rolle einem anderen gaben.

»Das«, sagte Cooperman, »war Quincy.«

Das Lächeln verschwand schneller als der Regenwald. Cooperman stierte jetzt auf den Türrahmen des Lofts, der fast völlig mit einer großen Uniform und der noch größeren Form von McGovern ausgefüllt war.

»Mike McGovern, ›Daily News‹«, stellte sich McGovern wie ein riesiger, sehr schüchterner, erwachsener Musketier vor und zeigte seinen Presseausweis.

»Das ist ja verdammt stark«, sagte Cooperman voller Abscheu. Dann zog er ziemlich schroff einen Stuhl für McGovern nach vorn. Wie die meisten Bullen, an die ich geriet, war er ambivalent, was diese Situation betraf. Er liebte und brauchte die Presse. Was er haßte, waren die Reporter. Ich schenkte drei Espressi ein, schnappte eine nahestehende Flasche Jameson beim Kragen und kriegte es mit einem kleinen Risikofaktor hin, alles in einer Tour rüber zum Tisch zu bringen.

»Du hättest Kellnerin in einem Haschisch-Haus werden sollen«, sagte McGovern. Dem folgte sein herzhaftes irisches Gelächter, das immer ein bißchen zu laut war. Besonders bei dieser Gelegenheit.

»Ich habe eine Weile ans Kellnern gedacht«, sagte ich, als ich an meinem Espresso genippt hatte, »aber die Möglichkeiten und Vorteile im Zahnhygienebereich haben mich dann doch am Ende überzeugt. Tut mir leid, daß wir keine Schlagsahne mehr haben, McGovern. Ich hätte dir sonst einen Irish Coffee machen können.«

McGovern goß sich eine extrem große Ladung Jameson in seinen Espresso. »Das geht schon in Ordnung«, sagte er.

8

Der Espresso war heiß und bitter, und das Gespräch fing an auch so zu werden. McGovern sah, daß der Regenraum tatsächlich ein Unruheherd schöner kleiner Aktivitäten war, sah die Blitzlichter, sah die Zivilschnüffler und Uniformen rein- und rausströmen wie menschliches Strand- und Treibgut in einer Flut von Ereignissen, an denen er nicht teilhaben durfte. Offensichtlich wurde McGovern nicht von den Eingeweihten eingeweiht, und das konnte der freundliche, aber sehr große Ire nicht so gut schlucken. Jedesmal, wenn McGovern einen Kommentar abgab wie »Da liegt also wirklich eine Leiche drin«, antwortete Cooperman mit einem verbissenen »Rühren Sie sich nicht von der Stelle« und starrte feindselig auf seinen Espresso. Und ich mußte immer noch pinkeln.

Dieses äußerst unerfreuliche Spanische Patt setzte sich noch über eine weitere Runde Espresso und diverse Schüsse Jameson, die McGovern und ich uns direkt in den Hals feuerten, fort. Cooperman trank natürlich nicht im Job, aber es war schwer zu erkennen, worin dieser Job bestand, wenn man dazu nicht einen großen und zunehmend wütender werdenden irischen Journalisten zählte, der – bei aller Fairness – durchaus ein Job war. Aber Cooperman liebte seine Arbeit und mußte ungefähr fünfmal »Rühren Sie sich nicht von der Stelle« gesagt haben, bis Fox endlich rüberkam und die Anspannungsansammlung mit ein bißchen eigener Anspannung unterbrach.

»Tut mir leid, daß ich eure kleine Teeparty hier hochgehen lassen muß«, sagte er, »aber wir haben was im Gepäck gefunden. Wenn diese beiden feinen Herren nichts dagegen haben, denke ich, sollten sie mal gucken kommen.«

Er lächelte ein leicht serpentinenhaftes Lächeln in meine und McGoverns Richtung und nickte Cooperman zu.

Cooperman stand auf und folgte Fox zur anderen Seite des Wohnzimmers.

Fox' Geste mit dem Kopf, dachte ich, erinnerte irgendwie an die Art, wie die Eingeborenen von Borneo von Zeit zu Zeit auf Dinge zeigen. In Borneo gilt es als sehr unhöflich, mit der Hand auf etwas zu zeigen, also zeigen die Leute mit den Köpfen oder stülpen die Lippen aus und zeigen damit. Zu der Zeit, als mich das U.S.-Friedenskorps zwangsweise in meine eigene Kultur zurückbrachte, war ich ganz schön gut darin geworden, mit meinen Lippen auf Dinge zu zeigen. Unglücklicherweise fand dieses spezielle Talent in der westlichen Welt keine großartige Verwendung. Ich fragte mich für einen Moment, ob alle Bullen und alle Eingeborenen von Borneo mit ihren Köpfen die gleiche Geste machten. War das ein signifikantes Verhaltensmerkmal? Gab es weitere Ähnlichkeiten zwischen den beiden Stämmen?

Ich kam zu dem Schluß, daß es Dinge gab, die sie nicht gemeinsam hatten. Die Eingeborenen von Borneo sind höfliche, friedensliebende Leute. Und sie sind fast nie unverschämt. Zur Verteidigung der Bullen mußte allerdings gesagt werden, daß während einer Morduntersuchung Etikette und eine Anzahl anderer Dinge ziemlich häufig direkt über Bord gehen müssen. Eines von den anderen Dingen war meine Blase, und ich dachte gerade an die Möglichkeit, in eine der Topfpflanzen meines Vermieters zu pinkeln, als ich sah, wie McGovern entschlossen von seinem Stuhl aufstand und wie ein schlechtgelaunter Flugzeugträger in Richtung Regenraum abschob.

Sehr unerfreulich, dachte ich.

Auf halbem Weg holte ich McGovern ein, aber meine Bemühungen, seinen Vorwärtsdrang zu stoppen, glichen irgendwie denen einer heroischen Wasserspinne, die versuchte, vernünftig mit einem rechtsgerichteten Flußpferd zu reden. Mit einer letzten verzweifelten Anstrengung gelangte ich zwischen McGovern und den Regenraum und versuchte Augenkontakt mit meinem Freund herzustellen, der mehr und mehr die Verhaltensmerkmale eines Flüchtlings aus dem Gorillakäfig des Bronx-Zoos annahm.

»McGovern!« schrie ich in einem heiseren Bühnenflüstern. »Halt die Hochzeit auf! Die Leiche wird schon nirgendwo hingehen!«

Was das letztere betraf, lag ich ziemlich daneben. Was McGovern endlich stoppte, war der Anblick einer kleinen Parade von Männern, die mit einem Leichensack aus dem Badezimmer marschierten. McGovern und ich standen daneben und beobachteten schweigend, wie sie Tequila durch die Küche und durch die Lofttüre trugen.

»Tja«, sagte McGovern, »das war's.«

»Nicht ganz«, sagte Sergeant Cooperman, der sich so überraschend eng an meine linke Schulter drängte wie ein lästiger Papagei. »Willste mir nicht noch mal sagen, warum du . . . ähm . . . Tequila . . . hier wohnen lassen wolltest?«

»Hab ich dir bereits gesagt«, sagte ich. »Tequila rief an. Er brauchte einen Platz zum Pennen, sagte er. Offensichtlich ritt er schon seit einiger Zeit die Couchrunde. Also sagte ich ihm, er könne sich hier für ein paar Tage einnisten.«

»Ist das nicht interessant?« sagte Cooperman.

»Nicht besonders.«

»Oh, ich glaube schon«, sagte Cooperman selbstgefällig.

»Und warum?« fragte ich mit einem nur ganz kleinen Anflug von Angst.

»Ich muß den Boss anrufen, und ich will, daß du und McGovern das hier bezeugen, aber wir haben was sehr Ungewöhnliches in . . . ähm . . . Tequilas Matchbeutel gefunden.«

»Zum Beispiel?« Ich zündete mir eine frische Zigarre an und nahm ein oder zwei vorsichtige Züge.

»Zum Beispiel fünfundzwanzigtausend Dollar in bar.«

McGoverns Augen wurden ein ganzes Stück größer. Dann machte sich in seinem Gesicht ein großes Lächeln breit. Ich weiß nicht, wie mein Gesicht aussah, aber ein unbeabsichtigtes Luftholen brachte mich dazu, für einen Moment an meinem eigenen Zigarrenrauch zu ersticken. Das ist immer ein bißchen peinlich. Als ich meine Gelassenheit wiederfand, schwirrte mir der Kopf von den Konsequenzen dieser neuesten Entdeckung.

»Nun«, fragte Cooperman, »was hast du dazu zu sagen, Tex?«

»Dafür hätte er die ganze Woche bleiben können«, sagte ich.

9

»Musik ist ein Geschenk«, schrie McGovern von der Jukebox des Corner Bistro zu mir rüber. »Sie bringt die Menschen zusammen. Sie macht die Leute glücklich. Du bist gesegnet, Mann, du bist gesegnet!«

»Yeah«, sagte ich. »Vielleicht könnte ich Rhythmusgitarre für den Dalai Lama spielen.«

Es war nach zwei Uhr morgens, und ich war dankbar, daß ich endlich die Chance gehabt hatte, meinen Republikaner beim Kragen zu packen und dann verdammt noch mal aus dem Loft rauszukommen. Ich dachte eine Weile, ich würde einen Gabelstapler brauchen, um Cooperman rauszukriegen, aber schließlich ging er und versprach, wie McArthur, zurückzukommen, und ich wußte, daß er, wie McArthur, wahrscheinlich ganz schön öde werden würde, wenn er das tat.

McGovern gab Dave, dem Barkeeper, ein Zeichen für

einen weiteren Drink. McGovern trank Wodka McGovern. Dave war natürlich ein bißchen mehr als vertraut mit diesem Drink: ein ziemlich großer Anteil Wodka, Soda, frischer Orangensaft und ein Spritzer Limone. Kein belemmertes Stückchen Limonenschale. Es mußte schon ein Spritzer Limone sein. Der Wodka McGovern zählte zu den wenigen Dingen in dieser Welt, von denen man sagen konnte, daß McGovern sie wirklich genau nahm. Er konnte jederzeit sagen – und *sagte* es auch jederzeit –, wenn einer nicht in Ordnung war. Laut McGovern machte Dave den allerbesten Wodka McGovern von Manhattan. Dave mixte noch einen mit der Geschwindigkeit und Agilität eines Neurochirurgen, setzte ihn McGovern vor die Nase und sah mich fragend an.

»Ich nehme einen Diätschierling«, sagte ich.

Es gefiel mir nicht, daß ein Freund von mir, selbst wenn ich ihn nicht allzusehr gemocht hatte, auf eine ziemlich gewaltsame Art zu Jesus gegangen war. Und woher wußte ich schon, ob ich Tequila gemocht hatte oder nicht? Ich hatte den Jungen dreizehn Jahre nicht gesehen, und jetzt sah es so aus, als würde es noch eine Weile dauern, bevor ich neben ihm in der Hölle aufwachte.

Die Jukebox war gnädigerweise verstummt, und das Lokal leerte sich. Ich versuchte ziemlich erfolglos, das Bild von Tequilas blutigem Körper in meiner Wanne aus meinem Hirn zu vertreiben, und McGovern und Dave standen sich gleich links von mir an der Bar gegenüber und redeten über Portugal.

Seltsamerweise fing ich an Tequila zu vermissen. Ich nahm das Gitarrenplektrum aus der Tasche und starrte es an, als wäre es ein kleiner Spiegel meiner Erinnerungen. McGovern hatte mir eine exzessive Anzahl von Fragen über Tequila gestellt und es ziemlich verwirrend gefunden, daß ich so gut wie nichts über den Mord und auch nicht verdammt viel mehr über den Mann wußte. Natürlich neigen Künstler oft dazu, ihre Herkunft zu verschleiern, weil das eine bessere Presse gibt. Dann fangen sie an, ihre eigene Presse zu glauben, und können sich ganz schön schnell nicht mehr daran erinnern, wer sie wirklich sind. Als ich noch mit den Jewboys herumzog, gab ich in jedem Interview ein anderes Alter und einen anderen Geburtsort an. Jetzt, wo ich darüber nachdachte, kam ich darauf, daß Tequila wahrscheinlich irgendwie dieselbe Idee gehabt hatte, und deshalb wußte kein Schwanz wirklich was über ihn.

»Das war ungefähr hundertachtzig Meilen westlich von Gib«, hörte ich Dave sagen.

Ich drehte mich zu McGovern um. »Gib?« fragte ich.

»Gibraltar«, sagte McGovern. »Dave gehörte mal eine Bar an der Südküste von Portugal. Wann war das, Dave?«

»Achtundsechzig.«

»Wie hieß der Ort? Die Stadt des Lichts?«

»Es war ein kleines Fischerdorf«, sagte Dave, »Playa de Luz genannt. Bedeutet ›Strand des Lichts‹.«

McGovern arbeitete sich ruhig durch seinen vierten Wodka McGovern, und ich trank, was Dave mir vorsetzte, was immer das auch war. Es konnte tatsächlich ein Diätschierling sein, denn es dauerte eine ganze Weile, bis die Wirkung eintrat.

»Natürlich ist es nicht die Stadt des Lichts, McGovern«, sagte ich. »Die Stadt des Lichts ist entweder Paris oder der Himmel oder dort, wo Jerry Lewis nicht ist.«

McGovern lachte sein herzhaftes irisches Lachen. Jenes, das ein bißchen zu laut war, um es drinnen zu gebrauchen. Ich beging den Fehler, McGovern darauf hinzuweisen.

»Nun, gibt es nicht so was«, sagte er nicht gerade unschuldig, »wie ein herzhaftes *jüdisches* Lachen?«

»Ich fürchte nein, McGovern. Die Juden haben auf dieser Welt sehr wenig zu lachen. Fast sowenig wie die Iren.«

»Deshalb lachen wir ja«, sagte McGovern.

Zwei Runden später hatte Dave uns alles über Playa de Luz, die Bar namens Godot's, die kleine Terrasse, die sich über den Atlantik erstreckte, den französischen Ex-Fremdenlegionär, der ihm im Lokal half, und den großen alten Hund namens Dingus erzählt, den er – sehr zu seinem Bedauern – in Portugal hatte zurücklassen müssen. Die Südküste Portugals war so schön und die Leute so großartig, erklärte Dave, daß er irgendwann genug davon hatte und zurück nach New York mußte.

Ich betrachtete die verschwommene, trübe, späte Nacht mit David-Letterman-Schatten, die sich an den Fenstern des Bistros vorbeibewegten, und fragte mich nachdenklich, ob in Portugal irgendwo Leute an einer Bar standen und über New York redeten. Wahrscheinlich nicht, nahm ich an.

Plötzlich fühlte ich mich so müde und aufgebraucht wie das Jahr. Nach meinen letzten Berechnungen waren es noch fünf Tage bis Neujahr, und ich war nicht besonders sicher, ob das laufende Jahr oder ich es schaffen würden. Und Tequila sickerte in mein Hirn zurück, oder vielleicht hatte er es auch überhaupt nicht verlassen. Abgesehen davon, daß die ganze Sache so tragisch war, war ich immer noch schokkiert darüber, daß jemand einen Kerl in meiner Wanne umpusten konnte, während ich weg war, um Lebensmittel einzukaufen. Das war ein Einbruch in die Privatsphäre.

Ich dachte an die riesigen Berge von Fällen, die das New York Police Department routinemäßig bearbeitete, und ich betrachtete Coopermans Chancen, den Killer jemals festzunageln, nicht sehr optimistisch. Ich dachte wieder an Tequila. Wie abgerissen, aber ehrlich sein Gesicht aussah. Wie er mich umarmte.

Als ich Dave und McGovern zuhörte, die in meiner Nähe weiterbrummelten, fühlte ich mich wie ein Kind, das aus einem Cocktailplausch von Erwachsenen seine eigenen geheimen Botschaften heraushört. Ein Kind, das lange aufbleibt. Auf gedämpfte Stimmen im Flur horcht.

10

Wahrscheinlich gab es was, was ich, abgesehen vom Verknoten und Häkeln meiner Nasenhaare, hätte tun können, aber ich kam nicht darauf, was das war. Es gibt eine Zeit nach dem Tod eines Bekannten, die einen so schokkiert, konfus und durchgerüttelt zurückläßt wie eine Blechdose, die einer Katze von einem bösartigen Nachbarjungen mit niedlichem Haarwirbel wie aus einem Norman-Rockwell-Gemälde an den Schwanz gebunden wurde. Das Leben hätte eine Zeitschrift sein können, aber wenn dieses Stadium von Langeweile und ärgerlichem Nichtstun noch weiter so anhielt, dann waren wir beide schnell aus dem Verkehr gezogen. Ein Freund von mir war direkt vor meiner Nase umgelegt worden, und ich mußte Etwas tun. Ich hatte nur keine Ahnung, was dieses Etwas war.

Als ich aufwachte, war es Montag morgen. Eine betäubende Kälte war über das Loft hergefallen, eine trübselige Maske grauer, urbaner Vergessenheit hatte sich über die Stadt gelegt. Die Müllwagen brummten laut vor meinem Fenster, und ich merkte, daß ich nicht in Portugal war. Ich merkte auch, daß ich mir die Eier abfror.

Die Katze lag enger zusammengerollt als eine fossile Schlange auf meinem Bauch und schien nicht darauf aus zu sein, sich zu bewegen. Ich erhob meinen Rücken ein paarmal von der Matratze und machte eine Reihe von Fehlstarts, um aus dem Bett zu kommen, aber die Katze kaufte mir das nicht ab. Ein schnelles Aufrichten, dachte ich, würde den kleinen Störenfried direkt aus dem Bett und auf den Boden knallen, aber niemand konnte wissen, was sie sich auf dem Weg dahin krallen würde. Es war nicht das ernsthafteste Dilemma meines Lebens, aber es war ein Problem.

Selbst wenn man Katzen haßt, ist es normalerweise keine gute Idee zu versuchen, sie vom Bauch zu stoßen. Katzen mögen Bäuche, sie mögen es nicht, gestoßen zu werden, und wenn man versucht, sie vom Bauch zu stoßen, dann mögen sie einen nicht. Was nicht heißt, daß sie überhaupt jemand gerade verdammt gern mögen.

Wenn man Katzen liebt, dann wird das Problem sogar noch größer, denn man muß nicht nur mit der Logistik kämpfen, die Katze vom Bauch zu entfernen, sondern auch mit dem Ausdruck ihrer Augen, der unter diesen Umständen den des Verrats, Zorns oder sogar schockierter Ungläubigkeit annehmen könnte. Schmerzhaft für jeden Katzenliebhaber. Quälend für jeden sensiblen Amerikaner. Mehr als die meisten New Yorker würden damit gern vor dem Frühstück fertig werden. In dreißig Zentimeter Entfernung ein Gesicht voller gefriergetrocknetem kätzischem Haß, das durch deine Iris in den hintersten Teil deines Gehirns starrt und kalt die wettergegerbten Überbleibsel deiner Träume observiert.

Indem ich die Steppdecke an beiden Seiten der Katze grabschte und sanft, aber bestimmt strammzog und mich dann langsam auf die rechte Seite drehte, gelang es mir, unter dem Problem wegzuschlüpfen. Ich zog meinen purpurnen Bademantel an, der von oben bis unten voller Katzenhaare war und durch den sich eine Zigarre gebrannt hatte, ging zielstrebig zur Espressomaschine, fütterte sie mit einer Prise meiner speziellen Kona-Kilimandscharo-Mischung, drehte den Saft an und ließ das verdammte Ding loslegen. Ich zündete die erste Zigarre des Morgens mit einem Küchenstreichholz an, nahm ein paar Züge, öffnete das Fenster und sah raus auf die grauen Leute, die hier und da durch den grauen Morgen huschten. Es war kein schlechtes Gefühl, keiner von denen zu sein.

Ich warf einen Blick ins Schlafzimmer. Die Katze hatte keinen Muckser gemacht. Das war gut. Wenn ich einen einigermaßen gut erhaltenen Bagel und eine Dose Thunfisch auftrieb, dann konnten die Katze und ich einen gemeinsamen Power-Brunch einnehmen. So konnte man die Woche ganz gut in Gang setzen.

Ich sah wieder aus dem Fenster und dachte graue Gedanken. Sich unter einer Katze herauszuwinden war die eine Sache, dachte ich. Sich unter einigen der anderen Probleme im Leben herauszuwinden konnte sich als ein bißchen öder erweisen. Zum Beispiel das Problem, daß ein alter Freund aus deinem Regenraum auf den Weg zum Reich-das-da-komme geblasen wird und man dann fünfundzwanzigtausend Dollar in seinem Matchbeutel findet. Das konnte sich als ein bißchen verzwickt herausstellen. Der Fall war voller loser wirrer Fäden, dachte ich. Wenn die Sache nicht gut lief, konnte ich immer noch eine Schneiderei eröffnen.

Ich drehte mich um und sah auf die einsiedlerische, ungeöffnete Flasche Tequila, die immer noch wie ein einsamer Wachtposten auf der Küchentheke stand. Wenn die Sache mit Winnie am Silvesterabend nicht klappte, dann konnte ich immer noch ein Rendezvous mit dieser Flasche haben, dachte ich. Ich ging rüber zur Espressomaschine, die summte und dampfte und anfing, kleine Jimi-Hendrix-Geräusche von sich zu geben, zapfte mir eine Tasse ab, ging wieder zurück zum Fenster und sah in noch etwas mehr Grau hinaus. Ich summte halb unbewußt »Oh, What a Beautiful Morning«, als ich zwei Gestalten bemerkte, die von der gegenüberliegenden Seite auf mein Gebäude zukamen. Ich war gerade an die Zeile »The Corn is as high as an Elephant's Eye« gekommen, als ich feststellte, daß eine von ihnen Winnie Katz war. Ich trat einen Schritt zurück, so daß ich die Personen auf der Straße sehen konnte, ohne von ihnen gesehen zu werden. Das war eine Technik, die ich aus *Das Fenster zum Hof* gelernt hatte. Das Mädchen, das neben Winnie Katz ging, hatte ich noch nie gesehen. Sie hatte eine riesige prachtvolle Mähne aus rotblondem Moos, von der nur ein Teil unter einen hübschen schwarzen Cowboyhut geschoben war, und leicht orientalisch anmutende Augen, die so grün waren, daß sie leuchteten wie geschmuggelte Smaragde. Beide Mädchen sahen so erhitzt und strahlend aus, als hätten sie gerade ihre Gymnastikstunde oder so was unterbrochen.

Ich beugte mich über das Fensterbrett, als Winnie das Schloß an der Eingangstür des Gebäudes öffnete, und ich konnte aus einer Entfernung von drei Stockwerken sehen, daß dieses Mädchen selbst unter Tänzerinnenärschen einen besonderen Tänzerinnenarsch hatte. Vielleicht der hübscheste, den ich seit ein paar Jahren gesehen hatte, seit eine kleine palästinensische Freundin von mir in Allahs Arme gegangen war. Manche Typen hatten das Glück für sich gepachtet.

Sie waren nur zwei Bräute, die ein Gebäude in New York City betraten, aber als ich beobachtete, wie die große Metalltür aufging, sah ich etwas, was ein kleines Katzentürchen in meinem Herzen dazu brachte zuzuklappen.

Sie betraten den Flur händchenhaltend.

Es war das erste Mal, daß ich auf eine Braut eifersüchtig war, und ich war noch nicht mal sicher, auf welche von ihnen. Ich nahm einen bitteren Schluck Espresso, schloß das Fenster und ging so betäubt zu meinem Schreibtisch zurück wie ein Jahrmarktboxer, der gerade wieder den Gong schlagen hört.

Ungefähr zu diesem Zeitpunkt bemerkte ich, daß mein privates Adreßbuch und mein Puppenkopf verschwunden waren.

11

Ein Power-Brunch mit einer Katze bringt einen im Leben nur ein kleines Stück weiter. Danach muß man rausgehen und selbst dafür sorgen, daß die Sache läuft.

Ich ging ins Badezimmer, um eine Waylon-Jennings-Tourneebus-Dusche im Waschbecken zu nehmen und über das Rasieren nachzudenken. Während dieser unangenehmen Waschungen fiel mir zum ersten Mal auf, daß Cooperman meinen Duschvorhang als Beweismittel mitgenommen hatte. Just in diesem Moment konnten Quincy und sein sympathischer japanischer Assistent, Salmon Skin Roll, im Labor über dem Vorhang brüten und nach Resten von Tequilas Gehirnzellen fahnden, die er nicht bereits mit den Texas Jewboys an der Linksküste verbraten hatte. Ich konnte mir nicht vorstellen, was sie sonst mit dem Vorhang anstellten. Fingerabdrücke vielleicht. Ich wußte nicht gerade verdammt viel über Kanonen, und ich wollte das eigentlich auch nicht, aber ich wußte, daß die Durchführung eines ballistischen Tests an einem Durchschuß so zweckmäßig war, wie an einem Seil hochzupissen.

Ich übergab der Katze die Verantwortung und schlängelte mich durch den trüben Nachmittag, bis ich den Lärm und das Spektakel der Canal Street erreichte. Ich war in der Vergangenheit schon oft in der Canal Street gewesen, aber dies war das erste Mal, daß ich hierherkam, um einen Duschvorhang zu kaufen. Das gibt einem fast das Gefühl, ein junger Stadtrandbewohner zu sein, der dekorative Sachen für sein Heim kauft, bis man über einen großen

Samoaner stolpert, der auf dem Bürgersteig gebrauchte Dildos verkauft. Auf der Canal Street kann man alles kaufen, wenn man verrückt genug danach ist.

Der erste Laden, den ich betrat, verkaufte pornographische Bücher, Betkissen, Handschellen und Brandbomben aus dem Zweiten Weltkrieg. Es war eine Art Country-Laden in der Stadt. Ein fetter Kerl in einer Giants-Aufwärmjacke führte die Aufsicht. Auf dem Boden lag ein großer Hund. Ein Teil deutscher Schäferhund, ein Teil Köter, mit großen braunen Augen, die fast so traurig aussahen wie die von Tequila. Jüdischer Schäferhund, entschied ich.

»Haben Sie Duschvorhänge?« fragte ich.

»Louie!« rief er nach hinten in den Laden.

Ein Typ, der aussah wie ein menschliches Murmeltier, tauchte gemächlich aus den nach Moschus riechenden, in Regenmäntel gewickelten, ausgedehnten Innereien des Ladens auf.

»Duschvorhang!« schrie der fette Kerl in der Aufwärmjacke.

Louie drehte sich in einem Winkel von ungefähr 78 Grad um und lief schnurgerade in die entfernteste Ecke des Ladens. Ich schob mich an der Nase des jüdischen Schäferhundes vorbei und folgte Louie, meinem Vergil der Canal Street, in eine Ära, die geendet hatte, bevor ich geboren wurde, aber ständig durch modische Amerikaner von den Toten zurückgeholt wurde, wenn auch nur wegen des Stils. Ich fühlte mich ein bißchen unwohl, wie ein kleiner Junge in einem Museum, der kurz davor steht, sich zu verlaufen.

Für einen Augenblick dachte ich an meinen Freund Ratso, den Redakteur des ›National Lampoon‹. Er blieb sich treu, war schäbig und ausgesprochen geizig. Das hier war genau richtig für ihn. Praktisch seine ganze Garderobe lag auf Tischen und in Pappkartons herum. Ratso war mir in der Vergangenheit bei einigen ganz schön unangenehmen

Fällen eine große Hilfe gewesen. Ich hätte gerne mit ihm über Tequila gesprochen, aber Ratso war in Kalifornien und arbeitete an einer Art Drehbuch. Das hier war genau richtig für ihn, aber er war nicht da.

In wenigen Minuten hatte ich den Vorhang und ging zurück, um bei dem fetten Kerl zu zahlen. Er war gerade schwer damit beschäftigt, mit einem Taschentuch in Tarnfarben in seiner Nase zu bohren und den Inhalt zu prüfen.

»Haben Sie gefunden, was Sie suchten?« fragte er.

»Yeah«, sagte ich und hielt den Duschvorhang hoch. »An diese popeligen Dinger ist schwer ranzukommen.«

»An die hier auch«, sagte er und schüttelte sein Taschentuch aus. Ich bezahlte und ging raus in das bleiche, gebrochene Licht des letzten Jahrzehnts des zwanzigsten Jahrhunderts und zuckte noch nicht mal mit einer Wimper.

Ich ging die Canal Street rauf, nach rechts in die Mott Street, vorbei an den chinesischen Zwergpastellgemälden, und stellte fest, daß Big Wong montags geschlossen hatte. Big Wong hat montags immer geschlossen. In der ganzen Aufregung, den Duschvorhang zu kaufen, hatte ich das vergessen.

Ich ging zwei Blocks weiter die Mott Street rauf und bog in eins von diesen 24-Stunden-Lokalen ein, in denen Jack Kerouac immer rumgehangen hatte. Ich sah Jack nicht, aber der Kellner sah Allen Ginsberg ziemlich ähnlich.

Wenn man nachmittags in ein Nachtlokal geht, dann ist da manchmal noch eine gewisse Atmosphäre zu spüren, die die Seele erwärmt. Zu dieser Tageszeit gab es nur wenige Gäste, aber man konnte fast die übriggebliebenen Gespräche hören und den Hauch von süßsaurem, verbrauchtem Parfüm riechen, das von den Entensuppen herüberwehte.

Ich benutzte den Eröffnungsspruch, den mein alter Kumpel Dylan Ferrero, Roadmanager der Texas Jewboys, früher oft angewendet hatte.

»Sirhan Sirhan«, sagte ich zum Kellner, »eine Person.«

Ich legte den Duschvorhang auf den Tisch, gab meine Bestellung auf und rauchte eine Zigarre, während ich auf das Essen wartete. Noch was Nettes an den chinesischen 24-Stunden-Restaurants ist, daß es sie einen Scheiß interessiert, ob man eine Zigarre raucht, einen Duschvorhang auf den Tisch legt oder sich selbst an der Duschvorhangstange aufhängt.

Ich dachte an eine trübe Nacht in Chinatown, vor ungefähr einem Jahr, als Goat Carson um drei Uhr morgens einen großen, ölig aussehenden Teller Schnecken schlürfte und in der Erinnerung schwelgte, wie er mit Judy Garland zwei Wochen vor ihrem Tod im Club der Heilsarmee getanzt hatte. Er sagte, sie habe ausgesehen wie »ein Marshmallow mit zwei Zahnstochern anstelle der Beine«. Ich dachte seltsamerweise an das letzte Mal, daß ich Tequila umarmt hatte.

Meine Gedanken schweiften makaber zu den kleinen Teilchen des Plastikduschvorhangs, die wie Rückstrahler in der Wunde von Tequilas Leiche lagen. Die Wunde hatte keine Schmauchtätowierung gehabt. Ich dachte an die Kopfwunde, die eine Tätowierung gehabt hatte, in die aber keine Katzenaugensplitter aus dem Vorhang eingebettet waren. Irgendwie hatte das was zu bedeuten, aber ich kriegte nicht raus, was es war. Ums Verrecken nicht.

Wenn Cooperman nicht ziemlich bald irgendwas rausfand, dann befürchtete ich sehr, die spirituelle Verpflichtung zu haben, mich selbst damit zu befassen. Und das sah so aus, als könnte es wesentlich tiefer werden als das Wasser, das über den Wannenrand gelaufen war.

»Was Sie haben in Paket?« fragte der Kellner.

»Jemandes Leichentuch«, sagte ich.

12

Als ich aus Chinatown rauskam, war es fast fünf Uhr, und eine lange Schlange hupender vierrädriger Phalli kämpfte darum, aus Manhattan rauszukommen. Viele von ihnen waren auf dem Weg ins Land Gottes. New Jersey. Je früher, je lieber, dachte ich, als ich den Duschvorhang Richtung Hudson hochtrug wie ein müder Wanderprediger, der eine abgerissene Bibel umklammert.

Als ich zum Loft kam, war da ein Zettel unter meiner Tür, eine Nachricht auf meinem Anrufbeantworter und eine Katze, die nicht besonders erfreut schien, mich zu sehen.

»Honey, ich bin wieder zu Hause«, sagte ich zu der Katze.

Die Katze antwortete nicht. Katzen können clever, gerissen, rücksichtslos und brutal hartnäckig sein, aber die Fähigkeit, einen Scherz zu verstehen, ist eine Eigenschaft, die man nicht so oft in ihren Steckbriefen findet.

Ich entschloß mich, die Katze zu ignorieren, und faltete gleichzeitig den Zettel auf. Schlag zwei Fliegen und krieg eins auf die Klappe. Der Zettel war von Winnie. Er sagte, ich solle sie anrufen. Machte ich.

»Hallo . . .«

»Win, hier ist Kinky. Wegen Silvester . . .«

»Laß uns da später drüber reden.«

Ich zündete eine Zigarre an und wartete. Da gab es nicht verdammt viel von einem »Später«, dachte ich. Als sie wieder sprach, tat sie das mit einer sanfteren Stimme.

»Es tut mir leid, was mit deinem Freund passiert ist. Er schien sehr nett zu sein.«

»Du hast Tequila gesehen?«

»Wir sind uns im Hausflur begegnet, als er dein Loft suchte. Er wirkte wie ein kleines verirrtes Lamm.«

Ich nahm ungläubig einen Zug aus der Zigarre, dachte an Tequila mit seinen fünfundzwanzigtausend Mäusen im Matchbeutel, hustete ein paarmal höflich und rollte meine Augen in Richtung Katze. Iß niemals in einem Lokal, das »Bei Mama« heißt, dachte ich, und unterschätze niemals den Charme eines Straßenmusikers.

»Verirrtes kleines Lamm«, sagte ich. »Erzähl weiter.«

»Er sagte, du wärst der einzige, dem er vertrauen könne.«

»Der Typ war in einer schlimmeren Verfassung, als ich dachte. Was hat er noch gesagt?«

»Er sagte, er sei den ganzen Weg von der Sixteenth Avenue raufgekommen, und jetzt hätte er sich im Hausflur verirrt. Das ist in Brooklyn, oder?«

»Der Hausflur?«

»Sixteenth Avenue, du Krabbenschwanz.«

Aufgrund der Tatsache, daß sie selbst keine Krabbe haben, können Lesben dem anderen Geschlecht gegenüber manchmal etwas verbittert sein. Es gab ein paar etwas frühreife Dinge, die ich Winnie jetzt hätte sagen können, so was wie »Diese Worte werden dir im Hals stecken bleiben« oder »Eines Tages wirst du merken – und zwar wahrscheinlich im buchstäblichen Sinn –, daß ich eine Riesengarnele habe«. Glücklicherweise sind meine Wurzeln fest genug in meiner Männlichkeit verwachsen, so daß ich in diesen Dingen großzügig sein kann und keine Zuflucht zu solchen gereizten, vorpubertären Bemerkungen nehmen muß.

»Für Sie immer noch Mr. Krabbenschwanz«, sagte ich, während ich ruhig den Hörer auf die Gabel legte.

Ich hatte noch andere Fische im Netz. Ich mußte eine Nachricht auf meinem Anrufbeantworter abhören, die durchaus diejenige sein könnte, die mein Leben verändern würde; ich mußte einen Duschvorhang aufhängen, und als ob das alles noch nicht genug wäre, fing mein Verstand jetzt auch schon an, sich den Wanderweg zur Sixteenth Avenue runterzuschleichen. Wenn Winnie nicht gewillt war, mit mir zu gehen, dann konnte sie mir auch verdammt noch mal aus dem Weg gehen.

Und das galt für alle anderen auch.

13

Der Duschvorhang war ein leichtes Stück, die Telefonnachricht war ein schweres Stück, und Sixteenth Avenue war ein Grundstück, wie ich später herausfand, das man besser nicht kaufte, wenn man je wieder Monopoly spielen wollte. Aber eins nach dem anderen.

Wie jeder gute bisexuelle Inneneinrichter sagen wird, kann ein ordentlicher Regenraum oft die Stimmung und den Dekor für den Rest der Wohnung festlegen. Er wird gewöhnlich als Mittelpunkt der Innendekoration bezeichnet. Den Vorhang so hübsch an der Vorhangstange aufgehängt zu haben, gab mir ein derartiges Gefühl von Frieden und Vollkommenheit, daß ich die Flasche Jameson mit zum Schreibtisch rübernahm und mir einen feierlichen Schuß in das alte Stierhorn einschenkte. Ich präparierte eine frische Zigarre, hackte den Hintern mit meiner Schreibtischguillotine ab, zündete sie mit einem Streicholz an, nahm ein paar entspannte Züge und kippte den Schnaps runter. Dann spulte ich die Nachricht auf dem Anrufbeantworter zurück.

Es war keine Musik in meinen Ohren.

Es war Cleve.

Cleve war ehemaliger Roadmanager der Texas Jewboys, ehemaliger Manager des Lone Star Cafés und derzeitiger Insasse der Monstermackenstation des Pilgrim State Hospitals für Geisteskranke. Er war da, weil er nicht einen, nicht zwei, sondern drei Country-Sänger umgebracht und meine Hoden schwer verletzt hatte. Eine Zeitlang hatte ich gedacht, ich müßte ein reisender Falsettjodler werden, aber die Zeit heilt alles, wie sie in Hollywood sagen. Sogar die Hoden.

Nicht daß Cleve immer noch Schwierigkeiten machte. Er war nur eine Art Vorbote von Schwierigkeiten. Wann auch immer er anrief und eine neue Idee hatte, meine irgendwie schlummernde Musikerkarriere aufzuwecken und zu beleben, schien ich mich bald darauf in einer Welt aus Scheiße wiederzufinden. Dieses Mal hatte ich noch nicht mal Cleves Hilfe dazu benötigt, um dahin zu kommen, aber er rief trotzdem an. Ich wollte es schnell hinter mich bringen und rief ihn zurück. Er hob beim ersten Klingelzeichen ab, und er wußte, wer ich war, sobald ich sprach. Zumindest seine Hand-zu-Ohr-Koordination und die Stimmenidentifizierung seines Hirns schienen noch zu funktionieren.

»Kinkster!« rief er in dem spröden, kaum modulierten Tonfall der Geisteskranken. »Dein Kuschelhai hier hat diesmal eine Idee, die so groß wie ein Wal ist!«

»Ich bin sicher, daß du die hast, Cleve«, sagte ich. Wenn die den jemals wieder rausließen, dann würde es einen Riesenschlamassel geben, dachte ich. Ich nahm ein paar vorsorgliche Züge aus der Zigarre und sagte dann: »In Ordnung, spuck's schon aus.«

»Wir machen eine Reunion-Tournee der Texas Jewboys.«

Ich saß da in versteinertem Schweigen. Die Idee war dermaßen abgehoben, daß selbst Babe Ruth abgeschossen worden wäre, wenn er sie gehegt hätte.

»Cleve«, sagte ich in einem Ton, von dem ich hoffte, daß er beruhigend und rational war, »die Typen in der Band haben sich unheimlich gehaßt, sie sind seit dreizehn Jahren vom Winde verweht, und auf dem Höhepunkt unserer Beliebtheit hatten wir kaum den kommerziellen Erfolg, um eine Landestournee zu machen, noch weniger, um dreizehn Jahre später auf eine Reunion-Tournee zu gehen. Und obendrein würde ich eher eine lebenslängliche Bohnendiät machen, als jemals wieder *on the road* zu gehen.«

»Ich habe mir gedacht, daß es Probleme geben würde«, sagte Cleve.

Ich rauchte die Zigarre, sah die Katze an und versuchte so zu tun, als hätte überhaupt kein Gespräch stattgefunden. Das funktionierte für ein paar Sekunden, bis Cleve anfing, mit mir auf die imaginäre Reiseroute in seinem Hirn zu gehen. Er hatte sich gedacht, daß es Probleme geben würde, sagte ich mir, als Cleve die Namen verschiedener amerikanischer Städte vortrug, als würde er sie von einem rotierenden Reisezielschild an einem Greyhoundbus ablesen, der an einem regnerischen Nachmittag an einer kleinen Haltestelle gestoppt hatte, bevor die Welt digital wurde und etwas verlorengegangen war.

»Cleve«, sagte ich hoffnungslos.

»New York, Boston, Philadelphia, Washington . . .«

»Vergiß es, Cleve.«

». . . Chicago . . .«

Ich wußte aus Erfahrung, daß Cleve, wenn er eine neue heiße Idee hatte, gewöhnlich nur durch eine schwerbewaffnete Gurkha-Einheit von seiner Meinung abzubringen war. Ich war dazu nicht fähig, und ich wußte es, also tat ich das, was jeder mit geisteskranken Kriminellen macht. Ich stimmte ihm zu.

»Klingt nach einer todsicheren Sache, Cleve. Wir sollten darüber reden.«

»Oh. Ich hab das schon mit den meisten Typen besprochen. Sie sind dabei. Einige brauchen vielleicht noch ein bißchen Druck, aber dafür ist dein Kuschelhai ja da. Ich hab auch mit einem Reporter über die Idee gesprochen, und er schien sehr interessiert zu sein.«

»Das war nicht Bob Woodward, oder?«

»Ich kann mich nicht an seinen Namen erinnern. Er sagte, er würde zurückrufen, um die Story anzureichern. Du hast nicht Tequilas Telefonnummer, oder?«

Tequila hatte seine Nummer abgezogen, aber es bestand kein Grund, Cleves prekäre emotionale Struktur mit der Wahrheit zu verstören. Es würde sowieso keine Reunion-Tournee stattfinden. Ich nahm an, daß meine Musikerkarriere schon ihren Tiefstpunkt hatte und deshalb ganz bescheiden wieder ansteigen konnte, wenn nur Cleve für eine Weile die Klappe hielt. Mich schauderte es bei dem Gedanken an den möglichen Medienrummel eines Comebacks, das von einem Agenten und Manager gebastelt wurde, der von einem Nervenkrankenhaus aus operierte. Ich hatte hart daran gearbeitet, meine Karriere auf den Tiefpunkt zu bringen, und ich wollte nicht zulassen, daß mir jemand das vergeigte.

»Tequila ist für ne Weile *on the road*«, sagte ich.

»Tja, wenn du ihn siehst, dann sag ihm doch, er soll mich anrufen.«

»Klar, Cleve.«

»Detroit, St. Louis . . .«

Nachdem ich aufgelegt hatte, lief ich ein bißchen auf und ab und merkte, daß es ziemlich dunkel im Loft geworden war. Ich machte hier und da eine Lampe an, aber das schien nicht viel auszumachen.

14

Die ganze Nacht war ich körperlich in der Vandam Street, aber mental gesehen befand sich meine Adresse irgendwo in der Sixteenth Avenue. Ich hatte eine Noxzema oder Amnesie oder wie das heißt, wenn man nicht schlafen kann, denn ich schlief nicht. Ich blieb mit der Katze auf und trank Jameson und dachte an Tequila.

In den frühen Morgenstunden nahm ich einen großen Schluck Jameson und rief Cooperman an. Ich hatte nichts mehr von ihm gehört, seit sich Tequila hatte einsargen lassen. Nicht daß ich viel vom New York Police Department erwartete. Ich hatte Bullen nie gemocht oder ihnen vertraut, besonders New Yorker Bullen nicht, aber ich mußte zugeben, daß sie besser waren als Los-Angeles-Bullen, die in kleinen Städten in Alabama rekrutiert wurden, wie die Hitlerjugend aussahen und einen wegen verkehrswidrigen Gehens kreuzigten. New Yorker Bullen war es wenigstens ziemlich egal, was man tat. In New York ist seit mindestens zwanzig Jahren keiner mehr wegen eines Fußgängerverkehrsvergehens angeklagt worden. Einen umzubringen ist in New York in Ordnung, aber wenn man zwei Leute kaltmacht, kann man was auf die Finger kriegen. Wenn man mehr als zwei Leute umpustet, dann kann man sich dabei wiederfinden, Reunion-Tourneen zu organisieren.

»Sechstes Revier«, sagte eine gelangweilte und mürrische Stimme. Ich sagte meinen Namen, fragte nach Detective Sergeant Cooperman und sollte warten.

Ich wartete.

Um 02:45 schlug das selbst noch den Albtraum von einem großen grünen Wal, der wie ein Hubschrauber in der Vandam Street landete und aus dessen Schnauze texanische Staatspolizisten strömten, um mich wegen retroaktiver Obszönität in einer Show, die ich 1973 in Dallas aufführte, zu verhaften. Als ich ihn gerade schon aufgegeben hatte, kam Cooperman in die Leitung wie ein verbaler Bulldozer, der Onkel Toms Hütte niederriß.

»Du hast Glück, Tex. Ich bin da. Was verdammt willst du?«

»Ich wollte nur mal anrufen und fragen, ob es irgendwelche Fortschritte in der Tequila-Sache gibt, Sergeant.«

»Yeah, Tex. Wir haben ihn identifiziert. Der Name ist . . .« Hier gab es eine Pause von ungefähr einer halben Minute, in der ich Cooperman durch Papiere blättern und alle Amerikaner verfluchen hören konnte, die aus dem großen Staat Texas nach New York gekommen waren. Leute in Texas hielten in der Regel auch nicht gerade große Stücke auf New Yorker, die nach Texas gezogen waren, aber das schien hier weder die Zeit noch der Ort zu sein, um Cooperman das mitzuteilen.

». . . Kirby McMillan«, sagte Cooperman.

»Kirby McMillan?«

»Kirby McMillan.«

Ich stand kurz davor, nochmals »Kirby McMillan« zu sagen, aber ich besann mich eines Besseren. Es würde eine ganze Zeit dauern, sich an Tequila als Kirby McMillan zu gewöhnen. Natürlich stand jetzt die ganze Zeit der Welt zur Verfügung, sich an diesen Namen zu gewöhnen.

»Ganz schöner Yuppie-Name für einen Country-Gitarristen«, sagte ich.

»Ach, man kennt doch diese Country-Entertainer, Tex. Die haben alle möglichen komischen Namen. Ich kannte mal einen, der hieß Kinky. War nicht gerade ein großartiger Gitarrist, also dachte er, er könne sich dem Lösen von Kriminalfällen widmen. Nun, zunächst hatte er ein bißchen Anfängerglück. Aber dann ist es ihm eines Tages über den Kopf gewachsen und –«

An diesem Punkt legte ich den Hörer sanft auf den Schreibtisch, nahm eine Zigarre aus meinem Sherlock-Holmes-Kopf aus Porzellan, kappte den Hintern ab und zündete sie mit meinem neuesten Bic an, einem grellrosafarbigen kleinen Ding, das ich von einem beinlosen Neger in der Bowery gekauft hatte. Ich freue mich, mitteilen zu können, daß es gut funktionierte.

Ich hatte Coopermans vollständige, ziemlich öde Predigt

schon bei einer ausreichenden Anzahl von Gelegenheiten gehört, und sie fing immer wieder auf die gleiche Art an, dauerte anscheinend eine Ewigkeit und endete dann mit irgendeiner grotesken, schrecklichen Sache, die Kinky widerfuhr. Die einzige Stelle, an der Cooperman überhaupt mal eine Abwechslung brachte, war das ausgesprochen schäbige und makabre Ende, das auf den Übeltäter wartete. In diesem Fall war ich das. Es war, als schaute man sich eine nette Familienserien-Seifenoper an, deren Figuren und das, was sie gewöhnlich taten, man bereits kannte und die man sich nur wegen der »überraschenden« Wendung am Ende ansah.

Ich hob den Hörer gerade rechtzeitig, um zu hören, wie Cooperman sagte: ». . . und fanden seinen linken Arm – den mit der Ubangi-Tätowierung –, der immer noch den kleinen niedlichen Negerpuppenkopf festhielt, im East River dümpeln, und sein rechter Arm – mit dem er Gitarre gespielt hatte – wurde eingeklemmt in der Schnauze eines großen Leguans auf dem Dach des Lone Star Cafés gefunden . . . alle Finger waren abgeschnitten . . .«

»Und die Leiche«, warf ich ein, »fanden sie im Kofferraum eines siebenundfünfziger DeSoto auf dem JFK-Flughafen.«

»Newark«, sagte Cooperman.

»Sieh mal, Sergeant«, sagte ich, »eine Frau aus meinem Haus, die ich kenne, hat mir erzählt –«

»Die Lesbe von oben?«

»– hat mir erzählt, daß sie mit Tequila gesprochen hat, bevor er in mein Loft kam. Er sagte ihr, er sei den ganzen Weg von der Sixteenth Avenue raufgekommen.«

»Na, das ist aber interessant.«

»Yeah. Das ist Brooklyn, nicht wahr?«

»Yeah. Das ist Brooklyn. Das ist auch Bensonhurst. Das ist auch der Hinterhof der Gambino-Familie.«

»Vielleicht laden sie uns auf ein paar gegrillte Cannolis ein.«

»Das ist eine ganz heiße Kartoffel, Tex, und das ist nicht mein verdammtes Revier. Ich werde es an das AAOV weitergeben.«

»Wer ist AAOV?«

»Das Aufsichtsamt für organisiertes Verbrechen.«

»Jau, alle Anfangsbuchstaben vorhanden.«

»Zwölf Millionen Leute in dieser Stadt wollen in so was verdammt noch mal nicht hineingezogen werden, Tex. Wenn du nicht bei den Fischen enden willst, dann siehst du besser zu, daß du einer von diesen zwölf Millionen bist.«

»Ich werde mein Bestes tun«, sagte ich. »Ihr habt nicht zufällig mein kleines schwarzes Adreßbuch mitgenommen, oder?«

Cooperman lachte ein heiseres, kiesiges, aber anscheinend echtes Lachen. Es klang, als würde jemand eine leichte Schneedecke vom Bürgersteig schippen.

»Schmeichel dir doch nicht selbst«, sagte er.

15

Ich bin nie dazu gekommen, Cooperman zu fragen, ob er den Puppenkopf mitgenommen hatte oder nicht, aber das kam wahrscheinlich aufs gleiche raus. Es gab eine Menge Wege, nicht in diese Sache verwickelt zu werden, und alles, was ich tun mußte, war, einen davon zu finden und darauf wegzulaufen. Das schien nicht besonders schwierig zu sein. Aber das Leben ist manchmal so wie ein Kätzchen mit einem Wollknäuel. Es fängt ganz harmlos an in deine Richtung zu rollen, und bevor du es richtig merkst, rollt es unter die Couch, und du langst darunter, um es zu schnappen, und bevor du es richtig merkst, starrst du in die klaren blauen Augen eines zwölf Jahre alten Mitglieds der Hakkebeilmörderzunft Amerikas, das sich vor einem imaginären Irokesen versteckt, und bevor du es richtig merkst, benutzt das Kätzchen deine Eier als Spielbälle. Das nächste, was du merkst, ist, daß du dich auf Seite vier vom neuen Stephen King befindest.

Im wesentlichen wußte ich das alles, seit ich mit acht Jahren in meinem Hinterhof Baseball spielte. Aber ich nahm immer noch an, daß ich mit ausreichender Vorsicht an den Rändern der Sache herumstochern konnte, ohne wirklich hineingezogen zu werden. Meine Vermutung zeigte später, daß sie einen kleinen Pilotenfehler enthielt, aber wir haben eben unterschiedliche Interpretationen von dem, was »nicht hineingezogen werden« bedeutet. Das hält das Pferderennen auf Trab. Das läßt einen unglücklicherweise auch am nächsten Morgen neben einem Pferdekopf aufwachen.

Es war Dienstag morgen. Tequila war am Sonntag abgemurkst worden. Es waren noch vier Tage vom alten Jahr übrig, und irgendwas sagte mir, daß jeder von ihnen sich mit Blut färben würde.

Nach dem Mord hatte ich vielleicht nicht ganz so klar gedacht, wie ich es hätte tun sollen. Ich war mir jetzt ziemlich sicher, daß ich mein kleines schwarzes Adreßbuch *nicht* verlegt hatte. Ich brauchte auch keinen spitzfindigen Bürgerrechtler, um mir zu sagen, daß es illegal gewesen wäre, wenn die Bullen es eingesteckt hätten. Die Schlußfolgerung war unvermeidlich. Tequilas Mörder hatte mein Adreßbuch geklaut. Die Frage nach dem *Warum* empfand ich als einigermaßen erschreckend.

Aus einem Impuls heraus ging ich rüber zum Kühlschrank und starrte finster auf die leere Stelle der Abdekkung, wo sonst der Puppenkopf residiert hatte. Man konnte sich viele Gründe zusammenreimen, aus denen ein Killer ein kleines Buch mit Telefonnummern und Adressen mitgehen ließ, aber welcher rationale mörderische Maniac auf diesem Planeten würde einen Puppenkopf klauen? Das war eines dieser sinnlosen Verbrechen.

Verzweifelt spähte ich in den dunklen, spinnwebigen Spalt zwischen Kühlschrankrücken und Wand. Als sich meine Augen an die Dunkelheit gewöhnt hatten, sah ich ein kleines schwarzes Gesicht, das zu mir hochlächelte. Es war, als würde man einen Freund wiederfinden, von dem man geglaubt hatte, ihn niemals wiederzusehen.

Ich hob den Puppenkopf auf, staubte ihn ab und setzte ihn sanft auf dem Kühlschrank ab. Testweise öffnete ich die Kühlschranktür und knallte sie fest wieder zu. Ich wiederholte dieses Klapsmühlenverhalten ein paarmal, aber der Puppenkopf rührte sich nicht. Noch nicht mal sein Lächeln zitterte merklich.

Ich vergreife mich ungern an etwas, was schwerwiegender als eine Freudsche Fehlleistung ist, aber unbewußt ahnte ich irgendwie, daß etwas nicht stimmte. Als ich bewußt herausbekam, was es war, war es natürlich zu spät.

16

Als ich Freitag abend vom Minigolf oder so was nach Hause kam, lag Ratso vor meiner Türschwelle.

Ratso sollte nicht nur nicht in New York sein. Er sollte definitiv nicht mit dem Gesicht nach unten in meinem Hausflur liegen. Er sollte in L. A. sein, an Drehbüchern arbeiten und sich so an den südkalifornischen Lebensstil gewöhnen, daß er dorthin übersiedeln und bis an sein Lebensende Joghurt essen konnte. Im Moment sah es nicht so aus, als wäre das eine realistische Vorstellung.

»Wer war das, Ratso?« rief ich. »Was ist passiert?«

Ratso sagte nichts. Er lag nur da wie eine große, schlechtgeschnittene Fußmatte.

Ich dachte flüchtig an die vielen Male, die Ratso und ich zusammengearbeitet hatten, um Fälle zu lösen, die das NYPD bereits zu den »unerledigten« Akten gelegt hatte. Ich dachte an Ratso, meinen alten Kumpel, an sein schäbig-elegantes, großartiges, von holpriger Treuherzigkeit beseeltes Draufgängertum. Wenn die Seele von Dr. Watson heute noch lebte, dann wohnte sie mit Sicherheit in dem großen und manchmal sehr unhygienischen Tempel von Ratsos Körper. Jetzt machte ich mir große Sorgen, Zeuge der endgültigen Zerstörung dieses Tempels zu sein.

»Steh auf, Ratso«, flüsterte ich heiser. »Du weißt nicht, wo dieser Flur sich herumgetrieben hat.«

Ratso bewegte sich nicht.

Ich dachte daran, was New Yorker sagen, wenn sie sich über den Tod eines Bekannten hinwegtrösten müssen. »Er ist nicht wirklich tot«, sagte ich mir. »Er arbeitet zur Zeit nur nicht an einem Projekt.« Es half nichts.

Ich kroch näher heran, langte runter und versuchte einen Pulsschlag in Ratsos Handgelenk auszumachen. Er schien überhaupt keine Adern zu haben. Ich erinnerte mich daran, was William Burroughs mal zu einem Schuhputzer in New Orleans sagte: »Wenn ich solche Venen hätte, dann würde ich mir eine Party geben.«

Ich tastete ein bißchen mehr in der Nähe seiner Hand herum und preßte meinen Daumen härter darauf. Ich fühlte ein schwaches Flattern, wie es ein schöner Schmetterling in der Sammlung eines Idioten von sich geben mochte, wenn keiner hinsah.

Ich wußte, daß es nicht klug war, jemand in Ratsos Lage zu bewegen. Man konnte das Opfer noch mehr verletzen, und sehr wahrscheinlich konnte man seinen eigenen Sack verletzen. Ich schloß die Tür auf, rannte zum Telefon und wählte den Notruf. Ich gab ihnen alles außer meiner Schuhgröße durch, und sie sagten, sie seien gleich da. Ich trat über Ratso hinweg, ging zur Theke und schüttete mir einen ziemlich wackeligen Schuß Jameson ein.

Als ich den Schnaps runterkippte, hörte ich ein knirschendes, knurrendes Geräusch, das so klang, als müßte es aus meinem Bauch kommen, was es aber nicht tat. Es kam aus dem Hausflur, und es hörte sich nicht sehr angenehm an, aber in diesem Fall klang es so tröstend wie die Harfenmusik in der Lobby des Omni Berkshire, in der man Tee und Gebäck zu sich nehmen, über Ambrose Bierce oder Warentermingeschäfte mit Schweinebäuchen reden und Noten aus dem Jenseits hören konnte, die friedlich die Seele durchdrangen, ob man es nun mochte oder nicht.

Das Geräusch aus dem Hausflur war noch mal zu hören. Es war jetzt ein ganzes Stück lauter, so wie ein Hund, der Yoricks Schädel bearbeitete. Eine gute Ratte ist unverwüstlich, dachte ich, als ich mir einen feierlichen Schuß Jameson in das alte Stierhorn einschenkte. Ich kippte den Schnaps, ging rüber zur Tür und schleifte Ratso wie einen großen Postsack vorsichtig ins Loft. Ich wurde mit einer Serie grunzender und knirschender Geräusche belohnt, aber nicht mit Worten. Es war eines der eher angenehmeren Gespräche, die ich seit langem mit Ratso geführt hatte.

Nach einiger Zeit kamen die Sanitäter, checkten Ratso durch und stellten fest, daß er eine Gehirnerschütterung und einen gebrochenen Kiefer hatte. Sie legten ihn auf eine Bahre und trugen ihn zum Fleischwagen runter. Ich stieg hinten zu Ratso ein, und wir fuhren zum St. Vincent's.

Ich will Sie nicht mit der Ödnis der nächsten Stunden langweilen. Formulare ausfüllen, Cooperman anrufen, Cooperman im Krankenhaus begrüßen, Cooperman sagen, daß ich verdammt noch mal keine Ahnung hätte, was geschehen sei.

Aber trotz allem war ich froh, daß ich Ratso ins Krankenhaus begleitet hatte. Hätte ich das nicht getan, würden sie ihn wahrscheinlich als Ratso Doe oder so was aufgenommen haben. Außerdem wäre es nicht sehr angenehm für mich gewesen, am Küchenfenster zu stehen und zu beobachten, wie sie ihn allein im Fleischwagen wegbrachten.

Jedesmal, wenn man einen Fleischwagen wegfahren sieht, nimmt er ein kleines Stückchen von einem mit.

17

Es war nach vier Uhr morgens, als ich ins Loft zurückkam, und am nächsten Tag um diese Zeit würde das sein, was man in gewissen westlichen Kulturen als »Neues Jahr« bezeichnete. In gewissen östlichen Kulturen war das ein Tag wie jeder andere. Töte einen Juden für Allah. Töte einen Sikh für Buddha. Stich das Auge des Gefangenen mit einer Fahrradspeiche aus. Bete eine Kuh an. Geh Schweinen aus dem Weg. Unterhalte sexuelle Beziehungen mit einem Huhn. Im Westen hatten wir natürlich alles, um einen Abend für Jesus totschlagen zu können.

Ratso war jetzt schon länger als eine Stunde im St. Vincent's. Ich saß am Küchentisch und rauchte eine Zigarre. Die Katze schlief auf meinem Schoß. Ich wünschte mir einen Ort, wo ich das alte Jahr hinbringen und es auf dem Parkplatz stehenlassen konnte. Ich wußte nicht, wem sie es verkaufen würden. Irgendein glückloser, todessüchtiger, amerikanischer Teenager mochte gegen seine Reifen treten. Vielleicht ein alter, freundlicher, karibischer Hausgärtner aus der Kindheit von irgend jemand. Konnte die Art von Jahr sein, mit dem er gerne herumfuhr.

Ich wußte nicht, ob es heiß war oder ob mir heiß war, und es war mir auch ziemlich egal. Ich setzte die Katze auf dem Küchentisch ab und ging zum Fenster rüber. Ich versuchte, es hochzuschieben, aber es klemmte. Man sollte immer in einem Haus leben, das älter als man selbst ist. Gelegentlich kann zwar mal ein Fenster klemmen, aber dafür wird einen die Weisheit aller Zeiten durchdringen. Natürlich bevorzugen viele Leute Fenster, die sich öffnen lassen.

Ich ging zu einem anderen Fenster und versuchte, es hochzuschieben. Es klemmte auch. Ich blickte zur Katze rüber, um zu sehen, was sie von der ganzen Sache hielt. Sie saß aufrecht auf dem Küchentisch und starrte direkt an mir vorbei. Immer noch sauer, daß ich aufgestanden war, während sie auf meinem Schoß schlief. Sie begriff nicht, daß man nie Vizepräsident von DuPont wurde, wenn man darauf wartete, daß eine Katze aufwachte.

Ich sah mir das Fensterbrett und das verklemmte Fenster etwas genauer an. Dann lief ich schnell herum und überprüfte auch die anderen Fenster im Loft. Alle Fenster im Raum waren zugenagelt.

Man sagt, wenn der HErr die Türe schließt, dann öffnet er ein kleines Fenster. Aber wenn ER schon die ganze Nacht dazu gebraucht hatte, um drei kleine Nägel aus Jesus rauszuziehen, dann würde ER sich bei diesem Job hier die Eier abarbeiten. Ich ging in die Küche und paffte an meiner Zigarre. Ich sah die Katze an.

»Ich hoffe, ER bearbeitet auch Fenster«, sagte ich.

If I had a hammer, dachte ich, *I'd hammer in the morning.*

Ich hatte keinen Hammer.

Wenn man keinen Hammer hat, dann kann man zugenagelte Fenster nicht öffnen, es sei denn, man ist mit Uri Geller befreundet. Ich wußte nicht mal, wen ich um diese Zeit anrufen konnte. Ich dachte daran, Pinocchios Vater, den Zimmermann Geppetto anzurufen, aber der hätte mir nicht geglaubt. Der einzige Zimmermann, der mir noch einfiel, war Jesus, aber die Leitungen waren wahrscheinlich alle besetzt, weil ständig die Fernsehprediger anriefen.

In einer aufsteigenden Panik dachte ich an Orte, wohin ich vor einem übel ausgerasteten Individuum, das meine Fenster zunagelte, fliehen konnte. Aus irgendeinem Grund dachte ich an meinen alten Collegefreund Joe Kboudi, der sich vor ungefähr zwanzig Jahren von der menschlichen Rasse zurückgezogen hatte und jetzt einen Plattenladen namens »All That Jazz« in Steamboat Springs, Colorado, besaß. Joe fuhr jeden Tag Ski. Er lebte in einem Haus, das er eigenhändig erbaut hatte, und behauptete, zweimal geschieden zu sein, obwohl er niemals geheiratet hatte. Ich dachte daran, wie die meisten Leute in New York lebten, und Joes Art zu leben erschien mir plötzlich verdammt gut. »Hast du schon mal Langlaufski ausprobiert?« fragte ich die Katze. Offensichtlich hatte sie das nicht.

Mit jüdischem Radar fliegend, ging ich zur Lofttür rüber, öffnete sie und warf einen langen, genauen Blick auf das Schloß. Ich konnte nichts Ungewöhnliches sehen, aber das Licht im Hausflur war nicht besonders hell. Ich holte mein grellrosa Bic heraus, machte es an und sah genauer hin. In der Zuhaltung waren die Arretierstifte zerkratzt. Ich sah, wie das Metall sich hell glänzend von der matten Oberfläche des Schloßinneren abhob. Ganz offensichtlich hatte jemand das Schloß geknackt, war reingekommen und hatte die Fenster zugenagelt. Aber warum? Ich dachte darüber auf dem ganzen Weg zur Jameson-Flasche nach.

Ich schenkte mir einen Schuß ein. Draußen war es teuflisch kalt, und das Loft war gewöhnlich kalt im Winter und im Sommer heiß, egal ob die Fenster nun geöffnet oder geschlossen waren. Jetzt war es Ende Dezember, und mir war es heiß im Loft. Ich brauchte keinen Detektiv, um herauszufinden, daß ich Fieber hatte. Ich legte meine Hand an die Stirn, dann legte ich sie auf die Stirn der Katze, dann prüfte ich wieder meine eigene. Ich hatte definitiv Fieber. Vielleicht kriegte ich die Epizootie oder so was.

Ich fragte mich kurz, ob jemand irgendwelche tödlichen Mikroben in meinem Loft losgelassen hatte. Ich schloß diese Möglichkeit aus drei Gründen aus: erstens war die Katze nicht krank, zweitens waren das gewaltsam aufgebrochene Schloß und die zugenagelten Fenster ein ziemlich primitiver Modus operandi, um mit dem Aussetzen tödlicher Mikroben in Verbindung gebracht zu werden, und drittens imitiert das Leben selten James Bond. Das Leben ist grobkörniger und nicht ganz so unterhaltsam. Allerdings schmeckt im Kino das Popcorn besser.

Wenn es also keine Mikroben waren, warum sollte sich dann jemand gewaltsam Eintritt verschafft und die Fenster zugenagelt haben? Selbst wenn die Fenster etwas übertrieben Theatralisches hatten, wenn mich einer umbringen wollte, warum hatte er dann nicht *im* Loft auf mich gewartet? Besonders, nachdem er schon das Schloß geknackt hatte? Warum draußen im Hausflur warten, wo der Täter, wie ich annahm, gelauert hatte, als ihn Ratsos ungelegenes Eintreffen überraschte?

Ich bemerkte mit leichtem Unbehagen, daß ich anfing wie Cooperman herumzutönen. Nun, warum nicht? Offensichtlich wurde ich mit meinen Erfahrungen professioneller. Und – das hielt ich fest – was den Methoden des Eindringlings zu fehlen schien, war genau dieser professionelle Touch. Unter Profis war ich natürlich kein Profi, aber verglichen mit diesem Typen hatte ich mehr drauf als Lord Peter Wimsey. Natürlich war Lord Peter Wimsey auch kein Profi, aber er war ein Aristokrat, also konnte man da keinen Unterschied ausmachen.

Nachdem der Einbruch so kurz nach dem Mord von Tequila stattgefunden hatte, konnte das gut miteinander zusammenhängen. Vielleicht dachte der Killer, daß Tequila über gewisse Informationen verfügt und an mich weitergegeben hatte. Dieses Szenario erschien mir besonders unglücklich. Ich haßte es, für die Zurückhaltung von Informationen zu sterben, die ich überhaupt nicht besaß.

Ich saß eine Weile trinkend und rauchend und die Katze streichelnd herum, und irgendwann schien das Fieber nachzulassen. Gegen fünf Uhr morgens war es weg. Jameson kuriert eben alles, wenn man genug davon trinkt.

Plötzlich empfand ich ein großes Bedürfnis, mit jemand über diese neuste Episode zu sprechen. Ratso konnte ich vor dem frühen Morgen nicht anrufen. Rambam, mein Privatdetektivfreund, wäre sicherlich darauf angesprungen, aber der sprang in diesem Monat mit einer guatemaltekischen Elitefallschirmspringereinheit namens Los Cobras ab. Vielleicht wäre ich jetzt besser bei denen gewesen. Das klang im Moment sicherer.

Ich entschloß mich, McGovern anzurufen. Er nahm den Hörer nach dem elften oder zwölften Klingeln ab, und er klang nicht sehr erfreut.

»Hopp, hopp, McGovern«, rief ich. »MIT-MIT-MIT!«

»MIT« war unser Spezialcode-Signal für die »Man-in-trouble-Hotline«, die es für den Fall gab, daß einem von uns etwas zustieß und niemand bei uns vorbeischaute, bis daß die Leiche verwest war.

McGovern hatte von einem Typen aus Illinois gehört, der in seinem Apartment gestorben und erst nach sechs Monaten gefunden worden war. Sinn der »Man-in-trouble-Hotline« war, eine derartige Situation möglichst zu vermeiden.

Endlich hörte ich McGovern groggy antworten: »MIT-MIT-MIT . . .« Für ein ungeschultes Ohr konnte sich diese

Unterhaltung wie der Paarungsruf von zwei großen, ziemlich kranken Vögeln anhören.

»McGovern, ich hab ein Problem. Ich mußte jemand anrufen.«

»Warum mich, o Herr?«

»Weil du mein Freund bist und einen sehr großen Kopf hast, in dem eine Menge Wissen steckt. Außerdem bist du der einzige, der mir zuhört.«

»Das macht Sinn.« Wenn es für McGovern Sinn machte, dann hatte ich wirklich Schwierigkeiten.

»Okay. Tequila wurde vor ein paar Tagen in meinem Regenraum umgepustet.«

»Ich hab die Story darüber geschrieben«, sagte McGovern gereizt.

»Richtig. Nun, bevor er zu Jesus ging, erwähnte er irgendwie, daß er von der Sixteenth Avenue gekommen sei. Diese Information plus einer großen Summe Bargeld, die man fand, brachte Cooperman dazu, den Fall dem AAOV zu übergeben. Du weißt, was das ist?«

»Zu schade, daß es nicht der TÜV war«, sagte McGovern. Er lachte ziemlich laut für fünf Uhr morgens. Dann hörte er ganz plötzlich und ganz leicht eingeschnappt damit auf.

»Natürlich weiß ich, was das ist.«

»Nun, jetzt hör dir das mal an: Heute abend komme ich nach Hause und finde Ratso, der eigentlich in Kalifornien sein sollte, kälter als eine ausgestopfte Flunder zusammengeschlagen vor meiner Tür, mit gebrochenem Kiefer und einer Gehirnerschütterung. Ich stelle fest, daß mein Schloß aufgeknackt wurde, und als ich die Fenster überprüfe, sind sie alle zugenagelt.«

»Heilige Scheiße! Das letzte Mal passierte so was in den dreißiger Jahren. Mal was von Legs Diamond gehört?«

»Yeah. Eine schlechte Broadway-Show.«

»So haben sie Legs Diamond umgebracht. Er war ihnen immer wieder entkommen, also nagelten sie seine Fenster zu, sind rein und pusteten ihn um.«

Ich fing an, die Sixteenth-Avenue-Aspekte dieses Falles nicht mehr zu mögen. Ich fing an mir einzubilden, daß nicht nur die Fenster zugenagelt waren, sondern daß die Wände ziemlich glaubwürdig so taten, als würden sie auf mich zukommen. Es wurde ein bißchen klaustrophobisch im Loft. Es war teuflisch, nicht in etwas verwickelt werden zu wollen, wenn man nicht wußte, was das war, in das man nicht verwickelt werden sollte.

»Hey, Kink. Ich hab ne gute Idee.«

»Was?«

»Schon mal daran gedacht, nach Portugal zu gehen?«

19

Vor langer Zeit erzählte mir meine Mutter die Geschichte von einer Freundin, die mal in einem großen Hotel in St. Louis übernachtete. Als ich ein Kind war, erschienen mir alle Hotels sehr groß, und St. Louis schien sehr weit entfernt zu sein – fast so weit entfernt, wie mir jetzt die Kindheit erscheint. Wie auch immer, hier also das, was das alles mit den Fenstern zu tun hat: Die Frau in der Geschichte ließ in der Nacht die Fenster offen, während sie schlief, und irgendwie kam ein großer Vogel ins Zimmer. Der Vogel sprang und flog in dem dunklen Zimmer herum, weckte die Frau auf und erschreckte sie zu Tode. Man gab mir zu verstehen, daß sie für den Rest ihres Lebens weder Huhn, Truthahn noch sonst eine Art von Geflügel essen konnte. Wenn sie es tat, dann war die Reaktion anscheinend immer dieselbe: eruptionsartiges Erbrechen.

Weil das Legs-Diamond-Szenario in dieser Nacht noch in Betrieb war, nahm ich an, daß weder Vögel, Kakerlaken noch Stealth-Tarnkappenbomber durch die Fenster kommen würden. Alles, was ich zu tun hatte, war, die Tür zu verriegeln. Und das tat ich.

Am Morgen konnte ich den Hausmeister wegen der Fenster anrufen. Wenn ich das schneller erledigt haben wollte, dann konnte ich runter zur Canal Street gehen und in dem Laden einen Hammer kaufen, in dem ich den Duschvorhang gekauft hatte. Mal nachsehen, ob der Typ immer noch mit derselben Rotzfahne in der Nase herumbohrte.

Gegen sechs Uhr morgens machte ich das Licht aus, ging ins Bett und schlief leichter ein als in den anderen Nächten, seit Tequila für immer weggenickt war.

Ich würde am Morgen nach Ratso sehen.

Ich würde am Morgen die Fenster in Ordnung bringen.

Ich würde am Morgen die ägyptischen Ruinen meines gesellschaftlichen Lebens erforschen.

Aber vor dem Morgen kam etwas anderes. Es gehörte zu der fiesen unerwünschten Forschen-nach-den-Überbleibseln-der-Kindheit-Abteilung und machte mir auf unmißverständliche Weise klar, daß ich, egal, was auch am Morgen passierte, sehr bald karmamäßig krankhaften, unerbittlichen Haß ernten würde.

20

Wissenschaftler wissen nicht, woher die Träume kommen. Natürlich wissen sie es nicht, deshalb nennen wir sie ja Wissenschaftler. Aber bleiben wir fair – nur sehr wenige Amerikaner wissen, woher die Träume kommen. Träumer wissen zum Beispiel nicht, woher Träume kommen. Natürlich wissen sie es nicht, deshalb nennen wir sie ja Träumer. Aber es gibt einen Mann, der weiß, woher die Träume kommen. Es ist ein Typ, mit dem ich zur High-School ging und den ich Wally nannte, der jetzt aber unter dem Spitznamen Dr. Wallace P. Mendelson arbeitet. Wally schrieb ein Buch mit dem Titel *Der menschliche Schlaf und seine Störungen*, von dem er mir mal ein Exemplar zuschickte. Das Problem dieses Buches ist, daß es sich um eine sehr gelehrte, gut recherchierte wissenschaftliche Studie handelt und daß man, wenn man endlich an die Stelle kommt, die erzählt, woher die Träume kommen, gewöhnlich eingenickt ist.

Laienhaft ausgedrückt, sagt Wallys Hauptthese, daß Träume und Albträume in den meisten Fällen durch Gas verursacht werden. Das ist eine These, gegen die ich nichts vorbringen kann, denn ich hatte in meinem Leben viele Träume, viele Albträume und sehr große Mengen Gas. Wally läßt ein paar reichlich stinkige Anschisse gegen die Schule des verkrausten Freudschen Damenwäschedenkens los, und ich kann nicht sagen, daß ich nicht mit ihm übereinstimme. Ich sage nur, daß mein Albtraum irgendwoher kam, wo es sehr unangenehm ist, und daß er nicht durch die Fenster kam.

Mein Freund Captain Midnite behauptet immer, daß ich beim ersten Mal, als er mich traf, an einem Kreuz draußen vor dem Nashville Holiday Inn hing. Da fing der Traum an. Und wie viele Träume in jenen Tagen wurde er schlimmer.

Zu meiner Linken sah ich von hoch oben vom Kreuz, wie sich das Leuchtfarbenskelett von Ernest Tubb den unteren Broadway herunterschlängelte und drehte und »I'd waltz across Texas with you in my arms« sang. Alles, was ich zu meiner Rechten sehen konnte, war ein großes Schild mit der Aufschrift BAPTISTEN-BUCHLADEN. Ich sah geradeaus und erblickte die Lichter der Stadt Nashville unter mir. Das erinnerte mich an den alten Tom-T.-Hall-Song »I Flew Over

Our House Last Night«. Wie mein Freund Dave Hikey schon sagt: »Ich liebe alle Songs von Tom T. Hall und seine beiden Melodien.«

Ansonsten war nicht gerade verdammt viel zu sehen. Für den Teleevangelisten Jerry Falwell oder so jemand mag das aufregend sein, aber ich denke, daß die meisten Leute es ganz schön langweilig finden, die ganze Nacht an einem Kreuz zu hängen. Ich entschloß mich, herunterzukommen und mir vielleicht ein großes haariges Steak in einem kleinen Restaurant zu besorgen, das Midnite immer als »Hillbilly-Himmel« bezeichnete, was, wie sich herausstellen sollte, ein extrem passender Name war. Aber ich eile meinem Traum voraus.

Den Rücklichtern nach zu urteilen, mußten es die späten Sechziger oder die frühen Siebziger sein, auch wenn mich die heruntergekommene Gruppe, die sich um den Tisch scharte, als ich in den Hillbilly-Himmel hineinkam, mit Augen anstarrte, die zeitlos wie der Regen waren. Sie waren zu degeneriert, um die Jungs von König Artus zu sein, und obwohl einige von ihnen Dorothy Parker ziemlich ähnlich sahen, fehlte ihnen die Intelligenz, um mit der Algonquin-Clique verwechselt zu werden. Dennoch war ihnen ein Platz in der Geschichte bestimmt. Diese Briganten waren die Texas Jewboys, die bald durch Amerika reisen und in ihrem erbarmungslosen Bemühen, jedermann zu verärgern, auf Trab kommen würden, um wütenden Juden, Negern, Rednecks und Frauen zu entkommen.

Captain Midnite saß am Kopf des Tisches und hielt der Gruppe einen Vortrag über Billie Jean Horton, die Frau, die das Unglück hatte, mit Hank Williams und Johnny Horton verheiratet gewesen zu sein. »Die Leute sagen, Billie Jean sei eine Hexe gewesen«, intonierte Midnite. »Sie sagen, daß sie Hank Williams und Johnny Horton umbrachte und Faron Young in seinem Wachstum hemmte.«

Billy Swan nahm sein Glasauge heraus und tauchte es in seinen Drink. Willie Fong Young, der »singende Chinese«, neigte sich der linken Brust der Kellnerin zu wie die Zunge einer Eidechse. Nicht alle Texas Jewboys waren Juden, aber alle waren Juden per Inspiration.

Das nächste, was ich wußte, war, daß ich mich mit ein paar Typen aus der Band und einer Flasche Jack Daniel's in der ungefähren Größe von Webb Pierce' gitarrenförmigem Swimmingpool eine mir vage bekannt vorkommende Straße in Nashville herunteralbern sah. Ich nahm einen Schluck aus der Flasche, und das Wasser im Pool schwappte auf eine Seite rüber. Im Pool, der sich jetzt in der Flasche befand, konnte ich den dunklenUmriß des deutschen Schlachtschiffes *Bismarck* in einem unangenehm forschen Tempo direkt auf meine Zäpfchen zufahren sehen. Die Hintergrundmusik für diesen Teil des Traums kam von Johnny Horton, der »Versenkt die *Bismarck*« sang. Ich reichte die Flasche an den Schlagzeuger Major Boles weiter. Er bemerkte, daß sein Spermavorrat in die Miesen ginge, und gab die Flasche an den Bassisten Brian »Skycap« Adams weiter. Sie redeten mit einer Braut, die der grünäugigen Blonden sehr ähnlich sah, die ich händchenhaltend mit Winnie Katz gesehen hatte. Wahrscheinlich genau die, die mich wegen meiner Neujahrsverabredung aus dem Sattel schießen wollte, dachte ich, aber es war keine Zeit mehr, sich damit zu befassen. Die Straße war blutüberströmt.

Tequilas Gesicht dümpelte in der Gosse vorbei wie eine weggeworfene Horrormaske. Arbeiter hämmerten auf einem Schild, das hieß: WILLKOMMEN IN DER MUSIC ROW.

Die Hammerschläge fielen unregelmäßig, klangen wie Schüsse. Das Blut in der Straße stieg enorm an und verfärbte leicht meine Brontosaurusvorhaut-Stiefel.

Music Row, sagte ich zu mir selbst. Music Row.

Gleich nach dem Erwachen aus dem Traum bemerkte

ich, was mir schon seit einiger Zeit hätte klar sein müssen. Was jetzt in Nashville Music Row hieß, hatten wir alle für viele Jahre unter einem anderen Namen gekannt.

»Music Row« war früher mal die Sixteenth Avenue South gewesen.

21

Der Silvesterabend rückte so erbarmungslos heran wie eine öde Hausplage. Man kann eine Hausplage verhätscheln, kann so tun, als würde man sie mögen, kann sie ignorieren, aber sie wird so lange herumhängen wie ein schlechter Geruch, bis man einen Gabelstapler nimmt und sie verdammt noch mal vor die Tür setzt. Der Silvesterabend war auch so: unverzeihbar und ungabelstapelbar. Wie einer Esso-Tankstelle oder einem 24-Stunden-Chinarestaurant war es dem Silvesterabend egal, ob man sang, tanzte oder sich an einer Duschvorhangstange aufhängte. Das einzige Mittel war, den Bastard einfach zu verschlafen wie einen schlechten Traum, aber davon hatte ich in der letzten Nacht schon einen zu viel gehabt.

Wenigstens hatte sich der Hausmeister blicken lassen und gegen ein kleines Honorar die Fenster aufgehebelt, was auch gut war, denn ich fing schon an zu befürchten, daß mein Loft einen Kreuzigungskomplex entwickeln könnte. Es war ein paar Minuten nach zehn – weniger als zwei Stunden vor der Ankunft dieses kriecherischen, affigen Hosenscheißers in Windeln, der alle unsere Hoffnungen und Zukunftsträume symbolisierte –, als ich die Tequilaflasche öffnete.

Die Tatsache, daß Tequila vor seinem Tod logischerweise eher von der Sixteenth Avenue South in Nashville als von der Sixteenth Avenue in Brooklyn gesprochen hatte, ging mir nicht aus dem Kopf. Die Tatsache, daß ich mich kurz vor dem neuen Jahr spirituell in den Strudel des Mordfalls Kirby McMillan (alias Tequila) hineingezogen fühlte, ging mir auch nicht aus dem Kopf. Das einzige, was mir tatsächlich nicht durch den Kopf ging, war »Georgia On My Mind«.

Dann nahm ich den ersten Schluck Tequila, fühlte meinen Skalp kribbeln und fühlte das Gehirn unter meinem Skalp so leer und ausdruckslos werden wie die blauen Augen einer Frau, die lügt. Tequila macht so was mit einem. Er schickt einen auf einen anderen Planeten als eine Weißweinschorle.

Nach ein oder zwei weiteren Schnäpsen mit einer hübsch geviertelten Limone und sparsam aufs Handgelenk gestreutem Salz, das die Schärfe milderte, haute mich der Tequila um, ein völlig neues Szenario füllte meinen Kopf, und eine neue kühne Haltung baute sich in mir auf. Ich befand mich auf einem Planeten mit Tom Mix, John Wayne, Steve McQueen und meinem alten Freund Tom Baker, und ich stellte mit Freude fest, daß ich mich dazugehörig fühlte.

Cleves verrückter Traum von einer gigantischen Texas-Jewboys-Reunion-Tournee erschien mir plötzlich gar nicht mehr so schlecht. Ich konnte uns sehen, wie wir '73, '74 und '75 im Armadillo World Headquarters in Austin, Liberty Hall in Houston, Max's Kansas City Hall in New York und dem Troubadour in L. A. die Massen mit Avantgardewahnsinn elektrisierten. In ihrem alten Glanz, dachte ich, war die Band wirklich schon was Besonderes gewesen. Natürlich ist es schwierig, auf einer Reunion-Tournee avantgardistisch zu sein. Aber alles in allem waren wir kulturelle Pioniere. Vor MTV. Vor Watergate. Vor Christus. Vor –

Ein lautes Geräusch kam aus dem Hausflur. Es klang nicht nach Applaus. Es klang eher wie das Geheule einer wild erregten Frau. Ich kippte noch einen Schluck Tequila, der jetzt wesentlich sanfter runterging, und zündete eine Zigarre an. Der Lärm schien nicht nachzulassen.

Ich leckte ein bißchen übriggebliebenes Salz von meinem Handgelenk ab, nahm ein paar gereizte Züge aus der Zigarre und ging sehr widerwillig zur Tür. Dieser Hausflur brachte mir nichts als Ärger.

22

»Natürlich konntest du nicht wissen, daß sie eine Lesbe ist, Kelli«, sagte ich beruhigend. »In Texas gibt es keine Lesben.« Wir standen an der Küchentheke, nachdem ich die junge, blonde, grünäugige Tänzerin in das Loft reingeschwatzt, ihren Namen und Herkunftshafen aus ihr rausgeschwatzt und ihr dann diverse steife Tequila aufgeschwatzt hatte. Wenn ich sie jetzt noch zu mir ins Bett schwatzen konnte, dann würde das neue Jahr mit einem Bums anfangen.

»Das ist es nicht«, sagte Kelli und wischte sich zwei blaue Tränen aus ihren grünen, grünen Augen. »Ich war schon immer eine Tänzerin. Ich habe einen Exfreund in Texas, der mich belästigt und mir gedroht hat hierherzukommen. Ich bin ihn gerade los geworden, und jetzt denkt diese Frau, ich gehöre ihr. Ich dachte, sie wäre eine Freundin.«

Ich reichte ihr meine Rotzfahne, und sie tupfte wieder ihre schönen Augen ab. »Wer solche Freunde hat«, sagte ich und nahm einen ruhigen Zug aus der Zigarre, »der braucht keine Lesben.«

Sie nickte, als würde sie verstehen, was zum Teufel das auch immer heißen sollte. Ich dachte flüchtig an das erste Mal, daß ich sie von meinem Küchenfenster aus gesehen hatte. Sie überquerte die Vandam Street, dachte ich, auf diesen muskulösen, perfekt geformten Tänzerinnenbeinen.

Sie hatte wirklich meiner Nazi-Schmusepuppe den Helm vom Kopf gehauen. Das war auch gut so. Man bekommt niemals eine zweite Chance für einen ersten Eindruck.

Kelli lächelte etwas und schien ein wenig aufzutauen. Sie nahm ein Päckchen Merits, schüttelte eine raus und ließ sie mich für sie anzünden. Ich mochte Tänzerinnen, die Merits rauchten. Ich mochte Bräute, die irgendwas rauchten; man konnte mit ihnen an regnerischen Tagen auf eine Kaffee- und Zigaretten-Wellenlänge zusammenhocken, nachdem man einen kleinen horizontalen Hokuspokus veranstaltet hatte, und dann abends in ein kleines spanisches Restaurant gehen und sich mit lebhaften Boheme-Freunden betrinken. Und rauchende Bräute tendierten dazu, weniger wegen meiner Zigarren herumzukeifen.

Während Kelli und ich so etwas wie eine persönliche Beziehung aufbauten, schlüpfte Mitternacht in die Vandam Street herein. Zwischen uns beiden stimmte wirklich die Chemie.

»Eigentlich«, sagte ich, »weiß ich eine Menge über Tänzerinnen. Weißt du, woran man merkt, daß man sich mit einer Tänzerin eingelassen hat?«

»Woran?« fragte sie in wunderschöner, atemloser Unschuld.

»Daß sie einen Spagat auf deinem Gesicht macht«, sagte ich.

Schwarzweiße Bilder von schwarzweißen Leuten wimmelten und schimmerten auf dem Schirm meines Schwarzweißfernsehers. Sie sahen alle zu, wie ein Ball herunterfiel. Er schien ungefähr die Größe, Form und Konsistenz einer sehr gesunden Boysenbeere zu besitzen, so wie die unberührten, zitternden Hoden eines Babys, die in die Unterwelt des Times Square hinabstiegen. Kelli und ich beobachteten dieses Ritual mit unterschiedlichen Graden an Faszination.

»Da müßten wir jetzt sein«, sagte Kelli.

Ich erinnerte mich daran, mal dagewesen zu sein. Dreißig Sekunden, nachdem der Ball gefallen war, schlug eine Gruppe von schwarzen Jugendlichen, wie man das nennt, einen neunundsiebzigjährigen Franzosen mit seinem eigenen Krückstock vor den Augen seiner Enkelin tot. Ich kam gerade dazu, als die schwarzen Jugendlichen in der Menge verschwanden und sie damit anfingen, eine Froschleiche in den Fleischwagen zu laden. Obwohl mir unbeteiligte Passanten eifrig eine Schlag-auf-Schlag-Beschreibung von dem lieferten, was ich verpaßt hatte, wurde ich Zeuge, wie ein stämmiger weißer Jugendlicher eine witzig aussehende kleine Baskenmütze vom Bürgersteig aufhob, sie aufsetzte und in eine Karnevalströte blies, die sich wie die Zunge eines habgierigen Ameisenbärs bis zur Küste der Normandie auszustrecken schien.

»Frohes neues Jahr«, sagte ich, während ich zwei Tequila einschenkte.

Wir stießen an, und ich starrte in die äußerst vielversprechende Tiefe Kellis grüner Augen, als das Geräusch von jemand zu hören war, der gegen meine Kemenatenpforte pochte.

Auch eine Frauenstimme war zu hören, und die Stimme sagte meinen Namen. Die Stimme klang ziemlich nach Winnie Katz.

»O Gott«, sagte Kelli. »Nicht diese – diese Kreatur!«

»Wer?« sagte ich unnütz. »Wo?«

Es war nicht meine Idee, daß Kelli sich im Wäscheschrank versteckte. Es schien unter diesen Umständen nur das Naheliegendste zu sein. Versuchen Sie mal, sich in ihre Lage zu versetzen. Sie sind eine junge Tänzerin aus Texas, und eine große, athletische, durchgedrehte, aggressive New Yorker Lesbe steht vor der Tür und ist bereit, vor Wut zu schnauben und noch einige sehr unangenehme Dinge zu tun, wenn sie herausfindet, daß Sie da drin sind.

Sie würde Sie wahrscheinlich aufbohren wie Ihr freundlicher Zahnarzt aus der Nachbarschaft. Natürlich verbringen Zahnärzte genau wie aggressive Lesben und viele andere Amerikaner die meiste Zeit ihres Lebens damit, an den falschen Stellen zu bohren, und das ist der Grund, warum sie nicht gerade selten Selbstmord begehen. Ich habe wenig Sympathie für Leute, die sich selbst um die Ecke bringen. Ich bin mit meiner Freundin Nelda aus Medina, Texas, einer Meinung, die immer, wenn sie davon hört, daß sich einer das Leben genommen hat, bemerkt: »Ich wünschte, ich hätte diesem Hühnerschiß die Knarre reichen können.«

Ich öffnete die Tür zum Hausflur.

Winnie trug ein Lächeln, das ich nicht verstand, und etwas, was so aussah wie ein Teddyfell für kalte Tage, von dem ich meine Augen nicht abwenden konnte, und sie hatte eine große Flasche mit irgendeinem Château de Katzpiss in der Hand.

»Frohes neues Jahr«, sagte ich. Ich hatte das ziemlich sichere Gefühl, daß es nicht sehr lange froh sein würde.

Winnie fegte ungefähr im gleichen Moment an mir vorbei, in dem Kelli im Wäscheschrank nieste.

»Was war das?« fragte Winnie.

»Was?« fragte ich. »Wo?«

Kelli nieste noch mal. Es war ein hübsches kleines Niesen, und ich hätte sie gerne dafür erwürgt.

Was dann passierte, war nicht besonders erfreulich, aber es war noch besser als das, was anschließend geschah. Aber lassen Sie mich alle Ereignisse in der Reihenfolge ihres Eintretens erzählen, denn wie singen die Byrds doch schon so schön: ». . . there is a place for everything under heaven – turn, turn, turn.« Ich turnte also zur Seite. Gerade rechtzeitig, um mitzukriegen, wie Winnie die Wäscheschranktür aufriß und Kelli wie eine kampflustige blonde Fledermaus herausflog und Winnie an die Kehle ging. War das meine kleine unschuldige Tänzerin aus Texas? Ich hatte nicht gerade verdammt viel Zeit, mich das zu fragen. Winnie ließ nicht locker, und schon traten und schlugen und würgten und kratzten und fluchten und schrien sie und benahmen sich im großen und ganzen wie ein Ehepaar. Die Katze und ich sprangen wiederholt aus dem Weg, und am Ende stand ich am Spielfeldrand und fragte mich, ob ich eifersüchtig, blasiert oder ambivalent sein sollte. Ich möchte nichts von dem, was gesagt wurde, wiederholen, denn das gehört mit Sicherheit zum Gossenjargon.

Kelli warf mit meinem »Imus in the Morning«-Kaffeebecher nach Winnie, und er krachte gegen ein kostbar aussehendes Bildnis eines Balletttänzers, das der Griechin gehörte, von der ich das Loft gemietet hatte. Das ist der Lauf der Dinge. Winnie schnappte sich meinen Sherlock-Holmes-Porzellankopf, in dem ich meine Zigarren aufbewahrte, und schoß ihn auf Kellis Schädel ab. Es war ein großer Gegenstand, und als sich Kelli duckte, knallte er über dem Kühlschrank gegen die Wand und ließ den Puppenkopf und einen kleinen Schwarm teurer Zigarren in sämtliche Richtungen fliegen. Dem Loft wurde großer materieller Schaden zugefügt.

Das Scharmützel schien ewig zu dauern, aber in Wirklichkeit waren es nur ein paar Minuten. Es war zu Ende, als die beiden Kombattantinnen und die Katze und ich plötzlich merkten, daß wir nicht mehr allein im Loft waren.

Ein großer, ziemlich gestört aussehender Mann stand im Türrahmen und beobachtete das Treiben mit Augen, die so leblos glitzerten wie Flipperkugeln. Sein Gesicht hatte eine Kneipenbräune, und er sah so aus, als hätte er einige Jahre in Hut und Mantel geschlafen. Er hatte keine Haare im Gesicht außer einer Art sehr böse wirkendem Weißer-Mann-Hasser-Bart, der unter seiner Unterlippe wuchs wie eine schwarze Orchidee und ihn so aussehen ließ wie einen Betrunkenen, dem am Aschermittwoch das Aschenkreuz verrutscht war. Er verspritzte Bösartigkeit wie ein rolliger Kater.

»Laß mich raten«, sagte ich. »Du bist Kellis Freund aus Texas.«

»Falsch«, sagte er und zog eine Knarre raus. »Ich bin Winnies Mann aus Sing-Sing.«

23

Die Atmosphäre des Lofts schien in letzter Zeit heftig zwischen langen Perioden enormer Langeweile und kurzen, intensiven Unterbrechungen frenetischer Aktivität hin und her zu wischen, und beide Gegensätze waren äußerst unerfreulich. Dieser Zyklus hatte an dem Tag begonnen, als ich rausging, um eine Flasche Tequila für Tequila zu kaufen, und die waren jetzt natürlich beide alle. Ob Winnies Mann aus Sing-Sing wirklich Winnies Mann aus Sing-Sing war, darüber konnten wir später reden, falls es ein Später gab. Ob er Ratso zu Boden geschickt, Tequila unter die Erde gebracht und unerlaubte Schreinerarbeiten an meinen Fenstern verrichtet hatte, konnte auch noch zu einem späteren Zeitpunkt in Betracht gezogen werden. Was die Texas-Jewboys-Reunion-Tournee betraf, so mußte sie ins Wasser fallen. Wir mußten sozusagen erst mal eine Art geistige Zehenprobe vornehmen.

Ich sah auf den Mann mit der Knarre und bemerkte, daß sein dunkler, pelziger Weißer-Mann-Hasser-Bart auf und ab ging, was bedeutete, daß er seine Lippen bewegte. Seine Stimme war sanft.

»Keine Sorge, Baby«, sagte er zu Winnie. »Ich werde

dich nicht umbringen. Ich werde dir nur was geben, damit du dich immer an mich erinnerst, wenn du in den Spiegel siehst.«

Er zog eine durchsichtige Flasche aus der Manteltasche, die zu ungefähr drei Vierteln mit einer klaren Flüssigkeit gefüllt war. Ich bemerkte zum ersten Mal, daß er Handschuhe trug. Seine Augen fingen an, ein paar REM-Bewegungen zu durchlaufen, die ich noch nicht kannte.

Winnie und Kelli waren sichtlich erschüttert, und mir selbst ging es auch nicht besonders gut. Ich sah die beiden an und registrierte, daß eine Frau in einem hohen Stadium von Gefahr und Verwundbarkeit etwas sehr Schönes und Erregendes an sich hatte, zweifellos eine der Eigenschaften, die das Auge des Vergewaltigers erfreut. Beide waren so kalkweiß wie furchtsam lächelnde Statuen griechischer Göttinnen.

Ich konzentrierte meinen Blick auf die Flasche in seiner Hand und wünschte mir, in der Schule besser im Chemieunterricht aufgepaßt zu haben. Ich erinnerte mich, daß fast alle Säuren von einer Art schmutzig-klarer Farbe sind und in braunen Flaschen aufbewahrt werden müssen, weil sie sonst ihre Wirkung verlieren. Ich kam zum Urteil, daß diese Flasche nicht der wahre Jakob war. Wenn das stimmte, dann war die Knarre das einzige Problem.

Die Katze hopste direkt neben mich auf den Schreibtisch. Als sie zum anderen Ende spazierte, kreuzte auch eine Idee auf meinem Schreibtisch auf. Ich hob die Katze hoch, hielt sie schützend fest und streichelte ihren Kopf, als würde ich sie beruhigen. Ich betete zur Hölle, daß sie mitmachte. Die Katze haßte es, hochgehoben zu werden.

»Das is nich die Muschi, der ich weh tun werde«, sagte der Mann mit der Knarre. Ich schaute in die Richtung, in die seine Knarre gerichtet war, und sah – unglaublich –, daß die beiden Mädchen sich jetzt umarmten. Frauen.

Ich wartete, bis der Typ anfing, am Flaschenverschluß herumzufummeln, dann warf ich ihm die Katze ins Gesicht. Gleichzeitig ging ich auf die Knarre los. Die Katze machte eine wunderbare Vier-Pfoten-Landung auf der Visage des Kerls und schlug dort prompt ein paar tiefe Wurzeln.

Zwei Stunden später war alles vorbei. Nur ich und die Katze waren noch da. Cooperman hatte den Kerl von den vier Pfoten befreit und ihn mitgenommen, die Mädchen waren zusammen gegangen, und ich war immer noch leicht erschüttert von der Entdeckung, daß die Knarre noch nicht mal geladen gewesen war.

»Nun«, sagte ich zur Katze, »das war eine großartige Teamarbeit. Jetzt wische ich nur noch die Urinprobe von dem Kerl, oder was das da ist, weg, und dann gehen wir schlafen.«

Ich hatte nur einen Teppich besessen. Es war ein schöner, sehr teurer Perser gewesen, den mir vor einiger Zeit mal ein kleiner armenischer Freund geschenkt hatte. Ich spreche davon in der Vergangenheitsform, denn als ich endlich mal nachsah, rauchte er immer noch aus einem Loch in der Mitte, das ungefähr die Größe und Form des Louisiana-Territoriums hatte, das die Vereinigten Staaten den Froschfressern abgekauft hatten.

24

Am Sonntag morgen, dem ersten Tag im neuen Jahr, machte ich mich auf den schweren Weg zur Gebrochenen-Kiefer-Abteilung des St. Vincent's. Heute vor siebenunddreißig Jahren, dachte ich, war Hank Williams auf einer Reise ohne Rückfahrkarte nach Canton, Ohio, gestorben. Vielleicht, dachte ich, würde es in hundert Jahren in New York mal ein Hank's-Krankenhaus geben.

Vielleicht auch nicht.

Als ich durchs Village ging, fiel mir auf, daß die Leute schon damit anfingen, die Weihnachtsbäume auf den Bürgersteig rauszuwerfen. Als ich noch ein Kind war, hatten wir sie gesammelt und Weihnachtsbaumfestungen daraus gebaut, um uns vor russischen Wildschweinen, imaginären Irokesen oder den Knallköpfen aus dem nächsten Häuserblock zu schützen. Jetzt in der Welt der Erwachsenen war der Kurswert alter Weihnachtsbäume natürlich ein bißchen gefallen. Es war schon irgendwie ironisch, dachte ich. Jetzt war die Zeit, wo wir wirklich Weihnachtsbaumfestungen brauchen konnten. Ratso sah aus irgendwelchen Gründen grün aus. Vielleicht war es das Licht. Vielleicht war es der Wackelpudding.

»Sonst besuchst du mich immer im Krankenhaus«, sagte ich. »Ich dachte, ich besuche dich auch mal in einem.«

»Hrrmghh«, sagte er. Es war schmerzlich klar, daß man seinen Kiefer verdrahtet hatte.

»Was ist los, Rats?« fragte ich. »Haben sie dir einen Charisma-Bypass verpaßt?«

»Jechhooom!« sagte Ratso etwas nachdrücklicher.

»Nun, vielleicht ist es ein Segen, daß das passiert ist«, sagte ich. »Du hast ja gesehen, was Hollywood aus F. Scott Fitzgerald gemacht hat. Die waren auch zu Lone Ranger nicht besonders nett. Ließen ihn seine Maske noch nicht mal auf den Jahrmärkten tragen. Was dagegen, wenn ich rauche?«

Ratso machte in seiner Kehle ein Geräusch, das ich als Zustimmung einstufte. Ich checkte den Flur ab, sah, daß die Luft rein war, hackte den Hintern einer English Market Selection Rothschild Maduro ab und zündete das kleine Kerlchen an.

»Nun, ich sehe da draußen keine Oberschwester«, sagte ich. »Alles, was ich sehe, ist der Oberblödel.« Ich sah Ratso an und lächelte ein warmes, unbeschwertes, gewinnendes Lächeln. Seine Kiefermuskeln bewegten sich ein paarmal wie bei einem übereifrigen zweitklassigen Filmstar, und seine Lippen zuckten etwas grotesk. Ich entschied mich dafür, daß das die Art sein mußte, wie Leute mit verdrahtetem Kiefer lachten.

»Drehbücher zu schreiben ist wie Gartenmöbel zusammenzubauen. Das hat verdammt wenig mit Kreativität zu tun. Du solltest hier bei mir in New York bleiben, und dann lassen wir diese kleinen grauen Zellen an diesem neuen Fall arbeiten, der mir in den Schoß gefallen zu sein scheint wie eine Schüssel Matzekloßsuppe. Natürlich nehme ich an, daß mich das zu einem geistigen *Schlamassel* macht, nicht wahr? Der *Schlemihl* ist derjenige, der die Suppe verschüttet, glaube ich. Oder ist es andersrum? Ich wußte, daß ich einer von diesen beiden Typen bin.«

An diesem Punkt lachte ich auf eine gutmütige, selbstverächtliche Art. Ratso machte ein weiteres Geräusch in seiner Kehle. Es klang wie ein schwerfälliges und sehr unangenehmes Kind, das kichern lernt. Ich nahm das als positives Zeichen. Ich lehnte mich in meinem Stuhl zurück und paffte ein bißchen an meiner Zigarre. Die Maduro-Zigarre hat eine sehr dunkle Farbe und bringt einen auf ebenso offenkundig rassistische wie Freudsche Implikationen, hat aber ein hübsches Röstaroma, von dem ich annahm, daß es das Ambiente des sterilen, leblosen Zimmers nur verbessern konnte.

Ich setzte Ratso darüber ins Bild, was vor und nach seinem kleinen Unfall im Loft passiert war. Ich begann mit den Umständen von Tequilas Tod am Sonntag vor genau einer Woche. Ich erwähnte diese Sache mit der Sixteenth Avenue, dem fehlenden Adreßbuch und dem zeitweise fehlenden Puppenkopf, und dann spulte ich mit schnellem Vorlauf auf den Freitagabend, als ich Ratso auf meiner Türschwelle liegend vorfand. Ratso reagierte auf alles mit stoischer Ruhe, was so ziemlich die einzige Art ist, auf die eine Person mit verdrahtetem Kiefer reagieren kann. Falls er irgendwelche Gedanken hatte, dann behielt er sie für sich.

Zum Schluß informierte ich Ratso über die Vorgänge der vergangenen Nacht, in der Hauptrolle Winnies Ehemann aus Sing-Sing. Als ich zu dem Teil mit der Entdeckung des durch die Säure in den Perserteppich gebrannten gigantischen Lochs kam, sah ich das erste Lächeln auf Ratsos Lippen, seit ich das Zimmer betreten hatte. Es war schmerzlich, das zu sehen, aber so war es nun mal. Es sah irgendwie aus wie ein tiefgefrorenes Jackie-Kennedy-Beerdigungslächeln.

»Hier, Ratso«, sagte ich und reichte ihm eine leere Seite aus dem kleinen Notizbuch, das ich bei mir trug. »Schreib alles auf, was du von der Person gesehen hast, die dir das angetan hat.«

Ich gab Ratso einen Kuli, und er kritzelte manisch auf der Seite herum, als schließlich die Oberschwester reinkam und anfing über den Zigarrenrauch herumzunölen. Sie schenkte mir einen kalten Fischblick und rollte in einem für eine so große Frau überraschend flotten Tempo auf mich zu.

Die Schwester jagte mich nicht direkt durch den Raum. Sie tat nur so, als ich auf das Bett zusprang, den Zettel grabschte, den Ratso mir hinhielt, »Ist das alles?« fragte, ein knappes Nicken von Ratso erhielt und dann zwei Schritte vor dieser riesigen, zunehmend bedrohlicher aussehenden Furie in Weiß mit einem Stethoskop von der Größe des Holland-Tunnels um den Hals, um das Bettende herumrannte.

Ich ging so schnell zur Tür, wie es die Würde erlaubte.

Auf der Straße sah ich mir die grimmige, kalte, abfallblühende Visage des neuen Jahres an, als ein ungefähr halb so alter Mann wie ich eine in der Nähe stehende Mülltonne plünderte. Ich wußte nicht, ob er zufällig einer aus der wunderbar willensschwachen Generation von Amerikanern war, die wir in letzter Zeit heranzuzüchten scheinen, ein entlassener Patient aus dem Butt-Holdsworth-Heim für Verwirrte oder ein Typ von der Sorte wie ich, dem die Leute ausgegangen waren und der keinen Ort mehr wußte, wo er hingehen konnte. Er war ein kleines Stück des elenden Abfalls dieser wimmelnden Küste, was jetzt unglücklicherweise zu uns zu gehören scheint. Die Küste, meine ich.

Ich ging den Block zur chemischen Reinigung rauf, die jetzt von einer chinesischen Familie geführt wurde. Ich winkte einem kleinen Chinesenjungen zu, und er winkte zurück. Ich wußte nicht, ob sie immer noch Schürzen rösteten oder was chemische Reinigungen so machten, aber wenigstens waren sie freundlich.

Ich blieb etwas in Luv eines Typen stehen, der gegen eine Mauer pinkelte, schnippte meine Zigarre in die Gosse und zog das verknitterte Blatt aus meiner Manteltasche. Das Blatt, auf das Ratso alles geschrieben hatte, was er von seinem Angreifer gesehen hatte. Es war hellichter Tag, aber ich trat zum Lesen halb unbewußt unter eine Straßenlaterne.

Auf dem Blatt war eine irgendwie primitive, kindliche Zeichnung einer Faust zu sehen, auf deren vier Knöcheln die Buchstaben L-O-V-E tätowiert waren.

Fast präzise meine Gefühle für diese Jahreszeit.

25

Das Adreßbuch fehlte immer noch, als ich ins Loft zurückkam, ebenso wie mein Eifer, in den tückischen Sumpf des

Falls zu springen, ohne nicht wenigstens mit meinem großen Zeh das Wasser zu prüfen. Eine Woche war vergangen, seit Tequilas sterbliche Überreste fein säuberlich in den Styx gestreut worden waren, und noch immer gab es nichts Neues, es sei denn, man zählte das neue Jahr dazu, das – soweit ich das sehen konnte – nicht so verdammt gut aussah.

Ob Ratso nun in New York blieb oder nach Kalifornien ging, es sah nicht so aus, als würde er in der nächsten Zeit sonderlich hilfreich sein können. Ohne meinen treuen Dr. Watson an einem Mordfall zu arbeiten, würde ein einsamer Weg werden, aber wie mein alter Freund Tom Baker schon immer sagte: »Es gibt schlimmere Dinge im Leben, als einsam zu sein.« Unglücklicherweise hatte Tom versäumt, mir vor seinem außerplanmäßigen Abgang mitzuteilen, was das für Dinge waren.

Die Action schien in ziemlich regelmäßigen Abständen direkt zu mir ins Loft zu kommen. Wenn ich mitten in die Sache reinspringen wollte, dann mußte ich keinen allzu großen Sprung machen.

Ich zündete mir eine Zigarre an, setzte mich an den Schreibtisch und sprang.

Das erste, was ich überprüfen mußte, bevor ich überhaupt durch Tequilas trüben Hintergrund watete, war die Sache mit der tätowierten Faust. Winnies Ehemann aus Sing-Sing sah – obwohl er in der Nacht, als ich ihm begegnet war, seine kleinen Handschuhchen trug –, ganz wie der logische Kandidat für diese Art von dekorativer Selbstdarstellung aus. Tätowierungen dieser Sorte, L-O-V-E auf der einen und H-A-T-E auf der anderen Faust, waren in Gefängnissen und bei Motorradgangs üblich, allerdings waren sie unter Jungrepublikanern zur Zeit noch nicht so beliebt.

Der Punkt, der festgemacht werden mußte, war, ob Winnies Ehemann aus Sing-Sing auch Ratsos Angreifer war.

Wenn das einmal feststand, dann konnte möglicherweise auch ein hübscher Lichtstrahl auf die Identität von Tequilas Angreifer fallen. Alle drei gewaltsamen Vorfälle waren innerhalb einer Woche in meinem Loft passiert. Selbst wenn die Kriminalitätsrate in der Stadt niedrig war, schien sie in meinem Apartment hoch zu sein.

Ich paffte für einen Moment nachdenklich an meiner Zigarre und wog die Ödnis eines Gesprächs mit Winnie mit der Unerfreulichkeit eines Anrufs bei Cooperman ab.

Winnie gewann.

Nicht daß ich was gegen Bullen hätte; Bullen sind wichtig, und Lesben sind wichtig. Es ist nur so, daß man manchmal mit einer Lesbe besser fährt, wenn man einen Bullen nicht wirklich braucht.

Ich machte mir einen Espresso, klemmte mich wieder hinter den Schreibtisch, nahm ein paar vorsichtige Züge aus der Zigarre und rief Winnie an. Die Zimmerdecke schien im Moment hübsch ruhig zu sein. Als ich Winnie an den Apparat kriegte und sie über ihren Ehemann aus Sing-Sing ausfragte, schien sie besänftigt und fast kleinlaut wegen der Ereignisse der letzten Nacht zu sein.

»Ich habe meinen *Ex*-Mann Bud acht Jahre lang nicht mehr gesehen, Fuck-Face.«

»Sir Fuck-Face«, sagte ich.

»Selbst wenn die Adresse von Gettysburg auf seiner Schwanzspitze stände, wüßte ich das nicht.«

»David Allen Coe hat eine Schlange auf seiner Penisspitze eintätowiert«, sagte ich. Ich warf kurz einen Blick auf meine Zigarre, zog aber nicht daran.

»Wer ist David Allen Coe?« fragte sie.

Ich schlürfte vorsichtig an meinem Espresso. Ich hatte festgestellt, daß zu den beunruhigenderen Seiten von Lesben der fast absolute Mangel an Begeisterung für Country-Musik zählt.

»Country-Sänger«, sagte ich.

»Was hast du denn auf deiner Schwanzspitze eintätowiert?« fragte sie. »Eine Salmonelle?«

Aus dem Hörer kam ein sexy, fast knurrendes Gelächter. Ich kicherte mit, um zu zeigen, daß ich Spaß verstand und mich nicht in meiner Männlichkeit bedroht fühlte.

»Juden ist verboten, Tätowierungen auf der Penisspitze zu haben«, sagte ich ruhig. »Wenn sie das tun, dann müssen ihre Penisse auf nichtjüdischen Friedhöfen begraben werden. Manchmal nehmen wir natürlich die tätowierten Penisspitzen, packen sie ein und schicken sie nach Rußland. Die Russen pflanzen sie an. Züchten kleine Diktatoren daraus.«

Winnie lachte nicht. Sie sagte: »Das ist ja köstlich«, und legte auf. So wie es aussah, machte ich keine Fortschritte. Alles, was ich erfahren hatte, war, daß der Typ ihr *Ex*-Mann war und Bud hieß. Ich war nicht überrascht, daß er in Sing-Sing gelandet war. Typen, die Bud hießen, gerieten gewöhnlich in irgendwelche Schwierigkeiten. Selbst Robert Youngs Sohn in *Vater ist der Beste* brachte sich laut ›National Enquirer‹ anscheinend in Schwierigkeiten. Und wenn man im ›National Enquirer‹ steht und weder Astrologe noch brasilianischer Zwerg ist, dann ist man definitiv in Schwierigkeiten. Ich nahm einen Schluck Espresso, aber der war nur noch lauwarm. Ich paffte an der Zigarre, aber die war ausgegangen. Ich griff nach meinem Adreßbuch, aber das war nicht da. Manchmal – selbst wenn man nicht Bud heißt und kein brasilianischer Zwerg ist – kann das Leben öde sein.

26

Später an diesem Sonntag abend, als sich verfinsternde Schatten äußerst behutsam über die in der Vandam Street geparkten Müllwagen legten, suchte und fand ich Kontakt mit Sergeant Cooperman. Er war nicht sonderlich erfreut darüber, von mir zu hören. Während unserer kurzen Unterhaltung gelang es mir, diverse halbgare Informationsschnipsel aufzuschnappen. Sing-Sing war heutzutage als Ossining-Strafanstalt bekannt. Ich drückte Cooperman mein Bedauern darüber aus, daß ein farbiger, poetischer Name wie Sing-Sing in einen so langweiligen, fast gefängnisgrauen bürokratischen Namen wie Ossining-Strafanstalt umgeändert werden konnte. Cooperman rülpste leise ins Telefon.

Ich erfuhr auch, daß Cooperman Buds Strafakte nach Tätowierungen auf den Handknöcheln abchecken lassen und in der Angelegenheit wieder auf mich zukommen würde. Zum Schluß erfuhr ich, daß man Bud in nächster Zeit nicht rauslassen würde, eine Aussage, der ich von Herzen mißtraute, weil ich die Entlassungspolitik der New Yorker Gefängnisse und Irrenhäuser kannte. Ich war Leser der ›Post‹, und ich erinnerte mich an die Story von einem Typen, der seiner Mutter den Kopf abgeschnitten hatte, kurz zur Beobachtung festgehalten und dann entlassen worden war und prompt seiner Exfrau den Kopf abschnitt. Die Schlagzeile hieß, glaube ich: ZWEI KÖPFE SIND BESSER ALS EINER. Aus irgendeinem Grund dachte ich flüchtig an Cleve.

Die Unterhaltung endete abrupt, als Cooperman einen Notruf oder was auch immer bekam und auflegte, als ich gerade sagte: »Wiedersehn, Sergeant, vielen Dank.«

Wenn man mit einem Hörer in der einen und einer Zigarre in der anderen Hand sitzengelassen wird, dann ist es immer gut, den Hörer hinzulegen und die Zigarre anzuzünden. Ich vollbrachte diese Kunststückchen. Die Katze applaudierte nicht.

Ich vermißte immer noch mein Adreßbuch. Selbst wenn es jemand gegeben hätte, den ich anrufen konnte, war es nicht möglich, ihn anzurufen. Vielleicht hätte ich das tun sollen, was mein Freund Don Imus jeden Silvesterabend macht. Er wirft sein Adreßbuch ins Feuer. Ich hatte meines schon so lange, daß es anfing, sich wie das *Buch der Toten* zu lesen.

Es ist schön und gut, wenn man sich zurücklehnt und auf Anrufe wartet, aber wenn man versucht, eine Morduntersuchung durchzuführen, dann kann man lange auf der Lauer liegen und auf den Wildwechsel warten.

Ich zog das Gitarrenplektrum aus der Tasche und studierte es auf dem Schreibtisch. Jau. Sie hatten meinen Namen richtig geschrieben.

Ich dachte an die mühevolle Arbeit, die notwendig war, um die Telefonnummern der Leute zusammenzukriegen, die mal in und um die Texas Jewboys herum gewesen waren. Das waren die, dachte ich, die sich am wahrscheinlichsten immer noch an einem dieser Gitarrenplektren festhielten.

Einige der Leute und einige der Plektren, dachte ich, konnte man finden, und manche von ihnen nicht. So hatte ich zum Beispiel eines von ihnen meinem Friedenskorps-Kumpel John Morgan gegeben, der es mal benutzt hatte – erfolgreich, sollte ich zufügen –, um bei einem Eric-Clapton-Konzert hinter die Bühne zu kommen. Später verschwanden Morgan und das Plektrum auf mysteriöse Weise, und ich nehme an, daß es Zeiten gab, in denen man das gleiche von Eric Clapton behaupten konnte, aber das ist eben Rock 'n' Roll. Ich hatte schließlich herausgefunden, was aus John in Borneo geworden war, aber die Umstände waren so eigenartig gewesen, daß die Themen Plektrum oder Eric Clapton nie auftauchten.

Was mich allerdings am meisten störte, war die Tatsache, daß das Wasser gelaufen war, als ich letzte Woche das Loft verlassen hatte, und daß ich auf dem Weg nach draußen nicht das Plektrum auf der Türschwelle sah. Also war es logisch anzunehmen, daß, wer auch immer Tequila alle gemacht hat, auch das Plektrum fallengelassen hatte, und ich raffte schnell, daß es, wenn Tequila es nicht auf seinem Weg nach drinnen fallengelassen hatte, dort absichtlich hingelegt worden sein konnte. Die Person, die das tat, theoretisierte ich, hatte auch mein Adreßbuch mitgehen lassen. Der Bastard. Aber *warum*? Was für Nummern konnten in dem Buch sein, die ein Mörder in seine blutigen Finger kriegen wollte?

Ich dachte darüber nach, während ich die Katze mit einem Spätabendsnack aus Thunfisch fütterte. Ich dachte darüber nach, während ich allein am Küchentisch saß und eine Zigarre rauchte. Ich dachte darüber nach, während ich auf das rhythmische Stampfen der Lesbentanzschule hörte, das irgendwo oben über meinem Kopf im New Yorker Nachthimmel losging.

Ich dachte später in der Nacht im Bett immer noch darüber nach, als ich den Anruf von Dylan Ferrero bekam, dem ersten Roadmanager der Texas Jewboys. Dylan erzählte mir, daß Raymond Boatright, der Keyboardspieler der Band, gerade mit einer Überdosis Drogen tot in seinem Apartment aufgefunden worden war. Es solle eine Obduktion vorgenommen werden.

Laut Dylan fand man Boatright über einem alten Texas-Jewboys-Erinnerungsalbum sitzend in seinem Apartment.

27

Während der späten sechziger und frühen siebziger Jahre gab es eine Phase im Rock 'n' Roll, in der man den Tod eines Bandmitglieds als eine sehr modische und beiläufige Angelegenheit betrachtete. Nach dem Ableben des besagten Individuums hatte die Band dann einen Erfolg, der größer war, als sie ihn sich je erträumt hatten oder als sie ihn in der Regel tatsächlich verdienten. Durch das Vermächtnis von Nancy Reagans überzeugendem »Sag-einfach-nein«-Programm und George Bushs ebenso effektiver Antidrogenpolitik waren Drogen, und dementsprechend der Tod, jetzt nicht mehr so beliebt wie früher. Trotzdem sind beide noch in der Nähe. Wenn man sie will, kann man sie finden.

Ich für meinen Fall hörte vor einigen Wochen mit dem Kokainschnupfen auf, als Bob Marley aus meinem linken Nasenloch purzelte. Hab's seitdem nicht mehr angerührt. Kokain meine ich. Ich berühre immer noch mein linkes Nasenloch, wenn ich denke, daß keiner hinguckt. Ich berührte mein linkes Nasenloch an jenem Mittwochmorgen, als ich an meinem Küchenfenster stand und mich – das war sicher – jemand beobachtete.

Es war eine Gestalt mit einem sehr großen Kopf, die da draußen auf dem gefrorenen Bürgersteig stand. Der Kopf sah zu mir hoch. Es war entweder McGovern oder ein sehr guter McGovern-Imitator, aber das war auch gleichgültig, denn es sah nicht so aus, als würde er verschwinden.

»Hör auf, in der Nase zu bohren«, schrie er, als ich das Fenster öffnete und den Puppenkopf runterwarf. Der Puppenkopf vollführte eine graziöse kleine Flugbahn, die McGovern zeitweise aus dem Blickfeld brachte.

Flugbahn. Ich dachte daran, was Kelli Tuck, die mit den perfekt geformten, muskulösen Tänzerinnenbeinen, am Silvesterabend erwähnt hatte. Ihr Vater, Grady, hatte eine

Theorie aufgestellt, die er »Das Leben als Flugbahn« bezeichnete. So wie die NASA zum Beispiel, wenn sie eine Rakete auf dem Mond landen wollte, ein bißchen über den Zielpunkt hinaus zielte, glaubte Grady, man solle immer ein bißchen über seine Träume hinaus zielen.

Ich beobachtete, wie der Puppenkopf mit seinem farbenfrohen Fallschirm seine eigene kleine Flugbahn beendete und direkt vor McGoverns Nase niedersank. Ich beobachtete, wie er danach griff und ihn verfehlte und der Puppenkopf schmerzhaft mehrere Male Gesicht voran auf den herzlosen, steinzeitlichen Bürgersteig New Yorks titschte. Ich beobachtete, wie der kleine Kopf den Bürgersteig hinunterrollte und die große Gestalt mit dem großen Kopf ihm in die Gosse hinterherflitzte wie eine gigantische Sonne, die plötzlich in das Gravitätsfeld eines kleinen schwarzen Tennisballs hineingezogen wurde.

Soviel zum Leben als Flugbahn.

In der Theorie mochte das funktionieren, aber in der Praxis fand ich immer, daß man weniger Enttäuschungen erlebt, wenn man sich an Tom Lehrers Lebensdevise hält. »Das Leben«, sagt Lehrer, »ist wie ein Abwasserkanal. Was man herausbekommt, hängt davon ab, was man hineintut.«

Einen kurzen Moment später nippten McGovern und ich vorsichtig an zwei sehr heißen Espressos. Es waren keine Theorien über das Leben, die wir diskutierten. Es waren Theorien über den Tod.

Auf dem Tisch zwischen uns hatte McGovern fürsorglich seinen sehr schrillen ›Daily News‹-Artikel über Tequilas Ermordung ausgebreitet. Ich überflog ihn, bis ich zur Wendung »Gehirn ging den Bach runter« kam, und legte ihn dann wie Hercule Poirot in perfekter Symmetrie zurück zwischen uns auf den Tisch.

»Das ist ja wohl ziemlich kraß, McGovern, oder?«

»Du hättest die ›Post‹ lesen sollen!« lachte McGovern

sein lautes, herzhaftes irisches Lachen. Für dieses Lachen würde es immer zu früh am Morgen sein.

»McGovern«, sagte ich etwas hitzig, »nichts gegen die *großen* Artikel, die du in der Vergangenheit geschrieben hast . . .«

»Viele davon über dich.«

»Natürlich. Nichts dagegen – aber wenn ich in der Grand Central Station einen Nixon abdrücke und die Wände der Herrentoilette lese, dann könnte ich mir die 35 Cents sparen.«

McGovern sah verletzt aus, und ich bedauerte diese Bemerkung auf der Stelle. Aber er nahm einen Schluck Espresso und wurde sofort wieder fröhlich.

»Du würdest nur zehn Cents sparen«, sagte er.

»Wieso das?« fragte ich. Ich zündete meine erste Zigarre an diesem Morgen an und wartete.

»Es kostet dich 25 Cents, im Grand Central einen Haufen zu legen«, sagte er. Dann lachte er sogar noch lauter.

Plötzlich wurde McGovern sehr ernst. »Es ist kaum zu glauben, daß vor zehn Tagen genau hier in deinem Loft ein Typ umgebracht wurde.«

»Nicht schwerer, als an Wolkenkuckucksheim zu glauben«, sagte ich. Ich nutzte das Ausbleiben eines irischen Gelächters, um beide Espresso-Tassen nachzufüllen und McGovern die Neuigkeiten mitzuteilen, die Dylan mir vor ein paar Tagen erzählt hatte. McGovern starrte mich nachdenklich an. Ich zuckte liebenswürdig mit den Achseln und nahm einen oder zwei Züge aus der Zigarre.

»Nur einer dieser kleinen Zufälle im Leben«, sagte ich.

»Oder Tod«, sagte McGovern.

In Ordnung, es war ein Zufall. Merkwürdig, daß Raymond Boatright und ich nach all den Jahren plötzlich auf derselben Wellenlänge liegen sollten. Ich war hier oben in New York und hatte mit dem Gedanken jongliert, gekämpft und gerungen, wieder mit der Band auf Tournee zu gehen. Raymond, der zeitlich und geographisch so weit weg war, hatte auffallend ähnliche Knochen ausgegraben. Ein Erinnerungsalbum über die Texas Jewboys.

Wir tranken schweigend unseren Espresso. Die Katze sprang auf den Küchentisch, und McGovern tätschelte ihren Kopf, als würde er ganz sanft einen Basketball dribbeln. McGovern liebte alles, aber mit Tieren hatte er nicht besonders viel Glück. Einmal hatte er seine großen irischen Arschbacken, ohne hinzuschauen, auf eine Couch abgesetzt und den Schoßhund seiner Freundin schwer verletzt.

»Weißt du«, sagte er, »der erste Schuß, der Tequila traf, war ein Unterleibsschuß. Er wurde direkt durch den Vorhang abgefeuert und hat ihn wahrscheinlich nicht umgebracht. Dann reißt der Killer den Vorhang auf und sieht, wer sein Opfer ist, oder denkt möglicherweise, daß er erkannt wurde, und macht Tequila mit einem Kopfschuß aus nächster Nähe alle.«

Ich paffte geduldig an meiner Zigarre und wartete. Man mußte eine Menge warten, wenn McGovern theoretisierte.

»Dieser erste Schuß«, sagte er, »der durch den Vorhang gefeuert wurde –«

»Komm schon zur Sache«, sagte ich gereizt.

»Dieser erste Schuß«, sagte McGovern, »galt dir.«

28

Ich kaufte McGovern die Theorie nicht so ganz ab, aber ich dachte während des ganzen Wegs zur Jameson-Flasche darüber nach. McGovern war ein großer, lebhafter, freundlicher, humorvoller Amerikaner, aber er war auch ein sehr schlauer Amerikaner. Er war der einzige bei der ›Daily

News‹, der Nieman-Fellow der Harvard Universität war, eine der höchsten Auszeichnungen für Journalisten. Er war auch der einzige Nieman-Fellow, der nie die High-School beendet hatte.

Und McGovern dachte, der erste Schuß sei für mich bestimmt gewesen. Ich schenkte mir die Art von Schuß ein, die ich verdammt lieber mochte, und kippte ihn runter. Eine hübsche Art, den Tag zu beginnen. Man trinkt einen Schuß Jameson und fängt an zu begreifen, daß jemand einen umbringen wollte. Nicht daß ich nicht an so was gedacht hatte. Aber wenn McGovern etwas sagte, an das er fest glaubte, dann hatte das eine große geistige Kraft.

Ich schenkte mir noch einen medizinischen Schuß ein, um meine Nerven zu beruhigen. Es war sehr früh für mich. Fast elf Uhr. Vielleicht sollte ich in ein indisches Restaurant gehen. Waren jetzt irgendwelche indischen Restaurants geöffnet? Frühstückten Inder? Was bestellten sie sich – Blintzis *vindaloo*?

Ich setzte gerade den zweiten Schuß an, als die beiden roten Telefone, die an der gleichen Leitung hingen, auf beiden Seiten meines Schreibtischs gleichzeitig anfingen zu klingeln. Natürlich klingeln sie immer beide gleichzeitig. Das hängt damit zusammen, daß man sie an die gleiche Leitung hängt. Aber es stellt eine Dringlichkeit und Bedeutung her, die ich irgendwie mag. Man fühlt sich so, als würde man etwas Lebenswichtiges tun, etwa so, als säße man am Krisentelefon der überregionalen Bulimie-Vereinigung.

Ich trug den Schuß Jameson zum Schreibtisch rüber und hörte, nachdem ich den Hörer zur Linken aufgenommen hatte, die unverwechselbare, knirschende, kiesige Stimme von Sergeant Cooperman.

»Keine Initialien, Tex«, sagte er. »Nicht L-O-V-E, nicht H-A-T-E. Noch nicht mal M-A-M-A.«

»Zu schade«, sagte ich. Die Sache hatte sowieso zu einfach ausgesehen.

»Was ist los, Tex? Du wolltest Initialen? Stehst du auf Initialen?«

»Nicht besonders. Ich spreche nicht gerne ›Ficken‹ in voller Länge aus, wenn ein K-I-N-D dabeisteht, aber das ist –«

»Weißt du, Tex, ich mußte in dieser Woche zweimal vorbeikommen. Dreimal wäre wirklich entzückend. Was du brauchst, ist mal für ne Weile aus der Stadt rauszukommen. Überrede doch die kleine aggressive Lesbe da oben, mit dir Urlaub zu machen. Fahr mit ihr zu den Niagarafällen.«

Möglicherweise wegen dieser homophobischen Nuance Coopermans dachte ich an Oscar Wilde und was der über die Niagarafälle gesagt haben soll, als er sie sah: »Die zweitgrößte Enttäuschung für amerikanische Bräute.« Solche Homos wie Oscar Wilde wurden heute nicht mehr gebaut. Heute wurde eine verdammt große Menge von Homosexuellen gebaut, besonders in Anbetracht dessen, daß sie sich nicht selbst reproduzieren konnten. Aber keiner von ihnen war so clever oder so witzig wie Oscar Wilde. Natürlich war das auch sonst niemand.

»Ich hab gehört, daß Portugal ganz schön sein soll«, sagte ich zu Cooperman.

»Sieh mal, Kumpel, ich muß dir was sagen. Ich weiß nicht, was los ist, aber du steckst definitiv mitten in einer Sauerei, die sich wahrscheinlich als ganz schön übel herausstellen wird. Tatsächlich hat sie das schon. Wir haben die Fingerabdrücke von dieser Kirby-McMillan-Tequila-Type überprüft und nichts gefunden. Die AAOV hat bisher auch nichts rausgekriegt.«

»Was ist mit Bud aus Sing-Sing? Ich meine die Ossining-Strafanstalt? Ratso wurde letzte Woche im Hausflur von einem Kerl zu Boden geschickt, der L-O-V-E auf seiner

Faust stehen hatte. Also war es offensichtlich nicht Bud. Aber wer sagt, daß Bud nicht die Woche davor hier herumhing und Tequila umlegte?«

»Ich sag's«, sagte Cooperman. »Er müßte dann schon eine verdammt außerkörperliche Erfahrung gemacht haben. Er wurde nicht vor Silvesterabend aus dem Gefängnis entlassen.«

Nachdem ich Cooperman abgehängt hatte, fütterte ich die Katze mit etwas Thunfisch, nahm die zwei Espressotassen vom Küchentisch und spazierte mit ihnen zum Spülbecken, wo sie sich in der Gesellschaft einiger freundlicher Kakerlaken und all dem anderen ungewaschenen Scheiß wohler fühlen würden. Ich sah mich im Loft um, und plötzlich empfand mein kurzsichtiges inneres Auge, daß der Ort so staubig, kalt, leer und unbewohnt zu sein schien wie eine Dachstube, die nicht an alte Zeiten erinnert werden wollte.

Ich übergab der Katze die Verantwortung, schnappte mir ein paar Zigarren, zog meinen alten Cowboyhut und meine Jagdweste an und machte mich davon. Ich nahm die Vandam Richtung Hudson zur Eighth Avenue, und als ich ins LaBonbonniere einkehrte und Charles, dem Besitzer, ein Hallo zuwinkte, hingen meine Nasenhaare schon runter wie gefrorene Stalaktiten.

Sie hatten eine neue Kellnerin mit einem interessanten Mund, ungefähr siebenundzwanzig Armreifen und mit Beinen, die mich ein bißchen an die von Kelli erinnerten. Sie fragte mich nach meinen Wünschen, und ich bestellte Schinken und Eier nach Hochzeitsreisen-Art.

»Was ist Hochzeitsreisen-Art?« fragte sie, während sie sich diverse Armreife zurechtschob.

»Stramm und hart«, sagte ich. Ich kann mich nicht erinnern, ob sie lachte oder nicht, aber die fette Lady am Nebentisch schien das nicht besonders witzig zu finden.

Ich musterte die Lady, während ich frühstückte. Sie brachte mindestens dreihundert Pfund auf die Waage, und der Typ ihr gegenüber, den ich als ihren Mann einschätzte, sah so aus wie der normale Durchschnittstyp. Man sieht eine Menge fetter Ladies wie diese, und alle scheinen ganz nett aussehende durchschnittliche Männer zu haben. Ich fragte mal meinen Freund Dr. Jim Bone danach, und er sagte, das sei das Jack-Sprat-Phänomen.

Irgendwas war definitiv schief an diesem Bild am Nebentisch, und ich nehme an, das Jack-Sprat-Phänomen erklärte es ebensogut wie alles andere, aber es sagte mir nicht, was mit dem Bild in meinem Kopf nicht stimmte. Niemand lebt ewig, aber zwei Mitglieder der Originalband, der Texas Jewboys, waren gerade innerhalb einer Woche zu Jesus gegangen. Als ich ins Loft zurückkam, plante ich, Dylan anzurufen, um einen aktuellen Bericht über Raymond Boatrights Tod zu bekommen, aber Tequilas Abkratzen fing an mir echte Rätsel aufzugeben. Irgendwas daran stimmte absolut nicht, so viel war mir klar. Irgendwas, das ich gesehen, aber nicht wirklich wahrgenommen hatte.

Ich trank Kaffee und sah aus dem Fenster auf die Eighth Avenue und dachte an all die Dinge, die jeden Tag passieren und deren Bedeutung wir nicht richtig einschätzen. Es ist zum Beispiel überliefert, daß König Ludwig XVI. von Frankreich am Dienstag, dem 14. Juli 1789, als der Mob die Bastille stürmte, in sein Tagebuch das Wort »nichts« schrieb.

Ich trank noch mehr Kaffee und sah aus dem Fenster, während die Historie draußen auf der bereits altertümlichen Straße langsam dahintickte. Die Vergangenheit und die Gegenwart sind eng miteinander verflochten, dachte ich. Geschichte ist das, was passiert, wenn eines von beiden ein bißchen weiter vorne liegt als das andere. Als ein paar

Kids auf Skateboards vorbeirollten, schloß ich für einen Moment meine Augen, und es klang fast wie eine Straßenbahn.

29

»Linguini und Joghurt?« fragte ich.

»Magst du das nicht?« hörte ich Kelli in einem Ton fragen, der einen in seiner kindlichen Unschuld geradezu verrückt machte.

»Natürlich mag ich das«, rief ich. Ich blies ein bißchen Zigarrenrauch zu den Lesben hoch und schnitt der Katze ein Gesicht. Die Katze reagierte nicht, aber ich wußte verdammt gut, daß sie Linguini und Joghurt nicht mögen würde. Linguini und Thunfisch vielleicht.

»Also heb dir was von deinem Appetit auf. Das wird wirklich gut. Das Dinner ist bei Freunden von mir, ein paar Tänzer, die ich dir vorstellen möchte.«

»Ich hab schon einen ziemlichen Appetit«, sagte ich, »Auf Spagate, die du auf meinem Nasenrücken machen könntest.«

Kelli kicherte nachsichtig. Ich auch.

Es war kurz vor halb zwei, als ich Kelli abhängte. Es war ausgemacht, daß ich sie gegen acht in ihrer Wohnung in der West Eleventh Street abholen und wir uns dann gemeinsam zwecks Linguini und Joghurt ins East Village wagen würden. Mein »in«-Ticket lag zwar schon fein abgelocht in meiner »en vogue«-Schublade, aber das hier versprach die Art von Erfahrung zu werden, die nur sehr wenige Amerikaner in ihrem Leben machten. Ich schuldete mir das. Ich schuldete es meinem Land.

Als ich die Tagespost durchging, bemerkte ich, daß ich auch den Stadtwerken, der Telefongesellschaft und der sehr unangenehmen Griechin, die mir das Loft vermietet hatte, schuldete. Ich begriff plötzlich, daß ich nicht ewig ein arbeitsloser Jugendlicher bleiben konnte. Man kann keine Jukebox essen. Mein Bankkonto fing an, dem Dr. Martin Luther Kings zur Zeit seines Todes zu gleichen. Ich dachte flüchtig daran, die Texas Jewboys zusammenzutrommeln und wieder *on the road* zu gehen. Dann dachte ich an Tequila. Und Raymond. Es hatte diverse Inkarnationen der Jewboys gegeben, und es gab Typen, die gerne für die beiden eingesprungen wären, aber das wäre nicht dasselbe gewesen. Allerdings, wenn ich jemand wäre, der immer nur dasselbe wollte, dann würde ich heute abend nicht zu Linguini und Joghurt ins Village gehen.

Ich entschloß mich, mir keine Geldsorgen zu machen. Wie ich schon immer gesagt habe: »Mit Geld kannst du dir einen prächtigen Hund kaufen, aber nur die Liebe läßt seinen Schwanz wackeln.« Wenn ich nicht ganz danebenlag, dann würde dieser Schwanz später in der Nacht in der Vandam Street verdammt gut mit dem Hund wackeln.

Gegen halb sechs, als ich dachte, daß Dylan nach dem Unterricht seiner vierten Klasse in San Antonio, Texas, zu Hause sein müßte, kriegte ich ihn ans Telefon.

»Wie war's in der Schule?« fragte ich.

»›Teach your children well‹«, sagte er. Dylan hatte die liebenswerte, einen zum Verzweifeln bringende Angewohnheit, ständig in Rocksongtexten zu sprechen. Das war keine schlechte Angewohnheit wie, sagen wir mal, in der Nase zu bohren, aber manchmal verlangte es von seiten des Zuhörers die Gleichmütigkeit eines Mahatma.

»Irgendwas Neues von Boatrights Obduktion?«

»›Don't send me no more dead flowers, baby, no.‹« Wie unterrichtete der bloß?

»Die Obduktion, Dylan? Gibt's da was?«

»›Nothing was delivered‹«, sagte er.

Nach etwas Baggern und Schmeicheln war ich in der Lage, Dylan nicht nur zu verstehen, sondern ihn zumindest zeitweise von seinen Rocktexten abzubringen.

»Also sieht es nach einer absichtlichen Überdosis aus«, sagte ich. »Das ist sehr schlimm.« Es war sehr schlimm. Aber mir war neuerdings die Sympathie für Drogenüberdosen abhanden gekommen, ob nun vorsätzlich oder nicht vorsätzlich. Zu viele Leute, die auf dieser vergammelten Grapefruit von einem sterbenden Stern leben wollten, waren willkürlich von der Liste gestrichen worden. Jemand da oben war am Schalter eingeschlafen.

»Das ist ganz schön merkwürdig, Hoss«, sagte Dylan. »Ray war nicht der Typ für Selbstmord. Und er kannte die Gefahr von Drogen aus seinen vielen Jahren *on the road* ziemlich gut.«

»Es sind immer die besten Schwimmer, die ertrinken«, sagte ich.

Dylan enthüllte auch, daß er am Vortag einen Anruf von Snakebite Jacobs bekommen hatte, dem Bläser der Jewboys, der in New Orleans lebte. Snakebite hatte anscheinend kurz vor Boatrights Tod noch von ihm gehört, und Raymond hatte sich bestens angehört.

»Genaugenommen«, sagte Dylan, »hat Ray sich bei Snakebite nach deiner Telefonnummer erkundigt, aber Snakebite hatte sie nicht. Ray wollte auch die Nummer von einem anderen aus der Band.«

»Und von wem?« fragte ich mit einem leicht beängstigten Gefühl.

»Er wollte Tequilas Nummer. Du weißt nicht, wo Tequila zu erreichen ist, oder?«

»Nein«, sagte ich.

Nachdem ich aufgelegt hatte, sah ich zur Katze rüber.

»Ich hätte ihm ja die Nummer 1-800-GRAB geben können«, sagte ich.

30

Das East Village ist ein Dorf wie jedes andere, mit der Ausnahme, daß es heruntergekommener, exzentrischer und gewalttätiger ist. Es wird weitgehend von Hexen, Homosexuellen und Drogensüchtigen bewohnt, und natürlich von einigen faulen Äpfeln, die man in so ziemlich jeder Gemeinde vorfindet.

»Hoffentlich gibt es hier das Gegenteil von ganz viel Linguini und Joghurt«, sagte ich, als wir irgendwo in einer gottverlassenen Gegend sieben dunkle, feuchte Treppen hochmarschierten. »Was ich wirklich gerne hätte, wäre ein dickes, behaartes Steak.«

»Das ist ja widerwärtig«, sagte Kelli und zog ihre hübsche, gesundheitsbewußte Nase hoch, als wir uns auf den Weg durch den Flur machten, der fast groß genug für eine Conga-Formation von Pygmäen war. Merkwürdige Musik erklang hinter einer schäbigen Tür. Hörte sich an, als hätte jemand seine Ravi-Shankar-Platte zu lange in der Sonne liegenlassen.

Kelli klopfte.

Ich klopfte.

Wir klopften beide.

Nach einiger Zeit wurde die Tür von einem sehr verbiesterten Pansexuellen mit grünen Haaren geöffnet, der »Entrez-vous« sagte. Machten wir.

Der Raum war mit Kerzen beleuchtet und duftete nach Räucherstäbchen. Nach dem Aussehen der vierzehn Männer und der einen Frau zu urteilen, besaß der Raum das leicht ungesunde Ambiente eines trostlosen homosexuellen Haight-Ashbury.

»Ich möchte lediglich Linguini essen«, sagte ich, als die Männer und die Frau anfingen, mit geschlossenen Augen durch den Raum zu wirbeln.

Unser Gastgeber ignorierte meine Bedürfnisse. Statt dessen sprach er so geduldig zu Kelli und mir, als seien wir Schüler in Dylan Ferreros vierter Klasse. »Kundalini-Yoga«, sagte er, »ist eine sehr alte indische Yoga-Version. Es geht darum, daß man seinen Körper rauf und runter rüttelt, damit die Energie angeregt wird, dein Rückgrat rauf und runter zu laufen.« Er schloß die Augen und gab uns eine sehr kranke, kleine Demonstration. Ich schenkte Kelli ein sehr dünnes und ein klein wenig frostiges Lächeln.

»Kundalini-Yoga«, sagte ich und nickte weise mit dem Kopf.

»Kundalini-Yoga«, sagte sie zu dem Ding mit den grünen Haaren, aber der drehte sich jetzt mit geschlossenen Augen um sich selbst und durfte nicht gestört werden.

»Das grüne Moos ist wohl so ziemlich das einzige Normale an diesem Kerl«, sagte ich. »Soviel zu Linguini und Joghurt.«

»Tut mir leid«, sagte Kelli. »Ich muß diesen New Yorkern da mit meinem Texas-Akzent zugehört haben.«

»Die da«, sagte ich und zeigte auf die vierzehn Männer und die Frau, die jetzt alle wie verrückt im Zimmer herumwirbelten, »sind *keine* New Yorker. *Die da* sind Kreaturen von einem weit entfernt gelegenen Doughnut. Die Frage nach ihrem sexuellen Ich gleicht einem Multiplechoice-Test.«

»Sie bewegen sich aber sehr hübsch«, sagte sie.

»Das ist eine wunderbare Art, ihre Persönlichkeit auszudrücken«, stimmte ich zu. Mein Kopf schmerzte, und ich stand kurz davor, vor Hunger umzukippen, aber man muß einer Tänzerin den Willen lassen, wenn man auf ihre Mithilfe bei einem horizontalen Hula-Hoop hofft.

Ravi Shankar gab schließlich seinen Geist auf, die Tänzer hörten auf, sich zu bewegen, und hielten träge ihre Positionen ein wie anämische, degenerierte Kaufhausmannequins, und ein unheimlicher kleiner Typ kam so gutgelaunt auf uns zu wie ein Cousin zweiten Grades bei einer Bar-Mizwa-Feier. Er umarmte Kelli und stellte sich mir als Bongo vor, einen Tänzer, mit dem Kelli mal gearbeitet hatte, als sie in einer Las-Vegas-Show auftrat. Er war offensichtlich derjenige, der mich in diesen Albtraum hineingebracht hatte, und ich wollte ihn schlagen wie eine Trommel.

»Was meint ihr?« fragte er, übers ganze Gesicht strahlend, während er auf die Tänzer im Zimmer zeigte, die jetzt nur wenig substantieller aussahen als schmelzende Kerzen. Die Szenerie gab einem das Gefühl, als würde man sich im Inneren eines verdorbenen menschlichen Geburtstagskuchens befinden. Ich wäre verdammt gerne da rausgekommen, aber es sah nicht so aus, als ob ich mir was wünschen durfte. Ich würde verdammt sicher keine Kerzen ausblasen können.

»Großartig«, sagte Kelli.

»Das hat was«, sagte ich.

»Aber das ist noch nicht alles«, sagte Bongo. Er führte uns dort hinüber, wo alle in Lotus-Position einen sehr unangenehmen Kreis auf dem Boden bildeten. Ich hatte nicht mehr in der Lotus-Position gesessen, seit ich ein Fötus war.

Nachdem Kelli und ich unseren Platz in dem Kreis eingenommen hatten, stellte uns Bongo der Gruppe vor. Dann teilte einer nach dem anderen seine intimen Gefühle mit uns, jetzt, wo die Magie des Kundalini-Yoga alle in Berührung mit der Energie in ihrem Rückgrat gebracht hatte.

»Ich fühle mich vollständig aufgesogen von der Liebe für jedermann«, sagte ein junger Mann.

»Ich spüre einen großen Zorn auf meine Eltern, weil sie mich nicht mich selbst sein ließen«, sagte ein anderer, der offensichtlich den Schwarzen Gürtel im Jüdischen Jammern besaß.

Die Frau fing aus irgendwelchen unerfindlichen Gründen an zu schluchzen. Ihr Schluchzen dauerte eine ganze Weile, so daß sie es dankbarerweise versäumte, ihre Erfahrungen mit uns zu teilen.

»Der nächste, bitte«, sagte ich ruhig. Kelli gab mir einen Rippenstüber, und bevor ich wußte, wie mir geschah, sah mich ein Typ mir gegenüber sehr durchdringend an.

»Ich empfinde eine große Liebe für Kinky«, sagte er.

31

Später auf der Straße schnappte ich mir das erste Floß, das ich sah, führte es zielstrebig nach Little Italy und Kelli in Luna's Restaurant in der Mulberry Street, wo wir schließlich noch ein paar richtige Linguini schluckten. Luna's war das Lokal, in dem Ratso und ich mit Mike Bloomfield ein paar Wochen vor seinem Tod zum Dinner waren. Jedesmal, wenn ich dort hinging, glaubte ich, wunderschöne verminderte Gitarrenakkorde zu hören.

Luna's hat sich nie geändert. Man mußte an einer vollgepackten Spülküche vorbei, um in das Lokal hineinzugelangen. Der Kellner, eine fröhliche fette Version einer Figur aus *Beim Sterben ist jeder der erste*, kam an den Tisch und sang »She'll Be Comin' Round the Mountain When She Comes«, bevor er uns die Speisekarten zuwarf. Yola war die Lady hinter der Theke. Sie war Ratsos Freundin und gerade damit beschäftigt, das jüdische Piano zu bearbeiten und sich eine Wiederholung von *Barnaby Jones* anzuschauen. Die Pasta hier war die beste der Welt.

Der Kellner brachte uns eine große Karaffe Rotwein und einen Laib italienisches Brot und war bei der letzten Strophe von »She'll Be Comin' Round the Mountain«, als Kelli sich entschuldigte und zur Damentoilette ging. Für einen kurzen glänzenden Moment hatte ich Wein, Weib und Gesang gehabt. Jetzt, wo Kelli und der Kellner gegangen waren, hatte ich nur Wein. Ich würde es schon schaffen.

Ich sah über die Mulberry Street rüber auf das kleine Franziskanerkloster: *The Church of His Precious Blood.* Ich betrachtete den Wein als Mike Bloomfields Blut. Er war ein Jude wie Jesus. Dünn wie Jesus. Starb wie Jesus ziemlich jung. Alle Jesusse starben jung, dachte ich, als der Kellner zwei riesige Portionen Linguini mit roter Krabbensauce und eine große, pikant duftende Schüssel *Zuppa di pesce* brachte, in der alles außer den Küchenresten herumschwamm. Es war schwer, sich vorzustellen, wie ein gealterter Jesus wohl gewesen wäre. Ein abgerissener, arbeitsloser, obdachloser alter Furz in einem ausgefransten Purpurgewand, der in Domino-Spielhallen und auf Boccia-Plätzen herumhing und Touristen mit seinen exzentrischen Mätzchen auf die Nerven ging. Es war wahrscheinlich ganz gut, daß er jung starb, dachte ich. Wie für alternde Filmköniginnen und alternde homosexuelle Königinnen gab es auch für einen alternden König der Menschheit keine Nachfrage. Ich schenkte mir noch ein Glas Wein ein und fing mit der Suppe an.

Als Kelli zurückkam, setzte sie sich und schenkte mir ein gezwungenes kleines Lächeln. »Warte nicht auf mich«, sagte ich. »Fang ruhig schon an.«

»Ich hab was in meiner Handtasche gefunden«, sagte sie.

»Das ist an sich schon ganz schön bemerkenswert.«

Kelli lächelte matt. »Erinnerst du dich an den Exfreund, von dem ich dir erzählt habe? Ein paar Wochen lang hat er mich mitten in der Nacht von Texas aus angerufen. Ich sagte ihm, er solle mich nicht anrufen; ich hab immer wieder aufgelegt, aber es hat nichts genutzt. An seinem Geburtstag rief er mich um vier Uhr morgens an und sang für sich selbst mit einer unheimlichen Stimme ›Happy Birthday‹.«

»Solche Typen brechen mir das Herz.«

»Jedenfalls hörten die Anrufe letzte Woche plötzlich auf, und ich dachte, ich wäre jetzt endlich fertig mit ihm. Und jetzt gehe ich auf die Damentoilette, fummel in meiner Handtasche herum und finde *das*.«

»Also ist er in New York?«

»Es sieht so aus«, sagte Kelli mit einem Anflug von Furcht in den Augen.

»Zeig mal den Zettel«, sagte ich. Kelli gab ihn mir, und ich faltete ihn auf und studierte ihn auf dem Tisch gleich links neben meinen Linguini. Es war eine von diesen kranken Sachen, die Serienkiller und Son-of-Sam-Typen oft zusammenstellen, um die tödliche Balance zwischen Ruhm und Anonymität aufrechtzuerhalten, nach der sie sich sehnen. Die Wörter waren sauber aus Zeitungen geschnitten und auf das Blatt geklebt.

Ein sehr schwaches Zittern durchfuhr mich. Ich war nicht sicher, ob das von dem Zettel oder der *Zuppa di pesce* kam. Aber an den Leuten, die solche Zettel schrieben und verschickten, war was dran. Die Verbrechen selbst, sofern sie überhaupt begangen wurden, mochten reine Routine sein. Aber allein dieser Aufwand, Wörter aus einer Zeitung zu schneiden und sie auf einen Zettel zu kleben, wenn man nicht gerade ein Kind oder eine alte Lady war, bedeutete meistens, daß man ein Scheißkerl war.

Ich schaute noch mal auf den Zettel. Ich las: »die AUGEN von Texas sind AUF dich gerichtet. DU kannst nicht ENTKOMMEN.«

32

»Das Problem«, sagte ich zur Katze, »ein zum Amateurdetektiv gewendeter Country-Sänger zu sein, sind die Klienten, die man so anzieht. Selbst wenn ich in der Lage bin, die Situation mit Kellis verrücktem Exfreund zu klären, dann wäre es unpassend, um nicht zu sagen schwierig, ein Honorar von einer Tänzerin zu kassieren. Natürlich wäre es leichter, als ein Honorar von Tequila zu kassieren. Siehst du das Problem?«

Es war ein kalter, trübseliger Dienstagnachmittag, und die Katze sah unglücklicherweise nichts außer einer großen Fliege, die an meinem Becher mit heißer Schokolade heraufkroch. Ich wünschte mir nicht, daß die Fliege sich einem meiner dahinschmelzenden Mini-Marshmallows zugesellte. Noch wünschte ich mir, daß die Katze nach der Fliege schlug und heiße Schokolade auf meinen Sack kippte. Mein einziger Wunsch war, daß ich nicht watsonlos in eine Welt von Bosheit hinabsteigen mußte.

»Ich weiß, daß du jedes Lebewesen außer dir selbst haßt«, sagte ich zu der Katze, vielleicht ein bißchen grob. »Soweit es dich betrifft, könnte ich ein zum Homosexuellen gewendeter Country-Sänger sein, oder noch schlimmer, ein Buchhalter. Dann könnte ich sorgfältigst deine Mahlzeiten einteilen, und du würdest für den Rest deines Lebens niemals ohne deinen geliebten Thunfisch sein. Das würde dir gefallen, was?«

Die Katze sagte nichts, aber ihre Augen nahmen einen eindeutig sehnsüchtigen Ausdruck an. Ich zündete eine Zigarre an, nahm einen Schluck heiße Schokolade und faßte zusammen, was ich hatte.

Ich schrieb es in knapper Form auf meinen Big-Chief-Block, sah es mir eine Weile an und versuchte vielleicht mehr hineinzulesen, als vorhanden war. Die Aufzeichnung las sich wie folgt:

Sonntag, 26. Dezember, Tequila im Regenraum abgekratzt

Freitag, 30. Dezember, Ratso im Flur versimst, Loftfenster zugenagelt

Samstag, 31. Dezember, Winnies Exmann drängt sich in ruhige häusliche Szene, brennt Loch in Mitte von Perserteppich, groß genug, um mir das ganze Ding über den Kopf zu stülpen und als Poncho zu tragen.

Die beiden ersten Eintragungen, nahm ich an, während ich die Zigarre paffte und den Big-Chief-Block studierte, konnten sehr leicht als Anschläge auf mein Leben betrachtet werden. Offensichtlich war keiner davon erfolgreich gewesen. Deshalb rauchte ich auch eine Zigarre und studierte den Big-Chief-Block, statt mir als Wurmköder in einem vorstädtischen Knochengärtchen die Ewigkeit zu vertreiben.

Die dritte Eintragung auf dem Big-Chief-Block, Buds Reinplatzen in meine kleine Silvesterparty, schien nicht mit den beiden ersten zusammenzuhängen. Ich hätte ihn gerne damit in Verbindung gebracht, denn Bud schien für so ziemlich jedes Verbrechen gut zu sein, aber sein Alibi war zu wasserdicht. Ich hatte immer noch so gut wie nichts, um mich an das Rätsel um die Identität des Killers zu machen. Ich mußte ganz klar einen neuen Watson rekrutieren, aber es gab da ein Problem völlig anderer Natur, das in den Ecken meines Verstandes herumzubohren schien: Kellis hartnäckiger, leicht gestörter Blödmann von einem Exfreund aus Texas. Ich wußte, daß ich ihn nicht unterschätzen durfte. Nach Charles Whitman, Richard Speck und Charles »Tex« Watson wollte ich kein Risiko mit *good ol' boys* aus Texas eingehen, die gerne Worte aus Zeitungen schnitten, sie zu Botschaften zusammenklebten und in Tänzerinnentaschen steckten. Nichts da, Brüderchen.

Wenn es eine Chance gab, wollte ich diesen Kerl auf jeden

Fall finden und ihm seine Cowboy-Krawatte zurechtrükken, aber zuerst mußte ich ein paar andere Sachen auf die Pfanne bringen. Ich mußte die fünf übriggebliebenen ehemaligen Texas Jewboys und die Handvoll Leute ausfindig machen, die am engsten mit der Originalband zusammengearbeitet hatten. Ich mußte mit allen reden. Versuchen, die Vorgeschichte von Tequila ein bißchen mit Fleisch zu versehen. Das würde ohne mein Adreßbuch, das die Telefonnummern enthielt, nicht gerade leicht werden. Ewig wandernde Juden zu verfolgen konnte sich auch unter den besten Umständen zu einer gewaltigen Arbeit entwickeln, dachte ich. Ich hatte Mitgefühl mit dem Komitee, das den Job gekriegt hatte, das Alte Testament zu schreiben.

Auf der nächsten Seite des Big-Chief-Blocks legte ich eine Auswahlliste mit allen ehemaligen Jewboys und der Road-Mannschaft an, die von Anfang an zur Band gehört hatten. Ich paffte an der Zigarre, nahm ein paar Schlucke heiße Schokolade, lutschte ein Mini-Marshmallow und sah mir die Liste an. Sie las sich wie folgt:

Bandmitglieder:
Snakebite Jacobs, Billy Swan, Willie Fong Young, Little Jewford, Major Boles, Wichita, Panama Red, Skycap Adams
Andere:
Cowboy Jack, Dylan, Big Jewford, Bo Byers und mein Bruder Roger
Verstorben: Tequila, Raymond Boatright

Natürlich hatten Tequila und Boatright weder auf die gleiche Art gelebt, noch waren sie auf die gleiche Art gestorben, aber tot war tot. Einmal verblichen, immer verblichen. Es zählte nicht, wer man war oder was man war. Wie Bum Philips mal sagte: »Über die Größe deiner Beerdigung entscheidet das Wetter.«

Ich sah aus dem Fenster, und der spätnachmittägliche Januarhimmel schien gefrorenen, halbklebrigen, graugrünen Schleim auszubluten. Kein günstiger Tag für eine große Beerdigung.

Ich rief zuerst Dylan an.

»Wie war's in der Schule?«

»›Don't know much about a science book. Don't know much about the French I took.‹«

In den nächsten Stunden redete ich mit einer Menge Stimmen aus der Vergangenheit und erfuhr eine Anzahl von Dingen, unter denen sich mehr befand, als ich über die Auswirkung der Zeit auf ewige Jewboys und andere Gruppen von Amerikanern wissen wollte. Ich trug alle zusammengeklaubten Informationen, so trivial und belanglos sie auch zu sein schienen, in den Big-Chief-Block ein. Viele der Nummern, die ich wählte, waren abgestellt. Einige hatten auf Band gesprochene Hinweise. An anderen hingen fröhliche puertoricanische Familien. Meistens mußte ich Nachrichten auf Anrufbeantwortern oder bei Leuten hinterlassen, die ich nicht kannte.

Gegen sieben Uhr machte ich für diesen Tag den Laden dicht, zog Hut und Mantel an und grabschte ein paar Zigarren aus dem, was nach einer kleinen Rekonstruktionsarbeit mit Haushaltskleber noch vom Sherlock-Holmes-Kopf übriggeblieben war. Ich überließ der Katze die Verantwortung und dem Anrufbeantworter die Arbeit. Ich hatte meine Angelschnüre im trüben Sumpf der Jahre und der gewanderten Meilen ausgelegt. Jetzt mußte ich nur noch auf die Fische warten.

Hatte ich sie erst mal gefangen, dann würden sie natürlich schlimmer riechen als die Trainingsshorts von Winnie Katz.

33

»Ich weiß nicht so recht«, sagte McGovern und schüttelte den Kopf in einem übertriebenen Sarkasmus, den ich kaum als gerechtfertigt empfand. »Von einem Laufburschen zu deinem Dr. Watson aufzusteigen. Ich weiß nicht, ob ich mit der Verantwortung klarkomme. Dieses enorme Vertrauen, das du da irgendwie in mich setzt. Ich bin natürlich so begeistert, daß mir die Worte fehlen, aber ich kann nur darum beten, daß du mich würdig findest –«

»Schluß mit dem Geseiche, McGovern«, sagte ich gereizt.

Wir saßen beide eine Weile schweigend da und sahen zu, wie ein Holzstuhl im Kamin von McGoverns malerischem kleinen, mit Zeitungen überhäuften Apartment in der Jane Street brannte. Wir tranken Doppelte aus einer riesigen Flasche Black Bush, die ich unter größten persönlichen Unkosten gekauft hatte, um McGoverns Widerstand dagegen aufzuweichen, mir aktiv im Mordfall Tequila zu helfen. So wie es bisher aussah, war ich achtundfünfzig Mäuse los.

»Die Sache ist die«, sagte ich, »daß Ratso für eine Weile außer Gefecht ist und Rambam mit den Los Cobras in Guatemala springt –«

»Und du bist hier in meinem Apartment und springst durch dein eigenes Arschloch auf Amerika.« McGovern lachte in dem kleinen Raum laut auf und kippte sich einen kräftigen Schuß Irish Whiskey hinter die Binde. Sein Verhalten wurde dann plötzlich würdevoll, und als das Licht des knisternden Feuers in seinen Augen widerschien, glaubte ich für einen Moment, einen flüchtigen Blick seines indianischen Teils zu erhaschen.

»Natürlich helfe ich dir«, sagte er. »Jedem, der so tief in der Scheiße sitzt wie du und noch nicht mal weiß, daß er jede Hilfe braucht, die er nur kriegen kann.«

Ich stand auf und ergriff fest seine Hand. »Willkommen, Watson«, sagte ich.

Watson schenkte uns noch einen doppelten Black Bush ein. Er erhob sein Glas. »Auf uns, Holmes«, sagte er. »Wir sind alles, was wir haben.« Mein Drink und ich spazierten rüber zu McGoverns berühmter rosa Samtcouch, setzten uns und lungerten eine Weile herum, während McGovern letzte Hand an das Chicken McGovern legte, das jetzt schon seit einigen Stunden obszön in einem Topf herumblubberte. Hoffentlich war es fertig, bevor Elias zurückkehrte und entdeckte, daß er nicht reserviert hatte.

Auf McGoverns altem Victrola war Billie Holiday aufgelegt. Im Apartment gab es weder Fernsehen noch Radio. Seit ich McGovern kannte, praktisch seit Christus ein Cowboy war, hatte er niemals ein Fernsehgerät oder ein Radio gehabt. Ich war noch nicht mal sicher, ob er wußte, was das war. Wenn gigantische Ameisen vom dritten Ring des Uranus die Erde angriffen und man sich in McGoverns Apartment aufhielt, dann würde man nichts davon erfahren, bis die Invasion schon ziemlich weit fortgeschritten wäre. Man würde auf einer Couch sitzen, die zweimal den Atlantik überquert hat, einen kleinen Black Bush schlürfen, Billie Holiday hören und eine Ausgabe von *Der große Gatsby* mit ziemlichen Eselsohren lesen. Wenn jemals gigantische Ameisen vom dritten Ring des Uranus die Welt angriffen, dann wäre das natürlich nicht die schlechteste Art, damit fertig zu werden.

»Das Chicken McGovern ist fertig«, sagte McGovern schließlich.

»Als Schnellimbiß würde es dieses Lokal niemals bringen«, sagte ich.

Wir setzten uns an den kleinen Tisch an der Wand links vom Kamin. Die altertümliche Smith-Corona-Schreibmaschine, die mal McGoverns Mutter gehört hatte, blieb am

Tischrand stehen wie ein kleiner, ziemlich stiller Dinnergenosse.

»Wer spricht das Tischgebet?« fragte McGovern.

»Wieviel Gebet steht einem Chicken McGovern zu?« fragte ich etwas rhetorisch, weil sich ein großes Schenkelstück bereits in hoher Geschwindigkeit auf dem Weg zu meinem Zäpfchen befand.

»Beten«, sagte McGovern und legte eine Pause ein, um einen großen Schluck Bushmills zu nehmen, »ist für einen guten Christen oder einen guten Juden niemals fehl am Platz.«

»Ich bin Heide«, sagte ich. »Wie Breaker Morant.«

»Ich auch«, sagte McGovern.

»Das sieht man an deinen Tischmanieren.«

McGovern lachte. »Ich?« rief er. »Du bist doch der, der wie ein junges Mastschwein ißt.« Das Chicken McGovern war unbestritten mörderbienengut.

»Sag niemals ›junges Mastschwein‹ in Gegenwart eines Juden«, sagte ich. »Es bringt uns dazu, Gas zu entwickeln, was zu Diarrhöe und häufig zu gleichzeitigem eruptionsartigem Erbrechen führt. Laienhaft ausgedrückt: zum Spritzen aus beiden Enden. Und, wie du wahrscheinlich weißt: wenn man Diarrhöe und eruptionsartiges Erbrechen durchmacht und gleichzeitig auch noch rülpst, dann stirbt man.«

»Yeah«, sagte McGovern, »wer sagt dann das Gebet auf?«

Zum Ende der Mahlzeit hin griff ich in eine der Innentaschen meiner Jugendzeit und zog den Zettel mit den Zeitungsbuchstaben von Kellis Ex aus Texas raus. Ich gab ihn McGovern und erklärte einige der Umstände, unter denen der Zettel in meinen Besitz geraten war.

»Natürlich ist der Hauptfall, an dem wir arbeiten, die Frage, wer sich Tequila in meinem Regenraum zur Brust genommen hat«, sagte ich, als ich aufstand, um ein bißchen vom Chicken McGovern abzulaufen. »Aber wir könnten in der Lage sein, diese kleine Sache ziemlich schnell aufzuklären, und sie könnte sich als unterhaltsam erweisen. Eine gute Art, dich an die Arbeit zu gewöhnen, Watson.«

McGovern nickte zustimmend, während er auf den Zettel auf dem Tisch sah. »Ja, Boss«, sagte er auf eine Weise, die offensichtlich eine ziemlich schwache, irisch abgewandelte Rochester-Imitation war. Er studierte den Zettel noch genauer.

»Die meisten Tänzerinnen nehmen Trainingstaschen mit, wenn sie zum Training gehen, und zu so ziemlich allem, wo sie sonst hingehen. Die Trainingstaschen sind so was wie tragbare Dachböden. Sie haben da ihre Handtaschen und die meisten ihrer weltlichen Besitztümer drin. Alles vom Tampon bis zum Step-Schuh. Kannst du mir so weit folgen?«

»Nein«, sagte McGovern. »Es ist schwer, dem zu folgen.«

»Erspar mir deine witzigen irischen Sprüche«, sagte ich. »Der Typ, der das geschickt hat, ist offensichtlich gestört und sicher potentiell sehr gewalttätig.«

»Mit anderen Worten: der typische Texaner.« Ich ignorierte McGoverns Bemerkung.

»Der Typ kann diesen Zettel vor einiger Zeit in Kellis Trainingstasche gesteckt haben, als sie noch in Texas war. Sie muß nichts davon gemerkt haben, bis sie letzte Nacht darin herumfummelte und ihn fand. Die gute Nachricht ist also, daß der Typ zwar ein komischer Vogel ist, aber sehr wahrscheinlich sicher in einem Nest in Texas hockt.«

McGovern stand auf, hob den Zettel hoch und hielt ihn gegen das Licht. »Das ist die *gute* Nachricht«, sagte er.

Ich ging zur Küche rüber und schenkte einen kleinen Nachtischdrink ein. »Mach weiter«, sagte ich.

»Viele Zeitungen haben eine für sie charakteristische

Aufmachung: Format, Spaltengröße, Typographie und so weiter. Die New Yorker Tageszeitungen fallen in diese Kategorie, und natürlich auch die ›International Herald Tribune‹, ›The St. Louis Post-Dispatch‹, ›The –«

»Also was verdammt ist die schlechte Nachricht?« fragte ich.

McGovern ging zum Tisch rüber und nahm einen etwas theatralischen Schluck aus seinem hohen Glas. Er setzte das Glas langsam ab, faltete den Zettel zusammen und gab ihn mir sehr grimmig zurück.

»Er ist in New York«, sagte er.

34

Ich hatte nicht mehr mit Willie Fong Young, dem Original-Bassisten der Texas Jewboys, gesprochen, seit ich die Einladung zu seiner Hochzeit ausgeschlagen hatte, weil ich an der Bas-Mizwa der Tochter meines Cousins teilnehmen mußte. Willies Hochzeit fand in Nashville statt, und Steve und Lini Samets Tochter Erin hatte am gleichen Tag in San Antonio ihre Bas-Mizwa. Eine harte Entscheidung für den guten alten Terminkalender. Ich nahm an, daß ich bei beiden Ereignissen vom Champagner übel betrunken werden würde, aber bei der Bas-Mizwa konnte ich meinen Yamaha-Helm auf dem Kopf tragen. Bei den Juden kann man einen Yamaha-Helm oder einen Traktorsitz oder eine Hinterhof-Satellitenschüssel auf dem Kopf tragen und rülpsen, soviel man will, solange nur der Kopf bedeckt ist. Ich war nicht so sicher, ob für Willies ziemlich formelles Country-Club-Ereignis die gleichen Regeln galten.

Ich erzählte Willie damals, daß Blut dicker als Wasser sei, daß meine ganze Familie bei der Bas-Mizwa sein würde und daß, so gern ich auch zu seiner Hochzeit kommen würde, »ein junger Jude, der dreizehn Jahre alt ist, in den Augen Gottes nach der Thora zum Mann oder zur Frau wird«.

Willies Antwort »Warum fickst du dich nicht selbst?« zeugte von einem gewissen Mangel an Verständnis für das Judentum, das Christentum und diverse andere Religionen, möglicherweise sogar für den Islam. Jetzt, als ich seine Nummer in Nashville wählte, hoffte ich, daß der »Singende Chinese«, wie ich ihn auf der Bühne fröhlich nannte, sich mir gegenüber ein bißchen abgeregt hatte.

»Hey, Willie«, sagte ich. »Wie hält sich die Ehe denn so?«

»Ganz gut, Bagelnase.« Wenn ein Schlitzauge aus Arkansas einen Jud aus Texas Bagelnase nennt, dann reicht das manchmal fast aus, um sich irisch aufzuregen. Ich erinnerte mich daran, daß ich ihn immer als »das Schlitzauge aus dem Süden« vorgestellt hatte, und ließ ihm das durchgehen. Außerdem brauchte ich Willies Hilfe. Die anderen Jewboys, die ich kontaktierte, hatten meist positiv auf die Idee einer Jewboys-Reunion-Tournee reagiert, aber wenn ich auf Informationen über Tequila zu sprechen kam, dann war das wie ein fehlender Akkord in einer verklungenen Melodie. Natürlich hatte ich bis jetzt noch keinen Rückruf von Snakebite oder Wichita bekommen, aber es sah nicht so aus, als ob irgend jemand mehr über Tequilas Leben nach der Trennung der Band wußte als ich. Allerdings schienen alle über seinen Tod schockiert zu sein.

Jetzt, mit Willie an der Strippe, war es Zeit, die Anspannungsansammlung der Vergangenheit zu vergessen, sein Gehirn zu grillen und umzurühren und vielleicht ein kleines Gericht zum Mitnehmen dabei herauszubekommen, das etwas mehr über Tequilas Lebensgang als über seinen Stuhlgang verriet. Ich machte für eine Weile Smalltalk, um das Thema von Hochzeiten und Bas-Mizwa abzubringen, dann ließ ich die Nachricht von Tequilas Tod vom Stapel.

»Jesus Christus!« sagte Willie.

»Ich werde diesen Jesus besuchen und dir Petrus auf den Hals schicken«, sagte ich. »Hast du in den letzten Jahren Kontakt mit Tequila gehabt?« Ich hielt den Atem an. *Irgend jemand* mußte mit Tequila seit 1976 Kontakt gehabt haben.

»Das letzte Mal, daß ich Tequila sah, war in diesem gottverlassenen Motel irgendwo in Colorado. Die Band hatte sich gerade aufgelöst, und keiner wußte, was er verdammt noch mal machen sollte. Ich ging in sein Zimmer, um goodbye zu sagen, aber er hatte Krach mit Sharon.« Sharon war eine Bauchtänzerin, ein freier Geist und Tequilas Frau – ungefähr in dieser Reihenfolge. Sie gab sich selbst jede Menge Namen, darunter Fatima, Sheena und Madame La Tush. Ich wußte nicht nur nicht mehr, wo sie war, ich war noch nicht mal sicher, *wer* sie war.

»Die hatten immer Krach«, sagte ich.

»Yeah, aber dieser hörte sich besonders schlimm an. Natürlich hatte sie mit mir nie Krach. Sie war eine Muschi, wenn du weißt, was ich meine.«

»Denk mal zurück«, sagte ich. »Kannst du dich an irgendwas erinnern, was sie sagten, als du in das Zimmer gekommen bist?«

»Scheiße. Es ist so lange her. Ich glaube – warte mal ne Minute –, sie schrien wegen irgendwas, was auf der Zugfahrt passiert war.«

»Du bist sicher, daß es nicht irgendwas war, was auf Kokain passiert war?«

»Bei dieser Tournee lief alles auf Kokain. Aber das war irgendwas Schlimmeres. Tequila war vor Wut außer sich.«

»Kokain«, sagte ich ziemlich überdrüssig, »hat fast mein Leben ruiniert.«

»Was meinst du mit ›fast‹?« fragte Willie.

Das war das Ärgerliche, wenn man früher mal ganz flott gelebt hatte. Jedesmal, wenn man schniefte oder sich räusperte, dachten die Leute, man würde immer noch Drogen nehmen. Wenn man in der Vergangenheit dafür bekannt war, mal gerne einen zu heben, und dann geschieden wurde, dann schoben die Leute das auf den Alkohol. Drogen und Alk wurden immer für die Pleiten im Leben verantwortlich gemacht. Meine Erfahrung ist, daß Drogen und Alk dumme Leute interessanter und interessante Leute dümmer machen. Natürlich ist es oft schwer, den Unterschied festzustellen, wenn man gerade unter Drogen und Alk steht.

»Hat Tequila noch was anderes gesagt?«

»Nun, er war ganz schön sauer, soweit ich mich erinnere. Er sagte, er würde vielleicht einen Trip runter nach Mexiko machen. Und dann sagte er was über dich.«

»Spuck's aus«, sagte ich.

»Willst du es wirklich hören?«

»Sieh mal, Willie, Tequila ist tot. Das ist vor über dreizehn Jahren passiert. Was kann er schon gesagt haben, was mich jetzt noch verletzen würde?«

»Er sagte, du wärst ein ausgebrannter Stern.«

Später an diesem Abend durchschritt ich das Loft, zog Zigarrenrauch hinter mir her und dachte über mein Gespräch mit Willie nach. Was vorbei ist, ist vorbei, dachte ich. Such mit deinem Netz nach Spuren im Gestern, aber verfang dich nicht darin. Das Leben als Flugbahn, sagte ich mir. Leben als Flugbahn.

Ich ging zum Küchenfenster rüber und sah durch die verrostete Feuerleiter nach oben in den engen New Yorker Himmel. Keine Sterne draußen heute nacht. Aber ich wußte, wo sie waren. »Was sind Sterne schon, als Sternchen, die für ein Menschenleben stehn?« schrieb Emily Dickinson. Das war ein netter Gedanke und einer, dem ich zustimmen konnte, aber vielleicht hätte sie ein bißchen mehr unter die Leute kommen sollen.

35

Als Snakebite Jones am Donnerstag morgen zurückrief, konnte ich meinen Big-Chief-Block ein bißchen weiter auf den neuesten Stand bringen. Snakebite hatte mit dem Musikmachen in New Orleans weitergemacht, nachdem sich die Band aufgelöst hatte. Wir redeten eine Weile darüber, bedauerten Ray Boatright ein bißchen, und dann steckte ich ihm die Sache mit Tequila. Auch Snakebite war schockiert. Ich löcherte ihn nach weiteren Informationen über Tequila.

»Ich hab ihn seit den Jewboys nicht mehr gesehen«, sagte Snakebite, »aber Sharon kam hier vor drei Jahren durch.«

»Durch New Orleans?«

»Eigentlich durch mein Schlafzimmer. Sie hatte ihr Haar in ägyptischem Stil geschnitten und nannte sich Cleopatra.«

»Und du warst die Giftschlange, Snakebutt, was?«

»*Bite* heißt das«, sagte Snakebite. »Snake*bite*.« Das war eine alte Bühnennummer, die wir in jeder Show ungefähr elfmal gebracht hatten. Das Publikum fand sie zunehmend witziger, aber ich wußte nie, ob Snakebite das gefiel oder nicht.

»Cleo sagte, sie sei seit Jahren von Tequila geschieden. Hätte ihn eigentlich auch schon seit Jahren nicht mehr gesehen. Sie dachte, er hätte sich in Mexiko in Schwierigkeiten gebracht. Wir redeten nicht besonders viel über ihn.«

»Das verstehe ich. Was passierte mit – ähm – Cleopatra?«

»Sie ging nach Las Vegas. Ein paar Wochen später rief sie mich aus Miami an.«

»Bauchtänzerinnen ziehen ganz schöne Kreise«, sagte ich.

»Weißt du, eins an ihr war allerdings irgendwie komisch.«

»Was war das, Snakebutt?«

»Bite«, sagte er, »Snake*bite*.«

»Was war das, Snakebite?«

»So weit sie auch von Tequila entfernt war, und so lange sie ihn auch schon nicht mehr gesehen hatte – sie schien fast *Angst* vor ihm zu haben.«

»Wenn du wieder was von ihr hörst«, sagte ich, »dann kannst du ihr sagen, daß sie sich keine Sorgen mehr machen muß.«

Nachdem ich Snakebite eingehängt hatte, sah ich mir die Notizen an, die ich auf den Big-Chief-Block gemacht hatte. Ich hatte mit jedem gesprochen oder Botschaften hinterlassen, außer mit Wichita, der jetzt in Tulsa lebte. Ich hatte unablässig versucht, mit ihm zu telefonieren, aber er hatte weniger abgenommen als Elizabeth Taylor.

Natürlich gab es noch andere Jewboys, die ich anrufen konnte, aber die waren erst später in die Band gekommen und hatten von Tequila nur einen – verzeihen Sie den Ausdruck – verblichenen Eindruck.

Ich dachte liebevoll an Van Dyke Parks, Country John Mankiewicz, Roscoe West und Jimmie Don Smith, den brillanten Bluesgitarristen, der '86 an Krebs starb. Ich erinnerte mich an unseren alten Bus, der irgendwo draußen vor Dolopolous, Mississippi, zusammengekracht war. Ich lächelte unwillkürlich. Alles ist komisch, wenn man nur lange genug wartet.

Ich entschloß mich, diese Jewboys der letzten Tage jetzt noch nicht zu kontaktieren. Sie würden großartig in die Band passen, um eine Art imaginäre Kindertage-Reunion-Tour durchzuführen, aber sie wußten nicht viel über Tequila. Natürlich schien das sonst auch niemand zu tun. Aber *irgend jemand* mußte was wissen, dachte ich. Sonst hätte ich mir keinen neuen Duschvorhang kaufen müssen.

Pünktlich zur Gary-Cooper-Zeit rief ich Kelli an.

»Hier ist die Tänzerin«, sagte sie, als sie den Hörer abnahm.

»Hier ist der Kinkster«, sagte ich.

»Oh, ich hoffte, daß du es bist.«

»Dein Wunsch ist in Erfüllung gegangen.«

»Darf ich mir noch was wünschen?«

»Nun, ich zahle zwar das Gespräch, aber mach ruhig weiter.«

»Können wir irgendwo zusammen Mittag essen?« Ich konnte mir schon durchaus einige Orte vorstellen, wo ich nichts dagegen gehabt hätte, mit der Tänzerin zu Mittag zu essen. Einer davon war das Y.

»Weißt du was, Tänzerin, ich glaube, du wirst leicht zu kriegen sein.«

»Irrtum, Darling. Alle guten Tänzerinnen sind ziemlich schwierig. Wir sehen nur leicht aus.«

»Genau das hab ich befürchtet«, sagte ich.

Eine halbe Stunde später spazierte ich nur einen halben Schritt hinter dem Postboten zu Kellis Haus in der West Eleventh Street. Wir drückten gemeinsam auf die Klingel, und ich bemerkte, daß der Mann ein Paket von der Größe eines Schuhkartons trug.

»Zu groß für den Schlitz«, sagte er.

»Das hat sie mir letzte Nacht auch gesagt«, sagte ich. Der Postbote sah mich finster an und sagte nichts. Erinnerte mich an meine Katze.

»Hi, Herr Sparbier«, sagte Kelli freundlich, als sie an die Eingangstreppe kam und mich auf die Wange küßte.

»Ich heiße Genc«, sagte der Postbote mürrisch. Er gab ihr das Paket und wandte seine Aufmerksamkeit den Briefkästen an der Wand zu.

»Er mag es nicht, wenn man ihn Herr Sparbier nennt«, sagte Kelli, als sie mich durch den kleinen Flur führte.

»Woher weißt du das?« fragte ich.

Sie fummelte einen Moment mit dem Schlüssel im Schloß herum, und schon waren wir in ihrem Erdgeschoß-

Apartment, das ziemlich stark einem Spiegelkabinett ähnelte. Die Spiegel bedeckten fast komplett die unteren Drittel von drei Wänden des großen Eingangszimmers. An der freiliegenden Backsteinwand hing über dem kleinen Kamin eine große, gerahmte Fotografie von einem vertraut aussehenden Arsch und einem Paar Beinen, die ebenfalls freilagen.

»Hübsche Dekoration«, sagte ich.

Kelli setzte die Schachtel auf einem kleinen Tisch ab und sah sie argwöhnisch an. »Hoffentlich ist das nicht von Travis«, sagte sie.

»Travis wer?«

»Travis Parnell.«

»Wie sieht dieser Travis Parnell aus?«

»Er hat blondes Haar. Sehr gutaussehend. Kommt aus einer extrem reichen und prominenten Familie . . .«

»Hat der Typ auch irgendwas Gutes an sich?« fragte ich. Ich stand mitten in dem verspiegelten Raum und zündete mir mit meinem grellrosa Bic eine Zigarre an. Ich nahm ein paar reflektierende Züge.

»Er hat Stiefel wie du«, sagte sie.

»Solche Stiefel hat keiner«, sagte ich etwas brüsk. »Sie sind aus Brontosaurus-Vorhaut. Sie kosten zwei- oder dreihundert. Was gibt's sonst noch über den Kerl?«

»Er trägt gewöhnlich eine Bolo-Krawatte«, sagte Kelli sanft.

»Jeder Trottel auf der Welt trägt *heute* eine Bolo-Krawatte«, sagte ich. »Wenn er vor dreißig Jahren eine getragen hätte, dann wäre ich vielleicht beeindruckt gewesen. Natürlich war er da wahrscheinlich noch nicht geboren. Wie alt ist er denn überhaupt?«

»In der Nacht, als er mir dieses unheimliche Geburtstagsständchen für sich selbst vorsang, war er neunundzwanzig.«

»Oh«, sagte ich, »er ist ein Kind.« Kelli lächelte nachsichtig, und ich ebenfalls.

»Er ist ein Cowboy«, sagte Kelli.

»Du meinst, er *denkt*, er sei ein Cowboy«, sagte ich. »Es gibt nur noch einen richtigen Cowboy auf der Welt, und das ist Earl Buckelew, der direkt draußen vor Medina, Texas, lebt. Natürlich denken eine Menge Typen, sie seien Cowboys. Ich denke, das ist in Ordnung, solange sie keinem über den Weg laufen, der meint, er sei ein Indianer.«

Ich dachte darüber eine Minute nach. Ich war eifersüchtig auf Travis. Ich gab das nicht gerne zu, aber es war wahr. Ich dachte auch über den anderen nach, der neulich mit der Story zu mir gekommen war, daß jemand hinter ihm her sei. Ich mußte mir bei der Überwachung von Kelli ein bißchen mehr Mühe geben, als ich es bei Tequila getan hatte.

»Das ist sehr komisch«, sagte Kelli und starrte wieder die Schachtel an, »aber er macht mir eine Scheißangst.«

»Tut mir leid«, sagte ich und nahm sie in meine Arme. Sie fühlte sich irgendwie kindlich und zerbrechlich und verletzlich an. Meine Augen wanderten zu der Fotografie über dem Kamin. Es war unglaublich, dachte ich, wie viele Frauen eine Frau sein konnten.

»Komm, wir machen das Päckchen auf«, sagte ich.

Wir gingen zu dem kleinen Tisch am Eingang, und ich hob die Schachtel hoch. Sie hatte keinen Absender. Sie war in New York abgestempelt. Wir öffneten sie gemeinsam.

Drinnen lag eine Puppe. Eine Ballerina. Sie sah nicht so aus, als ob sie bald mal wieder tanzen würde. Ihre Beine waren abgerissen.

36

In dieser Nacht entschloß ich mich, die Akte Tequila mal zurückzustellen und meine Aufmerksamkeit Travis Parnell zuzuwenden. Tequilas unglücklicher Abgang lag jetzt fast zwei Wochen zurück, aber das erschien mir wie ein ganzes Leben, um es mal so auszudrücken. Ich war es satt, mit Ferngesprächsstimmen aus der Vergangenheit zu reden; die Fährte war alt und kalt geworden.

Ich hatte immer noch meine Privatdetektive im Einsatz. Captain Midnite in Nashville stocherte wegen der fünfundzwanzigtausend Dollar und der Music-Row-Sixteenth-Avenue-South-Verbindung herum. Billy Swan ging in Los Angeles ein paar Drogengerüchten nach, die er über Tequila und seine Frau gehört hatte. Cleve rief regelmäßig mit höchst lästigen »Tournee-Neuerungen« an. Und ich hatte mit so ziemlich jedem Kontakt aufgenommen, der mir einfiel, mit Ausnahme von Wichita, der, natürlich, in Tulsa lebte.

Ich war nicht das FBI. Ich war nicht das New York Police Department. Meine einzigen wirklichen Arbeitskräfte waren ich selbst und McGovern, und manchmal war ich mir bei McGovern nicht so ganz sicher.

Ich legte die Tequila-Akte, die ziemlich genau wie ein Big-Chief-Block aussah, in die Schreibtischschublade zu dem Buch, den Liedtexten und der Musik von *God's Other Son*, der Broadwayshow, an der Don Imus und ich nun seit ungefähr neunundvierzig Jahren arbeiteten. Wir hatten beide gehofft, ein paar Homosexuelle zum Steptanzen aufzutun, aber das hatte sich einfach nicht ergeben. Diese Dinge brauchen Zeit, sagt der Anwalt. Anwälte haben genau wie Katzen und moslemische Fundamentalisten keinen Zeitbegriff. Wenn du stirbst, dann wissen die Anwälte, daß sie deinen Nachlaß verwalten werden. Wenn dein Anwalt stirbt, dann mußt du dir immer noch einen anderen Anwalt besorgen, der sich natürlich schon darauf freut, deinen Nachlaß zu verwalten. Wo ein Wille ist, da ist auch ein Anwalt, sage ich immer.

Ich schob die Schublade zu, zog eine frische Zigarre aus Sherlocks gebrochenem Schädel, zündete sie mit meinem rosa Bic an und schwang sie mit meinem linken Arm schnell in drei vollendeten Bögen, wie ich es mal bei einem Typen in Austin gesehen hatte. Ich nahm an, daß dieses Manöver entweder ein gleichmäßiges Glimmen verursachte oder daß der Typ ein ambulanter Patient war, der versuchte, ein eingebildetes Nazi-Flugzeug auf meinem Nasenrücken landen zu lassen.

Ich paffte eine Weile friedlich vor mich hin und dachte über Travis Parnell nach. Laut Kelli war er in Kerrville, Texas, aufgewachsen, und seine Familie lebte immer noch dort. Kerrville ist eine wunderschöne kleine Stadt, hat aber wie alle wunderschönen kleinen Städte über die Jahre hinweg ein paar ziemlich häßliche Ereignisse hervorgebracht. Eines war die berüchtigte Sklaven-Ranch-Sache, die vor mehreren Jahren direkt draußen vor Kerrville in der Nähe von Mountain Home passierte. Anhalter wurden aufgegriffen und, manchmal mit vorgehaltener Waffe, zur Arbeit gezwungen, und mindestens einer von ihnen wurde sehr langsam zu Tode gefoltert. Die Ranch gehörte Leuten, die man am besten als eine sadistische, holzhackende *Bonanza*-Familie bezeichnen konnte, die böse geworden war.

Das andere unerfreuliche Ereignis war erst gerade vor kurzem passiert und hatte mit der grauenhaften Krankenschwester Genene Jones zu tun, die sich jahrelang in San Antonio und Kerrville herumtrieb, Babies tödliche Spritzen verabreichte und dann versuchte, sie zu retten. Nicht immer erfolgreich.

Ich hatte nicht vor, auf meinen introspektiven jüdischen

Arschbacken sitzenzubleiben und darauf zu warten, daß Travis Parnell Ereignis Numero drei fabrizierte. Ich wartete nicht gerne. Und ich hab ganz schön Ahnung vom Wartenspielen. Wenn man nur lange genug auf sein Schiff wartet, dann geht der Hafen unter.

37

»Es ist keine Schande«, hörte ich oft, »aus Texas zu kommen; es ist nur eine Schande, wieder dahin gehen zu müssen.« Ob ich da jetzt hinging oder nicht, war unerheblich, weil sich natürlich offensichtlich bereits ein kleiner Strahl der texanischen Sonne hier in New York aufhielt. Sein Name war Travis Parnell.

Aber in Texas Hill Country fehlte es mir weder an Freunden noch an Beziehungen. Wie das Glück es wollte, waren Jesus und ich die beiden einzigen Juden, die man dort unten kannte, und ich war der einzige, den sie persönlich kannten.

Ich rief meinen Freund Max Swafford in Kerrville, Texas, an. Max arbeitete als Berater in einer Einrichtung namens Alternative Schule mit emotional gestörten Jugendlichen, die nicht mit dem gemeinsamen Unterricht von Behinderten und Nichtbehinderten klarkamen. Ich hatte schon gelegentlich daran gedacht, mich dort einzuschreiben.

Max war ein sehr verantwortungsbewußter und charakterschwerer Amerikaner, der mal als mein Pressesekretär gearbeitet hatte, als ich für das Amt des Friedensrichters in Kerr County kandidierte. Wie ich mich erinnere, machte er seinen Job sehr gut, bis er mitten während des Wahlkampfs abhaute, um nach einer Goldmine in Südmexiko zu suchen.

Unglücklicherweise hatten mich die Kerrer ins Privatleben verwiesen. Sie hatten nicht besonders gut auf meinen

Wahlslogan »Ich halte uns aus einem Krieg mit Fredericksburg heraus« angesprochen. Fredericksburg war eine kleine Stadt ungefähr zwanzig Meilen die Straße runter.

Als ich die Texasvorwahl wählte, erinnerte ich mich, daß Max in West Texas aufgewachsen war, nahe genug an Mexiko gelegen, um seine Sprachstruktur ziemlich störend mit Spanisch zu würzen. Ich kann kein Spanisch, und ich mag auch nicht besonders, daß der spanische Brauch verlangt, Pferden zum Stierkampf die Zunge herauszuschneiden, damit die Leute sie nicht brüllen hören, wenn sie aufgespießt werden. Ansonsten habe ich nichts gegen spanischsprechende Menschen.

»¡Hola! ¿Como está?« fragte Max, als er abhob.

»Yeah, Max«, sagte ich gereizt. »Hier ist Kinky.«

»¿Que tal, Señor Friedman?« Es war zum Verrücktwerden.

»Ich spiele mit meinen *piñatas* hier in Nuevo Yorko.« Ich beantwortete das, was zum Teufel Max mich auch immer gefragt haben mochte. »Hör mal, Max, ich hab hier ein kleines Problem.«

Ich erklärte, daß ich eine daumennagelkleine Auskunft über Travis Parnell brauchte, und zwar gestern. Ich bat ihn auch zu versuchen, Parnells gegenwärtigen Aufenthaltsort festzunageln. Ich paffte sehr wehmütig an der Zigarre und sagte: »Ich brauche deine Hilfe, Max.«

»Als ich dir das letzte Mal geholfen hab«, sagte er, *»perdiste tu culo.«*

Ich nahm noch einen geduldigen Zug und fragte: »Was zum Teufel heißt das?«

»Als ich dir das letzte Mal geholfen hab«, sagte Max, »ist dir der Arsch auf Grundeis gegangen.«

Es ging langsam auf zehn Uhr zu, als ich das Gespräch mit Max beendete und es draußen vor dem Küchenfenster zu schneien anfing. Ich bekam langsam dieses New Yorker Ratte-in-der-Falle-Gefühl, das gelegentlich die Seele eines jeden modernen Mietskasernenbewohners befällt, also schloß ich den Betrieb, schlüpfte in Mantel und Hut, übergab der Katze die Verantwortung und fing an, die Vandam Street raufzugehen, und schnitt mir meinen Weg durch den verrückten Baldachin Gottes weißer Geometrie.

Ich war sicher, daß Max die Ware über Travis Parnell liefern würde. Immerhin war er ein großartiger Pressesekretär im Rennen um den Friedensrichterposten gewesen. Max hatte die Theorie, daß ich nur ungefähr fünf Minuten lang gut in zwischenmenschlichen Begegnungen war. Wenn Leute mich als Kandidat kennenlernten, fanden sie mich in den ersten zwei oder drei Minuten ausnahmslos charmant und unterhaltend. Danach bekamen sie ihre Zweifel, ob es klug wäre, mich zum Richter zu wählen. Ich wurde dann oft sehr nervös und defensiv und fing an, eine Zigarette nach der anderen zu schnorren und Dinge zu sagen wie: »Ich werde ein toller Richter sein, wenn ich es irgendwie richten kann«, oder »Wenn ich Gouverneur werde, dann reduziere ich die Geschwindigkeitsbeschränkung auf 54,95.«

Max sprang an diesem Punkt gewöhnlich ein, nahm meinen Arm und sagte so was wie: »Der Gouverneur ist am Telefon und will Sie sprechen, Mr. Friedman.« Yeah, dachte ich, Max würde die Ware über Parnell liefern. Als ich zur Hudson kam, bog ich links ab und ging weiter.

Es ist komisch, was man so denkt, wenn man alleine durch den Schnee geht. Obwohl der Fall Tequila immer noch zurückgestellt war, konnte ich sein Gesicht zusammen mit den anderen in einem langvergangenen Mittelgrund zwischen den Flocken sehen. Die Band kam zusammen, um für die erste große Landestournee zu proben. Das mußte um '73 gewesen sein, denn jeder sah jung, glücklich und voller Hoffnung aus. Die Zeit und die Straße legten gerade erst wie zwei Bildhauer ihre Meißel an.

Ich konnte auch den Ort sehen. Es war ein altes Haus auf einer einsam gelegenen Ranch draußen im Texas Hill Country. Es hatte für einige Zeit meiner Familie gehört, die es dann an einen Typen in Houston verkaufte, der es nur während der Jagdsaison benutzte. Ich wußte nicht, wem es jetzt gehörte.

Wir nannten den Ort Rio Duckworth, nach einer ehemaligen Grundschullehrerin meines Bruders Roger, Miss Duckworth. Wir fanden alle, daß Rio Duckworth ein ganz schön komischer Name für eine Ranch war, aber das war auch 1973, und da waren eine Menge Dinge komisch, die jetzt fast irgendwie traurig zu sein scheinen.

So wie Schneeflocken.

Ich ging ins Cottonwood Café, einen Hafen für transplantierte Texaner in der Bleeker Street.

»Ich nehme eine Chicken-fried-Schlange«, sagte ich zu dem Mädchen in dem Dallas-Cowboys-Sweatshirt. »Und geben Sie mir das esoterischste texanische Bier, das Sie haben.«

»Was ist esoterisch?« fragte sie.

»Dieses Restaurant«, sagte ich. Ich sah auf das Foto von James Dean aus dem Film *Giganten* rüber. In den Fünfzigern war es cool, cool zu sein, dachte ich. In den Neunzigern war es cool, hot zu sein. Vielleicht hatte da jemand mit dem Thermostat rumgemacht.

»Alles, was wir haben, ist Lone Star«, sagte sie.

»Das ist eine große Auswahl«, sagte ich. »Schwierige Wahl für einen unentschlossenen Typen wie mich. Jesus. Geben Sie mir ne Minute Bedenkzeit. Okay, ich hab's. Ich nehme ein Lone Star.«

Ihr Lächeln war so dünn wie Papier und sehr kurz. Fast nur ein Zucken. Ich bin nie besonders gut mit Kellnerinnen oder Stewardessen klargekommen, aber ich ließ mich noch nie davon stören.

Als ich damit fertig war, für $ 9,50 plus Steuer meine Beißerchen in die Chicken-fried-Schlange zu schlagen, und noch eine Flasche Lone Star niedergemacht hatte, fischte ich das Foto von Travis Parnell, das ich von Kelli beschlagnahmt hatte, aus meiner Tasche und zeigte es der Kellnerin. Travis sah nett aus mit seinem schüchternen Lächeln, seinem Jagdgewehr und seinen Militärklamotten, aber das friedliche Gesicht der toten Angoraziege, die er an den Hörnern hochhielt, schien mehr Menschlichkeit auszustrahlen. Verglichen mit dem Parnells glühte es wie das tote Antlitz Christi.

»Kennen Sie den Typen?« fragte ich.

»Nein. Aber ich würde es gern«, sagte die Kellnerin.

Ich sah zu James Dean rüber. Er starb zwei Wochen, nachdem er *Giganten* gedreht hatte, und man konnte es in seinen Augen kommen sehen.

»Vielleicht kann ich das arrangieren«, sagte ich.

38

Es schneite immer noch, als ich Freitag morgen aufstand. Die Müllwagen in der Vandam Street schienen unter einem dünnen gebrochen-weißen Tuch leicht zu zittern. Nichts in New York bleibt lange sauber, noch nicht mal die Müllwagen. Aber man gewöhnt sich daran. Wie mein Freund Rambam mal sagte, als er mir eine der wichtigsten Lektionen meines Lebens erteilte: »Iß niemals Pasta, wenn du ein weißes Hemd anhast.«

Die Katze und ich saßen am Küchenfenster und sahen nach unten, wo die kleinen Leute wie die Noten auf einer Zither zitterten und zappelten. Wahrscheinlich war es die Chicken-fried-Schlange, aber ich fühlte mich, als würde jemand in meinem Darm Zitherunterricht nehmen. Ich hoffte, daß er für $ 9,50 plus Steuern auch was für sein Geld bekam.

Es war die erste Woche im neuen Jahr, und sie fühlte sich bereits alt an. Die Zeit fliegt, wenn man Psychos verfolgt, dachte ich, als ich an einer heißen Schokolade nippte und mich fragte, was ich als nächstes tun sollte. Ich stand auf, um besser auf die Straße sehen zu können, und die Katze sprang von meinem Schoß auf die Fensterbank. Wir sahen eine Weile schweigend zu, wie der Schnee fiel, beide verloren in unseren eigenen, wirbelnden, flüchtigen Träumen.

»Wohin würdest du gehen«, fragte ich die Katze, »wenn du ein auf sich selbst gestellter, vertriebener Texaner in New York wärst?« Die Katze beobachtete weiter die Schneeflocken. Sie war noch nie in Texas gewesen. Genaugenommen war sie, wie viele andere Leute in der Stadt, noch nie aus New York herausgekommen. Für sie konnte Texas genausogut der Südpol sein. Natürlich hätten die Texaner da schon ein Wort mitzureden. Ebenso die Pinguine.

»Stell dich mal in vier von Travis Parnells Stiefeln vor«, sagte ich zur Katze. »Wo könnte er herumhängen, wenn er nicht mit dem Versuch beschäftigt ist, Kelli zu terrorisieren?« Die Katze beobachtete den Schnee.

»Er könnte natürlich überall hingehen, aber die Chancen stehen gut, daß er als ne Art Texas-Typ sich ne Art Texas-Lokal ausgesucht hat. Das Mädchen im Cottonwood sagte, sie sei jeden Abend da und hätte ihn nicht gesehen. Was folgern wir daraus?«

Ich ging zu Sherlocks Kopf rüber und nahm mir eine Romeo y Julieta Cedros de Luxe Nummer drei, die via die Schweiz aus Havanna gekommen war. Eine Lady namens Rocky hatte mir eine Kiste davon geschickt, und die Zigarren hatten dieses alte kubanische Aroma, das man nicht richtig beschreiben kann, höchstens als eine Kreuzung aus einer Spur Schokolade und einer Spur Vanille. Das gibt einem eine Art Proteinstoß, so wie man ihn vom Sushi-Essen nach einem verkorksten Abend bekommt. Die besten kubanischen Zigarren kommen aus der Schweiz, und das ist wohl alles, was man über die Schweiz sagen kann, aber für gewöhnlich reicht das. In Amerika kannst du nur an Zigarren dieser Qualität kommen, wenn dein reicher Lieblingsonkel von einer Autobücherei überfahren wird und dir seinen Humidor hinterläßt.

Als ich zum Fenster zurückkam, lief die Katze auf dem Fensterbrett hin und her. »Beruhige dich«, sagte ich. »Ich mach dir was zum Frühstück.« Ich griff unter die Theke und hatte eine Dose Thunfisch in der Hand. Daran war nichts Weltbewegendes. Jede Dose da unten war eine Thunfischdose. Katzen sind Geschöpfe mit eintönigen Gewohnheiten, ebenso die meisten Menschen, und das sorgt dafür, daß Amateurdetektive im Geschäft bleiben.

»Es gibt immer noch das Lone Star Roadhouse«, sagte ich. »Jeder Texaner pilgert dorthin.« Die Katze sprang vom Fensterbrett und attackierte hungrig den Thunfisch. Ich setzte meinen unnachgiebigen Monolog fort. Ich hatte schon zu schwierigeren Wänden als dieser hier geredet.

»Dann gibt's da noch die Cadillac Bar, Alamo, die Yellow Rose of Texas, und was ist mit diesem neuen Lokal am Hudson? Es ist gleich die Straße rauf neben Pete Myers Lokal, Myers of Keswick, wo sie diese großartigen Schweinefleischpasteten haben. Du mußt sie irgendwann mal probieren. Du mußt alles irgendwann mal probieren.«

Ich paffte anerkennend an der kubanischen Zigarre. Die Katze hatte noch nicht mal hochgeschaut. Wie ein Darsteller vor einer unaufmerksamen Dinner-Club-Menge zog ich eisern meine Nummer durch. Ich folgte Travis Parnells Verstand durch Manhattan.

»Cowgirl's Hall of Fame«, sagte ich. »Das ist das neue Texas-Lokal im Village. Das werde ich auch nachprüfen. Mal sehen, ob die Chicken-fried-Schlange da mehr kostet als neun fünfzig plus Steuern. Mal sehen, ob sie so gut wie Thunfisch schmeckt.«

Die Katze hatte damit aufgehört, die Thunfischkrümel von ihren Barthaaren zu wischen, und starrte mich an, als die Telefone klingelten. Ich ging rüber zum Schreibtisch und hob den Hörer zur Linken ab. Nach dem Wecker, der mal Captain Midnite gehört hat, war es jetzt 11:47. Midnite hatte sich durch fünf Berufe geschlafen, bevor er ihn mir schenkte. Ich hatte den Wecker kürzlich vom Schlafzimmer auf den Schreibtisch umgeräumt. Ich glaubte nicht, daß mir so viele Karrieren zum Durchschlafen geblieben waren.

»Señor Friedman«, sagte die Stimme, »hier ist Max.«

»Schalom«, sagte ich.

»Du hast es da mit einem wirklich bösen *hombre* zu tun, *amigo*. Eine Freundin von mir ging mal vor einiger Zeit mit ihm, bis er eines Nachts durchdrehte und ihr die Finger brach.«

»Okay, also ist er nicht Alan Alda.«

»Es gibt noch die Story über ihn, daß er ein Mädchen in einem Ski-Ort in Utah von einer Klippe stieß. Hat sie fast umgebracht.«

»Nun, in Utah gibt's nicht viel zu tun.«

»Glaub mir, er ist ein ganz fieser Arsch – zu Männern, Frauen und Tieren. Sei vorsichtig, wenn du dich mit ihm einläßt.«

»Also wo zum Teufel ist er, Max?« Ich fing an, Travis Parnell zu mögen, wenn auch weniger, als ich dachte.

»Keiner scheint das genau zu wissen. Aber ich hab mit seiner Familie gesprochen. Alles, was sie wissen, ist, daß er vor ein paar Wochen abgehauen ist. Er sagte, er gehe auf die

Jagd. Sagte, er würde nicht zurückkommen, bevor er was gekillt hätte.«

»Genau dafür lebe ich«, sagte ich.

39

Ich verbrachte den Rest des Freitag nachmittags damit, mir die Nasenhaare zu schneiden und eine Caruso-Kassette anzuhören, die ich in einem Schnäppchenschuppen in der Canal Street für wesentlich weniger bekam, als ich für die Chicken-fried-Schlange bezahlte. Draußen schneite es immer noch, und es war kälter als Coopermans Augen, also dachte ich, es sei besser zu warten, bis es aufhörte zu schneien, bevor ich meine Odyssee durch texanische Kulturoasen in New York fortsetzte. Wenn ich nicht sehr viel Glück hatte, dann schien der nächste Schachzug unglücklicherweise Travis Parnell zu gehören. Seinen Modus operandi vorausgesetzt – spätnächtliche Anrufe, die aus Zeitungsüberschriften zusammengeklaubte Botschaft, die Ballerina mit den abgerissenen Beinen –, konnte ich mir nicht vorstellen, daß ol' Trav der Typ war, der anrückte, um auf die Schnelle zu killen. Er war mehr wie eine Katze, die sehr ausführlich mit der Maus spielte, bevor – nun – bevor sie sie killte. Das gab mir, wenn schon nichts anderes, ein bißchen Zeit.

Ich hatte Kelli gewarnt, auf der Hut zu sein und mich beim nächsten Sehen oder Treffen dieser ausgerasteten Kreatur sofort anzurufen. Sie hatte nicht aus ihrer Wohnung ausziehen wollen, also war das einzige, was ich noch tun konnte, mir eine große Flasche Jameson und eine Kiste Zigarren zu nehmen und zu ihr in dieses Spiegelkabinett einzuziehen. Das bot so seine Möglichkeiten.

An diesem Nachmittag rief ich Ratso an, um mal seinen Puls zu überprüfen. Seine Stimme klang immer noch wie die Bremsen einer U-Bahn, aber er sagte, er fühle sich besser. Er hatte sich entschlossen, nicht vor dem Frühling nach Kalifornien zu gehen. Sein Kiefer würde noch gut einen Monat verdrahtet sein, und er freute sich darauf, danach wieder seine Rolle als Watson anzunehmen, wenn ich den Fall bis dahin nicht gelöst haben sollte. Ich verspürte einen kleinen Gewissensbiß, weil ich ihm nicht erzählte, daß ich McGovern als meinen neuen Watson eingestellt hatte, aber ich konnte es auch nicht ändern. Die Hunde bellen, aber die Karawane zieht weiter.

Gegen vier Uhr hörte es auf zu schneien. Die ganze Vandam Street sah aus, als hätte jemand einen wunderschönen Mantel aus Weiß über die Fahrbahn ausgebreitet, über die Schlaglöcher, die Mülltonnen, die geparkten Autos, die Bürgersteige, die verrosteten Feuerleitern, den pathetischen Großstadtschutt, der so aussah wie viele kleine Kinderspielzeuge, die im Schnee stehengelassen worden waren.

Ich trank einen Schuß Jameson auf diesen Anblick. Das würde nicht von Dauer sein, dachte ich. Das war so was Hübsches wie das nie.

Auf meinem Weg nach draußen lief ich auf der Treppe an Winnie vorbei. Wir sagten hallo, aber der frostige Blick, den sie mir zuwarf, schien es absolut warm werden zu lassen, als ich auf die Straße kam. Zu schade, daß sie eine Lesbe war. Man konnte ihr nicht einfach ein paar neue Schuhe kaufen, und alles war in Ordnung. Ich war mir nicht sicher, ob das überhaupt noch bei jemand wirkte. Wir leben in einer völlig versauten, komplexen Welt, in der Frauen Männer und Männer Frauen sind, in der JFK ein Flughafen, RFK ein Football-Stadion und Martin Luther King eine Straße ist, die durch jede Stadt geht. Das Leben ist eine Zeitschrift,

Liebe ist Schmerz, und Tod ist Warten auf die Spitze einer Nadel oder auf das Ende eines Gebets. Warten wie eine Ratte in der Gosse, um die letzten Krumen des zerbrökkelnden Traums von irgend jemand zu schnappen. Ein neues Paar Schuhe mehr oder weniger machte da nicht gerade verdammt viel Unterschied.

Als ich mich auf dem Weg durch den Schnee befand, schlängelte sich Tequila immer noch auf seinem Weg durch mein Bewußtsein. Ich habe herausgefunden, daß es im Leben manchmal sehr schwer ist, zurückgestellte Dinge zurückgestellt sein zu lassen. Ich zog Parnells Foto aus meiner Tasche und studierte es absichtlich, um Tequilas Gesicht aus meinem Verstand zu verbannen.

»Sorry, Tequila«, sagte ich. »Ich komm wieder auf dich zurück.«

Ich ging an diesem Abend durch jede Menge verschneiter Straßen und nahm vier Taxen, deren Fahrer unglaublicherweise alle an Orten geboren wurden, die mit einem *i* begannen. Der erste war ein Israeli, der zweite kam aus Indien, der dritte war ein Iraner, und der vierte war eine attraktive dunkelhaarige Frau aus Shenandoah, Iowa, mit der ich Telefonnummern und Hobbies austauschen könnte.

Ich ging zuerst ins Lone Star Roadhouse und redete mit Bill Dick, dem Besitzer, und Big Mike, dem Barkeeper. Keiner von ihnen hatte Parnell gesehen, aber sie halfen mir dabei, das Foto unter den Kellnerinnen und Hilfskellnern herumgehen zu lassen, eine Übung, die leider ohne Ergebnis blieb. Bill ließ eine klotzige klinische Erinnerung an sein neues Vierzehn-Meter-Boot vom Stapel, das einen 973er Sliwowitz-Wichszylinder-Motor oder so was Ähnliches hatte.

»Hört sich scharf an«, sagte ich.

»Ist das ein Boot oder ist das ein Boot, Kinkster?« fragte Bill irgendwie rhetorisch.

»Das ist ein Boot«, sagte ich.

Bevor ich ging, nahmen Big Mike und ich noch einen doppelten Jack Daniel's zum Abschied. »Hast du Cleve gesehen?« fragte er.

»Ich hab Cleve noch nie sehen können«, sagte ich.

»Aber du hast von ihm gehört«, sagte Mike hartnäckig.

»Leider ja«, sagte ich.

Ich fiel wie der Blitz über die Cadillac Bar, das Alamo und die Yellow Rose of Texas her, mit den gleichen entmutigenden Ergebnissen. Travis Parnell war ein herumgeisterndes Gespenst. Niemand hatte ihn gesehen. Aber schließlich war New York genauso wie Texas ziemlich groß. Ich wußte, daß er hier war. Ich hörte seine Ketten in den dunklen verschneiten Gassen klirren. Ich spürte eigenartige eisige Windstöße, wenn alles um mich herum ruhig zu sein schien.

Parnell hatte kein Verbrechen begangen, und es gab nichts, mit dem ich zu Cooperman gehen konnte, aber aus irgendeinem Grund wurde die ganze Sache fast zum Nachbarn der Familie Grusel. Nicht wirklich erschreckend im eigentlichen Sinn. Unwillkürlich aber doch leicht gespenstisch. So, als würde man lange alleine aufbleiben und plötzlich feststellen, daß man geistig von einem japanischen Monsterfilm aufgesaugt wird.

40

»Das Chicken-fried-Steak macht $ 10,95«, sagte ein irgendwie weibisch aussehender junger Mann in einem Roy-Rogers-Anzug in der Cowgirl's Hall of Fame. Es überstieg sämtliche Vorstellungen, daß jemand diese Preise für ein Produkt verlangen konnte, das in Texas prosaischer als ein

Hamburger war. Natürlich, wer konnte das in New York schon wissen?

»Plus Steuern?« fragte ich.

»Leider ja«, sagte er besorgt. »Heutzutage kommt auf *alles* Steuer, ausgenommen auf die Liebe.«

»Es gibt auch eine Steuer auf die Liebe«, sagte ich. »Man nennt das Ehe.«

Er zwirbelte an einer kleinen Goldquaste an seinem Hemd herum. »Was möchten Sie trinken?« fragte er.

Wir zogen die Nummer mit den esoterischen Texas-Bieren durch, und er kam mit etwas heran, das Klapperschlange hieß und mich nach der dritten Flasche so prächtig in den Arsch biß, daß ich einen Wild Turkey hinterherschicken mußte.

»Diese Chicken-fried-Schlange war mörderbienengut«, sagte ich dem Kellner, als ich fertig war.

»Chicken-fried-Steak«, stichelte er. Wenn dieser Typ Blasinstrumente spielen konnte und Snakebite Jacobs jemals was zustieß, dann konnten wir ihn in die Reunion-Tournee stecken und mit *on the road* nehmen. Er trug bereits seine volle Rodeo-Ausrüstung.

Ich zeigte ihm das Foto, und er zuckte mit seinem Roy-Rogers-Anzug. Ich zahlte die Rechnung, bewunderte die umfassende Stacheldrahtsammlung der Cowgirl's Hall of Fame und machte – was langsam zu einer reichlich öden Routine wurde – meine Runde durch die Kellnerinnen und Barkeeper. Parnells Foto hatte mittlerweile ziemliche Eselsohren und war mit Fingerabdrücken verschmiert, aber wenn ich mir so in etwa seinen derzeitigen Geisteszustand vorstellte, glaubte ich nicht, daß ihm das was ausmachte.

Ich wollte mich gerade dafür entscheiden, daß der Junge entweder die texanische Kultur haßte oder eine zensierte Filmfigur war, als mein Auge ein hübsches blondes Cowgirl einfing, das in dem Lokal als eine Art Grüßaugust arbeitete. Ich ging gerade, also hatte sie keinen großen Grund, mich zu grüßen, aber ich zeigte ihr das Foto trotzdem.

Volltreffer.

»Er kam letzte Woche hier rein«, sagte sie. »Montag oder Dienstag abend, glaube ich. Es war spät, und es war nicht sehr voll. Ich stand hinter der Bar. Sind Sie ein Bulle oder was? Sie sehen nicht aus wie ein Bulle.«

Es war wichtig, diese Braut locker zu halten, damit sie mit den Informationen rüberkam. Alles mußte schön fröhlich und unbeschwert bleiben. Wenn sie den Mund nicht aufkriegte, dann mußte ich sie an die Stacheldrahtsammlung kreuzigen. Mit dem Kopf nach unten, so wie den heiligen Petrus.

»Natürlich bin ich kein Bulle«, sagte ich. »Ich arbeite für Kodak. Wie würde Ihnen Ihr Foto in der nächsten Ausgabe von ›Guns and Ammo‹ gefallen?«

Sie ließ ein reizendes Country-Lächeln für mich aufblitzen.

»Hat der Typ irgendwas gesagt?« fragte ich.

»Er sagte, er sei erst seit ein paar Tagen in der Stadt. Sagte, er wäre wegen einer Schuhausstellung hier. Sagte, er sei es satt, herumzuhängen und mit dem Geist von Dylan Thomas zu trinken. Reicht das?«

»Schuhverkäufer sind heutzutage ganz schön belesen.«

»Und Kodak-Vertreter sind ein bißchen aufdringlich.«

Jetzt lächelte sie wirklich. Mag sein, daß ich nicht so gut mit Kellnerinnen und Stewardessen auskomme, aber geben Sie mir nur ein bißchen Zeit mit den Grüßaugusten, und ich bin nicht ganz ohne Charme. Ich stellte noch ein paar Fragen und bekam noch ein paar Antworten, von denen keine zu irgendwas führte. Parnell hatte ihr nicht gesagt, wo er wohnte.

»Wer sind Sie überhaupt?« fragte sie.

»Mein Vorname ist Friedman«, sagte ich. Dann sah ich zu, daß ich rauskam, bevor mir die Saloon-Türen auf den Arsch knallten.

41

Freitag abend um halb elf war eine Zeit, die von den meisten Leuten nicht gewählt werden würde, um ein Power-Nickerchen zu machen, aber ich bin eben nicht wie die meisten Leute. Was die meisten Leute angeht, folge ich einfach nur meinem lebenslangen Motto: »Fick sie und gib ihnen Saures.«

»Seid verdammt, ihr meisten Leute«, sagte ich zu der Katze, als wir zusammen auf der Couch lagen. Ich blätterte in dem kleinen Büchlein, das zu der Caruso-Kassette gehörte. Ich las der Katze eine kleine Portion vor. »›Enrico Caruso‹«, begann ich, »›war der gefeiertste und gesuchteste Sänger seiner Zeit und wahrscheinlich der größte Tenor des Jahrhunderts.‹«

Die Katze sah mich durchdringend an. *»Wahrscheinlich?«* sagte ich. Die Katze zwinkerte. Ich machte weiter.

»›1873 in Neapel geboren, war es das fünfzehnte von einundzwanzig Kindern.‹« Die Katze sah mich jetzt an wie einen Vogel im Garten.

»Das ist ein ganz schöner Haufen«, sagte ich.

Die Pupillen der Katze waren perfekte Stecknadelscheibchen, wie von einem Heroinsüchtigen. »Hast du dir wieder ein Schüßchen gesetzt?« fragte ich. Die Katze sagte kein Wort, aber ihr Gesicht nahm einen Ausdruck arroganter Abscheu an. Absolut kein Sinn für Humor.

»›Seine frühe musikalische und allgemeine Erziehung‹«, las ich laut weiter, »›erhielt er durch die Kirche‹ – die uns auch«, sagte ich vom Text abweichend, »die Kreuzzüge, die Inquisition und den Holocaust schenkte.«

Die Katze fing an, mit ihren Krallen gereizte massierende Bewegungen auf meiner Brust zu machen. Ich hielt mich wieder korrekt ans Manuskript. »› – wo er als Chorknabe in seinem geliebten Neapel sang. Einen Gesangslehrer zu finden stellte sich als schier unmöglich heraus, denn jeder Lehrer sagte ihm, daß er weder Stimme noch Talent habe!‹«

»Soviel zu den meisten Leuten«, sagte ich. Die Katze gähnte. Ich auch.

Travis Parnell verfolgte mich mit seinem Jagdgewehr. Ich bewegte mich mit bleischweren Füßen und mit der Zeit im Rückstand durch einen tropischen Dschungel aus Rambutan- und Durianbäumen, der irgendwo in Borneo sein mußte. Ich steuerte verzweifelt auf die langvergangene Sicherheit eines Zedrachbaums aus der Kindheit zu, der im Garten unseres Hauses in Houston gestanden hatte. Meine Mutter saß neben dem Baum, und als ich sie sah, wußte ich, daß ich es nicht schaffen würde. Im Traum gewinnt man diese Art von Rennen nur selten. Im Leben gewinnt man sie nie.

Parnell kam jetzt näher und legte immer wieder sein Gewehr an, das ein Zielfernrohr von der Größe des Palomar-Teleskops hatte und wie verrückt in der Sonne blitzte. Plötzlich lief mein Freund John Morgan neben mir her. »›Nach dem ersten Tod‹«, sagte er, »›gibt es keinen zweiten.‹« Dann war er verschwunden.

Ich lief so schnell ich nur konnte, aber Parnell kam unbarmherzig näher, mit einem ekelhaft gewinnenden Lächeln auf den Lippen. Die Blätter in den Bäumen wurden zu bekannten Gesichtern. Ich sah das von Tequila und eines, das Boatrights sein konnte, sich lösen und in Zeitlupe hypnotisch auf den Boden zu taumeln.

Ich mußte schneller laufen. Im Hintergrund hörte man eine irgendwie gebrochene Country-Western-Version von »Chariots of Fire«, und ich dachte an die Worte des christlichen Langläufers Eric Liddell: »Woher kommt die Kraft? Sie ist in dir.« Ich lief schneller.

Ich lief durch die Bäume wie Bambis Mutter, und Parnell war mir dicht auf den Fersen. Ein Vollmond ging auf, und er schien ein Fadenkreuz zu haben. Südamerikanische Bauern fingen an die Bäume abzubrennen, als ich an ihnen vorbeilief. Rauch stieg in meine Augen, und ich rannte blind in die aufkommende Dunkelheit. Einmal sah ich einen wunderschönen, zarten, fast durchsichtigen Schmetterling, dessen Flügel die Sanftheit der Hände meiner Mutter zu verkörpern schienen. Als ich den Zedrachbaum erreichte, war meine Mutter verschwunden.

Ich wußte allerdings, wo sie war. Sie war in mir.

Zuerst wachte ich als Kind auf. Dann rauschte die Realität der Jahre wie ein giftiger Liebeskanalstrom der Einsamkeit zurück ins Loft, und ich spürte, wie mein Herz sich nach Träumen sehnte, die wahr wurden, und nach Wahrheiten, die zu Träumen wurden.

Es war 02:15. Ich zog meinen Cowboyhut an und meine Jagdweste mit den kleinen aufgenähten Taschen für große weiße Jäger, die darin ihre Kugeln und Gewehrpatronen aufbewahren konnten. Was für ein wundervoller Sport, dachte ich, ein winziges Metallprojektil durch den Schädel eines friedlichen, harmlosen Tieres krachen zu lassen. Ich stopfte drei Zigarren in drei kleine aufgenähte Taschen und ging grimmig zur Tür.

Ich glaubte jetzt zu wissen, wo ich Travis Parnell finden konnte.

42

»Nach dem ersten Tod gibt es keinen zweiten«, sagte ich auf der Rückbank des Taxis zu mir selbst.

»Was ist?« fragte der Fahrer.

Dylan Thomas hatte recht, geistig gesprochen natürlich, aber im praktischen Sinn konnte er sehr falsch liegen. Thomas hatte ein extrem starkes, vollrohrmäßiges, selbstzerstörerisches Leben geführt, aber ich kann mich nicht erinnern, jemals was darüber gelesen zu haben, daß in seinem Regenraum jemand umgeblasen wurde.

Dieses Zitat, das Morgan für mich in meinem Traum zitiert hatte, war eine Zeile aus einem von Thomas' Gedichten, das ich zuerst las, weil es so einen verrückten Titel hatte. Der Titel allein, »Weigerung, den Flammentod eines Kindes in London zu beklagen«, war schon ein Gedicht. Er zeigte, daß Thomas nicht nur ein sehr zorniger Mann war, sondern auch einen ganz schönen Sinn für Humor hatte. Das konnten ein paar Gründe dafür sein, warum ein junger Songschreiber aus Minnesota sich entschied, seinen Namen auszuborgen: Bob Dylan.

So wie ich es verstand, gab es nur zwei mögliche Lokale, die Parnell gemeint haben konnte, als er der Braut im Cowgirl erzählte, daß er es satt habe, »herumzuhängen und mit dem Geist von Dylan Thomas zu trinken«. Ich hätte es gleich an Ort und Stelle kapieren müssen, aber manchmal müssen die Dinge durch die Träume sickern, bevor man sie versteht.

Die beiden Lokale, in denen Dylan Thomas' Geist herumhängen konnte, waren das White Horse Tavern, wo Thomas wie verlautet achtzehn Gläser Old Grand-dad trank, an der Bar das Bewußtsein verlor, auf die Straße geworfen und ins Chelsea Hotel gebracht wurde, wo er offensichtlich sein todesmöglichstes tat, um zum letzten

Mal »doppelt zornentfacht im Sterbelicht« zu wüten. Seine Todesurkunde gab an, daß Thomas an einer »akuten Verletzung des Gehirns« starb, eine Phrase, die demonstriert, daß auch Leichenbeschauer einen Sinn für Humor haben.

Es gab keinen Grund für Parnell, in einer Bar und Hamburgerbude im Village herumzuhängen, selbst wenn Dylan Thomas sie ohne sein Wissen bekanntgemacht hatte. Es war wahrscheinlicher, daß es Parnell langweilig geworden war, in seinem Hotel herumzuhängen. Und das Chelsea hatte draußen eine Gedenktafel hängen, die daran erinnerte, daß Thomas hier lebte und starb.

Natürlich lebte und starb hier auch die Freundin von Sid Vicious, aber es hört sich wohl nicht so gut an, wenn man jemand sagt, daß man es satt hat, herumzuhängen und mit dem Geist von Nancy Spungeon zu trinken.

Es war kurz nach halb drei, als mich der Fahrer vor dem Chelsea Hotel absetzte. Ich war schon mal dort gewesen. Es war das erste Hotel, in dem die Jewboys übernachteten, als wir 1973 unseren ersten Auftritt in New York im Max's Kansas City hatten. Es war auch der Ort, wo ich zum ersten Mal Abbie Hoffman begegnete.

Wenn man je für eine Zeit im Chelsea gewohnt hat, dann färbt ein bißchen davon auf einen ab und geht, obwohl man abreist, auch nicht mehr weg. Dann gibt es noch jene, die so wie Dylan Thomas erst abreisen, wenn sie für immer abgereist sind. Ich war nicht scharf darauf, heute abend zu dieser ausgewählten Gruppe zu gehören, wenn ich es nur vermeiden konnte.

Die Lobby des Chelsea sah aus wie die Kreuzung zwischen einem Kunstmuseum und einer Methadonklinik. Ein junges Mädchen starrte ins Leere. Ein Mann und eine Frau stritten sich. Die Gemälde und Skulpturen konnten von Dalí sein und waren es vielleicht auch. Die Leute in der Lobby konnten die Modelle sein, die er dafür genommen hatte.

Es stürzte alles wieder auf mich ein. Wie stolz, schäbig und beseelt dieser Ort erschien, wenn man durch die Türe kam. Wie vollkommen das alte exzentrische Hotel in dieser kalten Winternacht zum Geist der Band zu passen schien, als wir zum ersten Mal eincheckten. Dalí hätte uns auch gemalt haben können.

Der Nachtportier am Schreibtisch, ewig gelangweilt, aber jetzt halbherzig einen auf beschäftigt machend, sah aus wie ein Totengräber aus einem Charles-Dickens-Roman. Als ich ihn anredete, zeigten seine flackernden Augen etwas, was fast als Interesse durchgehen konnte. Wohnte Travis Parnell im Chelsea? Die Antwort lautete offensichtlich ja und nein.

Ich drängte, er wich aus. Ich schmeichelte, er zauderte. Als ich die Story endlich zusammenhatte, war sie interessant und deutete, was die Zeitabläufe betraf, auf etwas hin. Parnell hatte vor ungefähr zwölf Tagen eingecheckt, genau um die Zeit, als ich die Salamis im Fenster des Carnegie Deli anstarrte. Er hatte für eine Woche im voraus bezahlt. Als die Woche um war, wollte das Hotel wegen einer weiteren Anzahlung Kontakt mit Parnell aufnehmen, aber er hatte nicht auf die telefonischen Mitteilungen, die sie hinterließen, oder die Zettel, die sie unter seine Tür schoben, reagiert. Einen Tag später verstaute die Hotelleitung Parnells Gepäck unten im Lagerraum und vermietete das Zimmer an einen anderen.

Zehn Minuten und vierzig Dollar später war ich unten im feuchten Lagerraum des Chelsea Hotels, geleitet von einem Nachtwächter mit Arschbacken von der Größe des Hecks eines Streifenwagens, den er zweifellos mal gefahren hatte. Die einzige Sache, die öder ist, als es mit einem Bullen zu tun zu haben, ist ein Ex-Bulle, der immer noch denkt, einer zu sein. Das war jedoch nicht mein Problem.

Mein Problem war, mich um drei Uhr morgens in einem

kleinen, verstaubten, schlecht beleuchteten Raum zu befinden und zu versuchen, zwischen zahllosen Schrankkoffern, Schachteln und Handkoffern, Regalen voller nicht abgeholter modischer Vierziger-Jahre-Kleidung, einem wunderschönen braunen Borsalino, der aussah, als wäre er schon vor dem Krieg hier gewesen, und den großen allgegenwärtigen Arschbacken eines Ex-Bullen herumzunavigieren. Eine Schatzsucherkarte wäre vielleicht hilfreich gewesen, oder vielleicht die Einsatzpläne der Bombenabwürfe über Deutschland, die mein Daddy im Zweiten Weltkrieg benutzt hatte. Heutzutage ist es leichter, eine Nadel im Chelsea zu finden als Parnells Koffer.

»Willkommen im Bermuda-Dreieck des verlorengegangenen Gepäcks, Freundchen«, sagte der Wächtertyp. Ich fing an die Anhänger an den Koffern zu überprüfen, während er bloß im Türrahmen des überfüllten kleinen Raums stehenblieb. Sein Gesicht hatte einen Ausdruck von angewiderter Ungeduld, als hätte er es eilig, sich wieder hinzulegen.

»Was wird eigentlich aus Fährschiffkapitänen?« fragte ich, als ich eine leichte Variante des Virginia-Reels aufführte und durch den ganzen Scheiß im Lagerraum tanzte.

Es dauerte nicht so lange, wie es hätte dauern können, aber es dauerte lange genug. Travis Parnells Koffer war ein teuer aussehendes handgemachtes Lederding, das direkt hinter einem Dampfer von Schrankkoffer, der aussah, als sei er mit Sir Francis Drakes *Golden Hind* herübergekommen, gegen die Wand geschoben war.

Er war nicht abgeschlossen.

Im Koffer waren Kleidung, Toilettenartikel, Rasiercreme und eine Taschenbuchausgabe von Robert B. Parkers *Bodyguard für eine Bombe*. Unter der ersten archäologischen Schicht fand ich zwei Schachteln mit .45er-Munition und ein Foto von Kelli Tuck.

»Judy Garlands Gepäck scheint nicht hierzusein«, sagte ich. Zu ihrem Lebensende hin war Judy Garland nicht mehr in der Lage gewesen, ihre Hotelrechnungen zu bezahlen, und diverse New Yorker Hotels hatten, wie es hieß, ihren Besitz beschlagnahmt. Zwar war diese Information wahrscheinlich nur für die homosexuelle Gemeinde von großem Interesse, aber es war erfreulicher, darüber nachzudenken als über die Folgerungen aus dem, was ich in Travis Parnells Koffer gefunden hatte.

»Hast du gefunden, was du suchst, Freundchen?« fragte der Wachtyp, als er sich zur Tür bewegte.

»Yeah«, sagte ich. »Alles, was noch fehlt, ist ein Mann und eine Waffe.«

43

»Rektaler Realismus«, sagte Goat Carson, als er in meinem Loft stand, eine von meinen Zigarren rauchte und eine ungefähr fünf Finger hohe Menge von meinem Wild Turkey trank, »ist eine Kunstrichtung, die mein Bruder Neke hier in New York in den frühen Siebzigern kreiert hat.«

Es war Samstag nachmittag, und ich hörte Goat wie immer nur halb zu und sah halb den Müllwagen zu, die aus ihrem Depot in der Vandam Street herausfuhren. Die Stadt sah aus, als wäre eine Bombe eingeschlagen. Durch den teilweise geschmolzenen Schnee sah man überall unangenehm ausschauende Objekte herumliegen, und die Straße selbst sah wie etwas aus, was aus Jimmy Buffetts Mixgerät gekommen war.

»Wie interessant«, sagte ich.

»Er möchte dir das hier geben«, sagte Goat.

»Wer möchte mir was geben?« fragte ich.

Goat packte ein großes Gemälde auf dem Küchentisch aus und lehnte es gegen die Theke. »Das hing mal in der National Gallery in Washington, bevor es gestohlen wurde, aber das ist eine andere Geschichte«, sagte er. »Neke möchte es dir dafür geben, daß du vor ein paar Jahren diesen Schwulen geschnappt hast, der die blonden Frauen im TriBeCa würgte. Neke hatte damals eine wunderschöne Blondine, die dort lebte, und er glaubt, daß du ihm geholfen hast, sein Sexleben zu verlängern.«

»Ah, ja«, sagte ich. »Der Fall Bruce the Ripper, glaube ich.« McGovern hatte ihn so in der ›Daily News‹ genannt, und irgendwie war das hängengeblieben. Dieser spezielle Fall hatte mich so sehr in die Nähe des Todes gebracht wie noch nie, hatte Ratso aber die Chance gegeben, seine eigene sexuelle Identität zu erkunden.

»Was hältst du davon?« fragte Goat.

»Was halte ich wovon?«

»Von dem beschissenen Bild!« rief Goat. Er schob seinen kleinen schwarzen Lederhut in einen äußerst flotten Winkel und nahm noch einen kräftigen Schuß Wild Turkey.

Ich hatte nicht gerade verdammt viel Ahnung von Kunst. Ich war noch nicht mal sicher, ob ich überhaupt Ahnung davon hatte, was ich mochte. Ich dachte, ich könnte genausogut zum Tisch gehen und es herausfinden. Was ich tat.

Es war ein Porträt von Andy Warhol.

»Andy hat ein Video von Neke gemacht«, sagte Goat, »während Neke Andy malte.«

»Dieser Andy«, sagte ich.

»Es hat eine Art sehr primitiven Grandma-Moses-Look, nicht wahr?« Goat schüttete noch einen Schuß Turkey runter, legte seinen Kopf zur Seite und bewunderte das Werk.

»Sehr primitiv«, sagte ich. Ich machte auch einen Schuß Turkey nieder. Wir studierten Warhols gleichgültigen Gesichtsausdruck für einen oder zwei Momente. Das einzige, was mir an Warhol je gefallen hatte, war, daß er meinen Freund Tom Baker in seine Filme brachte. Aber das Gemälde hatte etwas sehr Ansprechendes an sich. Warhol sah auf seine farblose Art sehr farbig aus.

»Das mag eine dumme Frage sein«, sagte ich, »aber warum nennt man das rektalen Realismus?« Wenn man nichts fragt, dachte ich, lernt man auch nichts.

Goat plusterte sich professoral auf wie ein äußerst gestörter Abiturient, der auf eine Stelle an der Universität des Lebens hofft. Er räusperte sich und wiederholte die Phrase *rektaler Realismus* mehrmals. Dann fing er mit seinem kleinen Vortrag an.

»In den frühen Siebzigern, als Neke mit dem rektalen Realismus experimentierte«, intonierte Goat, »bevorzugte er immer eine sehr niedrige Staffelei. Wenn er arbeitete, ähnelte er wahrscheinlich einem Football-Mittelfeldspieler. Hin und wieder sah er zwischen seine Beine auf sein Sujet. Dieses Ölgemälde von Andy Warhol ist, glaube ich, eine seiner glänzendsten Leistungen, aber er hat viele andere Gemälde in diesem Stil gemalt. Einmal hat er ein ausgezeichnetes Publikumsporträt von der Bühne einer Martin-Mull Show aus gemalt. Während dieser Periode seines kreativen Lebens brachte Neke an den Enden seiner sämtlichen Pinsel speziell gummierte Spitzen an. Dann legte Neke die Leinwand entweder auf den Boden oder auf die sehr niedrige Staffelei, nahm den Pinsel und . . .«

»Du meinst doch wohl nicht . . .«

»Doch, ja«, sagte Goat und nickte anerkennend, weil der Schüler plötzlich begriff, worum es ging. Er schenkte uns noch einen Schuß Wild Turkey ein.

»Du erzählst mir doch nicht etwa . . .«

Goat erhob eine Hand, um mich aufzuhalten. Er machte eine sehr obszöne Geste mit der anderen Hand.

»Ich sage dir«, sagte Goat, »daß Neke dieses Porträt mit seinem Arsch gemalt hat.«

»Mein Gott«, sagte ich. »Es ist ein Meisterwerk.«

Später, nachdem Goat seinen Abflug gemacht hatte, warf ich eine leere Flasche Wild Turkey weg und fragte mich, wo ich meinen neuen Kunsterwerb aufhängen sollte. Das Scheißhaus war sicherlich eine Möglichkeit, aber irgendwie schien das nicht recht zu sein. Auf der anderen Seite, wenn man schon will, daß einem jemand beim Abdrücken eines Nixon zuschaut, dann ist Andy Warhol so gut wie jeder andere auch. Aus Respekt vor dem Künstler verwarf ich diese Idee jedoch am Ende.

Schließlich wählte ich einen ästhetisch erfreulichen, hochprofilierten Platz an der Wand über meinen Schreibtisch, an dem viele Amerikaner das Gemälde sehen würden, wenn sie durch die Tür kamen, und begriff, daß ich doch noch ein bißchen kultivierter war, als ich angenommen hatte. Die Kehrseite dieser speziellen Porträtplazierung lag darin, daß alleinlebende Leute nie in der Lage zu sein scheinen, Bilder gerade aufzuhängen, weil sie niemand haben, der an der Tür steht und sagt »ein bißchen mehr nach rechts«.

Jetzt mußte jeder, der das Loft betrat, sofort annehmen, daß ich ein hochkultivierter, bemitleidenswert einsamer Bastard war, und das stimmte noch nicht mal. Ich bin nicht so kultiviert.

Als der Samstag abend die Stadt in einer mottenzerfressenen Hülle aus Hupen, Dunkelheit und Sirenen in den Schlaf wiegte, ertappte ich mich dabei, daß ich immer noch schweigend in Andy Warhols Evian-Wasser-Augen starrte. Zum ersten Mal in meinem Leben sah ich Andy Warhol mit etwas an, das fast eine Verwandtschaft mit Einfühlungsvermögen hatte. Ich war derjenige, von dem man erwartete, daß er mit Antworten rüberkam. Ich war derjenige, von dem man erwartete, daß er die Wahrheit herausfand. Aber ich fühlte mich immer noch wie ein benebelter Betrachter des Lebens. Trotz all der vielen dunklen, tiefen und blauen Ströme, die mir innerhalb der letzten beiden Wochen durch den Kopf gerauscht waren und mein Leben aufwirbelten, hatte ich bis jetzt wenig getan und wußte noch weniger.

Mit einem grimmigen Lächeln dachte ich an die Phrase, mit der Truman Capote Warhol mal beschrieb: »Eine Sphinx ohne Geheimnis.«

44

Am Sonntag morgen brauchte ich mit der dampfenden Espressotasse in der einen und der ersten Zigarre des Tages in der anderen Hand nicht lange, um zu begreifen, daß Andy Warhols Augen mich noch weniger inspirierten als am Vorabend. Ohne das einzigartige geschickte Talent von Neke Carson antasten zu wollen, fing ich dennoch stark an zu empfinden, daß entweder Andy oder ich gehen mußte.

Wenn das Portrat von, sagen wir, Ernie Kovacs, Hank Williams oder Anne Frank gewesen wäre, dann hätte das Ganze völlig anders ausgesehen. Sie waren meine drei Schutzheiligen; ich bewunderte diese Leute und glaubte insgeheim, daß sie alle drei jüdisch und in Texas geboren waren. Ich glaubte dasselbe von Gandhi, Emily Dickinson und Tony Curtis und bewunderte auch sie sehr stark, obwohl ich nicht sicher war, ob Tony Curtis in Texas geboren wurde. Ich bewunderte Ira Hayes, den Indianer, der einer von den vier Männern war, die auf Iwo Jima die Flagge hochzogen. Ich bewunderte auch Isaac Hayes, Gabby Hayes, Helen Hayes und Woody Hays. Und »Purple Haze«.

Ich bewunderte Andy Warhol nicht besonders, und aus seinem sehr klaren, arischen, pastellfarbenen Gesichtsausdruck zu schließen, bewunderte er mich auch nicht besonders. Es war nichts Persönliches. Tom Baker hatte uns mal im Lone Star Café bekannt gemacht, und wir hatten uns gut verstanden. Es war nur so, daß sein Verhalten immer die Essenz einer Campbell's-Suppendose heraufzubeschwören schien. Ich vermißte eher das verlorengegangene Rezept für dieses jüdisch-ungarische Gulasch, das Erich Weiss' Mutter für ihn machte, bevor er erwachsen wurde und den Namen Harry Houdini annahm.

Das waren die sonntagmorgendlichen Gedanken, die mir durch den Kopf gingen, während die meisten meiner Mitbürger in der Kirche waren und Jesus um Hilfe bei den Ratenzahlungen für ihre neusten vierrädrigen Phalli anbeteten. Jesus war natürlich auch jüdisch, obwohl er – ganz offensichtlich – nicht aus Texas stammte. Nur die halbe Punktzahl zum Schutzheiligen.

Ich drehte den Stuhl vom Schreibtisch weg, so daß er zum Fenster zeigte. Die Aussicht war ziemlich schwach, aber besser als Andys Lippen anzugaffen. Ich machte mir noch eine Tasse Espresso und verschaffte dem Hörer etwas Bewegung, um mein linkes Ohr warm zu halten.

Ich rief Kelli an und hörte, wie sie auf ihrem Anrufbeantworter auf der Bluesharmonika spielte. Ich rief Cooperman an, wurde von drei verschiedenen Cop-Shop-Funktionären auf drei verschieden lange Warteschleifen gelegt und dann abgehängt, bevor ich eine Nachricht hinterlassen konnte. Ich rief Winnie an, aber sie knallte den Hörer auf, sobald sie meine Stimme hörte. Die Hand ausstrecken und jemanden berühren war auch nicht mehr das, was es mal war.

Ich entschloß mich, mir eine kleine Pause zu gönnen, holte meine Zange und meinen Philips-Schraubenzieher aus dem Regal und stellte auf meinem alten knopflosen Schwarzweißfernseher im Wohnzimmer eine Wiederholung von *Quincy* ein. Ich hatte genau diese Folge schon mal gesehen, aber ich mochte Quincy, und Quincy mochte mich, und ich brauchte jemand zum Reden. Der erste Erwachsene, den ich jemals eine Unterhaltung mit einem Fernsehgerät führen sah, war mein alter Freund Slim in Texas. Slim redete immer mit *Bonanza*.

Nachdem die Vignette, die am Ende jeder *Quincy*-Folge kommt, zu einem scharfen Standbild eingefroren war, schaltete ich das Gerät mit der Zange aus, holte einen großen Klecks Lone Star Roadhouse Five-alarm-Chili aus dem Gefrierschrank, servierte der Katze etwas Thunfisch, und dann nahmen wir zusammen unseren Sonntagsbrunch ein. Als der Brunch vorbei war, rollte sich die Katze in ihrem Schaukelstuhl zusammen, und ich legte die Caruso-Kassette ein und haute mich für ein kleines Power-Nickerchen auf die Couch. Jetzt, wo ich wußte, daß er weder Stimme noch Talent besaß, hatte ich einen neuen, größeren Respekt vor Caruso.

Gegen vier Uhr nachmittags gelang es mir, McGovern in der Inlandsredaktion der ›Daily News‹ zu erreichen. »McGovern, Welthauptquartier«, sagte er.

»Watson«, sagte ich, »ich brauche dich.«

»Ich wußte nicht, daß dir soviel an mir liegt«, sagte McGovern und ließ kleine Kicherwellen tief in mein inneres Ohr hineinrauschen. Ratso hatte wenigstens seltener gelacht.

»Wir müssen uns sehen«, sagte ich mit einiger Dringlichkeit. »Wir brauchen so schnell wie möglich eine Übergangs-Watson-Power-Versammlung.«

Ich brachte McGovern mit der Tatsache auf Touren, daß Travis Parnell irgendwo mit einer Waffe und einem miesen Verhalten lauerte, und vermittelte ihm meine wohlüberlegte

Ansicht, daß jeden Moment die Hölle losbrechen konnte, und das aus verschiedenen Richtungen gleichzeitig. Es war unerläßlich, daß unsere Verbindung funktionsfähig war, falls das Unvorhergesehene eintraf, was es ja immer wieder tut.

McGovern informierte mich, daß er dabei war, eine Story über das sehr große und schrecklich übergewichtige russische Bobfahrerinnen-Team zu beenden, das gerade zu Besuch war, und ein bißchen später am Abend bereit sein würde, mir bei meinen kriminalfall-lösenden Bemühungen zu assistieren.

Wie das Schicksal es wollte, fingen die Dinge etwas früher an zu kochen. Ich stand weit über den Schreibtisch gebeugt auf dem Stuhl und befand mich mitten in einem Andy-Warhol-Umplazierungsprojekt, als die Telefone klingelten. Ohne mich zu verletzen, gelang es mir, den Hörer zur Linken nach dem vierten Klingeln am Kragen zu packen.

»Red schon«, sagte ich.

Sie redete.

Ich erkannte die Stimme nicht, aber während sie redete, erkannte ich, daß da etwas Erschreckendes, zeitlos Böses vonstatten ging. Als ich auflegte, erkannte ich etwas anderes.

Mein Sparflammenfall loderte hoch.

45

»Wichita wurde in Tulsa getötet?« fragte McGovern ungläubig, als er den großen Wodka McGovern auf dem kleinen Tisch beäugte. Wir saßen hinten im Corner Bistro in einer dunklen Nische, so weit von Portugal entfernt, wie man nur sein konnte.

»Jagdunfall«, sagte ich. »So hat's mir seine Schwester

erzählt, als sie mich anrief.« Ich kippte ungefähr die Hälfte eines kräftigen Schusses Jameson.

McGoverns intelligente Augen begegneten meinen. Dann zuckte er mit den Achseln und griff sich den Wodka McGovern. »Jagdunfall«, sagte er.

»Wichita hatte eine kleine Hütte auf einem Stück Land draußen bei Tulsa. Sie hatten letzte Woche einen schlimmen Kälteeinbruch, und die Leitungen froren zu. Er ging raus in den Wald mit einer Rolle Klopapier und . . .«

». . . dann hat jemand seine Scheiße weggepustet«, sagte McGovern.

»Das ist eine ziemlich derbe Art, das auszudrücken, aber inhaltlich ist es korrekt.« Für einen Moment tranken wir schweigend.

»1980«, sagte McGovern, »war Tulsa unter den Städten mit einer Bevölkerung von über zweihunderttausend die Nummer eins im Land – bezogen auf die tödlichen Pro-Kopf-Unfälle.«

»Watson«, sagte ich, »du hörst nie auf, mich zu erstaunen. Was für erleuchtende geistige Bagatellen hast du denn sonst noch so in deinem großen Kopf abgespeichert?«

»Ich arbeite in der Inlandsredaktion«, sagte McGovern ein bißchen defensiv. »Dafür werde ich bezahlt. Aber wenn wir schon mal bei Unfällen sind, wer hatte als erster Pilot einen tödlichen Flugzeugabsturz?«

»Laß mich überlegen«, sagte ich, während ich Dave signalisierte, eine neue Runde zu bringen. »Pontius Pilatus?«

»Gut getippt, Sherlock, aber das ist nicht korrekt. Der erste Pilot mit einem tödlichen Flugzeugabsturz war Orville Wright. Es geschah am 17. September 1908. Orville überlebte, aber sein Passagier starb.«

»O diese Menschen!«

McGovern sah mich an. »Du bist dir nicht so sicher, ob Wichitas Tod ein Unfall war, was, Sherlock?«

»Nun«, sagte ich, »Wichita und Boatright scheinen tödlich verunglückt zu sein, und Tequilas Art abzukratzen, war offensichtlich ein Mord.«

»Genau«, sagte McGovern, als Dave uns die Drinks an den Tisch brachte.

»Aber das macht drei ehemalige Texas Jewboys aus, die sich innerhalb von zwei Wochen auf die Reise ohne Rückfahrkarte in den Hillbilly-Himmel gemacht haben. Es *könnte* ein Zufall sein, aber ich bezweifle das, selbst wenn ein Buchmacher aus Brooklyn darauf wetten würde.«

McGovern schwieg für einen Moment. Wahrscheinlich überlegte er, ob er eine Wette machen sollte.

»Und es gibt da noch was, was sehr zu denken gibt«, sagte ich. »Wichitas Schwester sagte mir – das ist nicht der exakte Wortlaut –, daß Wichita, bevor er rausging, um den letzten Nixon seines Lebens abzudrücken, Gitarre gespielt hat. Das tat er 24 Stunden am Tag, und das ist ein Grund, warum einem so viele Musiker nach einer Weile auf den Senkel gehen.«

»Anwesende natürlich ausgeschlossen.«

»Natürlich. Aber in der Nähe von Wichitas Gitarre fand die Staatspolizei die Noten für ›Ride 'em Cowboy‹, einen Song auf meinem ersten Album. Das sagte ihnen nicht viel, aber mir schon.«

»Vielleicht gab er sich nur ein bißchen der Nostalgie hin«, sagte McGovern.

»Unwahrscheinlich, mein lieber Watson, unwahrscheinlich. Man benutzt Noten nur, wenn einem ein Song nicht bekannt ist. Wichita hat diese Melodie *on the road* ein paar tausendmal gespielt. Wozu brauchte er Noten?« Ich machte den Schuß Jameson nieder und begann damit, eine Zigarre zum Anzünden zu präparieren.

McGovern schien in Gedanken verloren. Immer noch in so was wie in einer Halbtrance, stand er auf und ging zur

Jukebox rüber. Ich wußte, daß er mit irgendwas beschäftigt war, denn er ließ seinen Wodka McGovern auf dem Tisch stehen. Bald sang Billie Holiday im Corner Bistro. Es war die Art von Lokal, das ihr gefallen hätte.

Als McGovern zum Tisch zurückkam, blitzten seine Augen vor Triumph. »Ich hab's«, sagte er.

»Watson, du willst mir doch wohl nicht erzählen, daß du den Fall geknackt hast?«

»Nein, aber ich hab die Überschrift.« Ich zuckte leicht zusammen und zündete die Zigarre an.

»Herrgott«, sagte ich ziemlich gereizt. »Nun sag schon.«

McGovern nahm einen großen Schluck aus dem hohen Glas. Er lehnte sich in seinen Stuhl zurück und starrte mich über den kleinen Tisch intensiv an.

»JEMAND KILLT DIE JEWBOYS AUS TEXAS«, sagte er.

46

Einer der erschreckendsten Aspekte von Gespenstergeschichten aus der Kindheit ist, daß manche von ihnen uns für den Rest unseres Lebens verfolgen. Als ich als Kind in einem Sommerzeltlager war, direkt draußen vor Kerrville, erzählte unser Anführer Vern Rathkamp uns eine besondere Nachtgeschichte, die ich nie vergessen habe. Sie hieß »Der letzte der dreizehn«.

Vern war sehr dick und sehr groß, und obwohl ich damals zehn Jahre alt war, stelle ich ihn mir immer noch so vor. Ich sehe seinen aufgeschlagenen Hemdsärmel, in den er seine Zigarettenschachtel steckte. Ich sehe uns mit den naiven Augen der frühen fünfziger Jahre über die Ränder unserer Etagenbetten starren, während Vern seine Story erzählte und von Zeit zu Zeit wie ein Tiger im Halbdunkel hin und her lief. Und ganz gleich, wie unsinnig, wirr und absolut grotesk eine Story heute auch erscheinen mag, wenn man zehn Jahre alt ist, ist jede Story wahr.

Es war Sonntag nacht, und ich konnte sowieso nicht schlafen. Also saß ich in meinem Purpur-Bademantel am Küchentisch, trank schwarzen Kaffee, rauchte kubanische Zigarren und ließ meine Gedanken zur Echo Hill Ranch wandern, einem kleinen grünen Tal voller rauchender Lagerfeuer und staubiger Träume. Mit den Ohren eines Kindes hörte ich Vern noch mal »Der letzte der dreizehn« erzählen.

Als Vern noch sehr jung war, hatte er ungefähr eine halbe Stunde vor Mitternacht im Zug einen Mann kennengelernt. Der Mann war kein alter Mann, aber das Überraschendste an ihm war, daß er völlig weißes Haar hatte. Alle paar Minuten oder so fragte der Mann Vern: »Wie spät ist es, Sohn?«, und Vern sagte es ihm jedesmal. Als Mitternacht näher heranrückte, wurde der Mann zunehmend nervöser und erleichterte sich schließlich von dem, was für viele Jahre seine ganz private Hölle gewesen war.

Vor einiger Zeit, als er gerade das College begonnen hatte, war der Mann mit dem weißen Haar einer Bruderschaft beigetreten. Während des ersten Jahres wurden er und seine zwölf Novizenbrüder im Rahmen des Schikaneprozesses von den älteren Semestern mit verbundenen Augen in der Landschaft ausgesetzt. Als die älteren Semester sie rausgeworfen hatten und weggefahren waren, nahmen sie ihre Augenbinden ab und stellten fest, daß sie mitten in einem dunklen Wald herumirrten.

»Wie spät ist es, Sohn?«

»Es ist Viertel vor zwölf, Sir.«

Sie wanderten durch den Wald und stießen irgendwann auf ein altes, verlassenes Haus. Es war sehr dunkel, und sie hatten weder Taschenlampen noch Zelte, und sie waren erschöpft, also schliefen alle dreizehn im Wohnzimmer des unheimlichen alten Hauses. Im Morgengrauen machten sie sich auf und fanden den Weg in die Stadt.

In den nächsten vier Jahren schlossen sie das College ab, graduierten und gingen ihre eigenen Wege. Jahre nach der Graduation erreichte sie die tragische Nachricht, daß einer der jungen Männer aus dieser Novizenklasse in seinem Haus die Kellertreppe hinuntergestürzt und gestorben war. Das einzige Ungewöhnliche an diesem unglücklichen Unfall bestand darin, daß das Haar des jungen Mannes, als man seine Leiche fand, weiß geworden war.

»Wie spät ist es jetzt, Sohn?«

»Zehn Minuten vor Mitternacht, Sir.«

Im nächsten Jahr erfuhr man, daß ein anderes Mitglied der Gruppe gegen Mitternacht bei einem Autounfall auf einer einsamen Straße getötet worden war. Sein Auto war gegen einen Baum gerast, und er war sofort tot. Sein Haar war so weiß wie frischgefallener Schnee gewesen.

Während der nächsten fünf Jahre starben weitere fünf aus der Erstsemestlerbruderschaft. Einer fiel vom Dach eines Hochhauses. Ein anderer sprang vom Sprungbrett in einen Swimmingpool ohne Wasser. Ein anderer erstickte in einem schicken Restaurant, wo niemand es schicklich fand, ihm auf den Rücken zu klopfen. Ein weiterer starb, als sein Honda Civic von einem Bus breitgewalzt wurde. Und wieder ein anderer starb unter mysteriösen Umständen, wahrscheinlich durch die Langeweile, die durch die Nachricht vom Tod der anderen bei ihm hervorgerufen wurde. In jedem Fall aber war das Haar des Opfers so weiß wie eine Vorortsiedlung.

»Wie spät ist es jetzt, Sohn?«

»Fünf Minuten vor Mitternacht, Sir.«

Die übriggebliebenen sechs Männer entschlossen sich, daß es an der Zeit war, sich zu einer kleinen Krisensitzung zu treffen. Sie trafen sich in der Stadt, in der sie das College besucht hatten. Sie redeten über den Tod ihrer Freunde und kamen zu der Vermutung, daß ein merkwürdiger Fluch dafür verantwortlich sein mußte. Sie dachten an die Jahre im College zurück. Die einzige Gelegenheit, an die sie sich erinnern konnten, bei der sie alle dreizehn zusammen waren, war diese Nacht in dem alten Haus mitten im Wald.

Also gingen sie in dieses Haus zurück. Sie gingen in einer dunklen, stürmischen Winternacht dorthin, aber diesmal brachten sie Taschenlampen, Waffen und Zeug zum Übernachten mit. Der Ort sah noch viel unheimlicher aus, als sie ihn in Erinnerung hatten. Hohe Tannen wuchsen vor dem Haus und ächzten im Wind. Im Wohnzimmer waren alle Möbel mit Laken bedeckt, und überall waren Spinnweben und Staub. Das alte Haus knarrte und zitterte vom Sturm draußen und von weiß der Teufel was drinnen. Sie sahen sich mit ihren Taschenlampen um, fanden aber nichts von Interesse, bis sie das Bild über dem Kamin sahen. Es war das Gemälde einer sehr alten, runzeligen Frau. Für Abergläubische eine Hexe.

»Wie spät ist es, Sohn?«

»Es ist fast Mitternacht, Sir.«

Der Mann mit dem weißen Haar erzählte Vern, daß sie nichts herausgefunden hatten. Jeder war in sein eigenes Leben zurückgekehrt, und jedes Jahr oder so hörte er von einem weiteren merkwürdigen tragischen Unfall. An dieser Gesprächsstelle wurde der Mann äußerst *agitato*. Vern fragte ihn natürlich, was denn los sei. Er sagte, er würde Vern jetzt was sagen, was er noch niemand erzählt habe, aber Vern mußte versprechen, es keiner Seele weiterzuerzählen. Vern gab ein Versprechen ab, das er erst jetzt, viele, viele Jahre nach dem Treffen mit diesem Mann im Zug, brach.

Verns Stimme flüsterte kaum hörbar, als er uns die Worte sagte, die der weißhaarige Mann ihm gesagt hatte. »Sohn«, hatte er gesagt, »*ich* bin der letzte der dreizehn.«

Dann schrie Vern so laut, daß jeder von uns sich fast vor Angst in die Hosen machte.

Ich schenkte mir eine frische Tasse schwarzen Kaffee ein, trank sie aus und spülte mit einem großen Jack Daniel's nach. Ich lief ein bißchen im Loft hin und her und lächelte in mich hinein. Aber während ich lächelte, fühlte ich gleichzeitig, wie die Haare an meinen Unterarmen sich unfreiwillig aufrichteten. Es war erstaunlich, wieviel Angst mir diese Story eingejagt hatte, als ich ein Kind war.

Noch erstaunlicher war, wieviel Angst mir diese Story jetzt einjagte.

47

Am Montag morgen hatte ich gerade die Katze gefüttert und fast meine erste Tasse Espresso an den Lippen, als Cleve aus dem Pilgrim State Hospital für Geisteskranke anrief. Das war nicht gerade die Art, auf die ich gerne die Woche begonnen hätte, aber vielleicht rappelten die Dinge sich ja wieder hoch.

»Hey, Dude«, sagte Cleve schrill. »Die Antworten laufen ein!« Ich habe mich daran gewöhnt, daß mich die jüngere Generation mit »Dude« anredet. Tatsächlich mag ich es etwas lieber als »Mister«, denn es bedeutet, daß sie mich für »hip« halten, wie es heute heißt, oder »mod«, wie es mein Vater nennt. Aber wenn ein Mann um die Vierzig, der in einem Irrenhaus lebt, »Dude« zu einem sagt, dann ist das aus mehr Gründen, als ich hier aufführen will, ein sehr traurig machendes Erlebnis.

»Was für Antworten, Cleve?« fragte ich.

»Was für Antworten? Die auf den Fragebogen natürlich.«

»Was für ein Fragebogen, Cleve?« Es ist ein beunruhigendes Gefühl, an einem Montag morgen zu begreifen, daß jeder Satz in der Unterhaltung, die man führt, ein weiterer Stein in der Beziehung ist, die man unwiderruflich mit einem kriminellen Geisteskranken aufbaut. Aber man kann bei Schwerstbekloppten nicht einfach auflegen. Die nehmen das persönlich.

»Der Fragebogen, den ich allen Jewboys geschickt habe.«

»Und was hast du in diesem Fragebogen gefragt?«

»Ich fragte, ob sie Ende des Monats nach New York kommen können, um für die Tournee zu proben.«

Ich machte eine Pause und nahm den ersten Schluck Espresso. Ich sagte nichts. Es gab nicht gerade verdammt viel zu sagen.

»Oh, ich hab sie auch noch nach anderen Sachen gefragt«, sagte Cleve mit einer erschreckend tonlosen Stimme.

»Zum Beispiel?«

»Zum Beispiel nach irgendwelchen Änderungen von Adressen und Telefonnummern. Ob sie in den letzten Jahren irgendwo gespielt haben. Ich muß sicher sein, ob sie noch gut beisammen sind. Ob sie *Ghostbusters II* gesehen haben.« Cleves Stimme verlor sich.

»Haben sie?«

»Haben sie *was?*« rief Cleve.

»*Ghostbusters II* gesehen.«

»Nein.«

Cleve ließ sich nicht weiter darüber aus, und mir erschien es klüger zu sein, in dieser Angelegenheit nicht weiter nachzuhaken. Ich nippte am Espresso, zündete die erste Zigarre des Morgens an und sah beruhigend die Katze an, meine relativ zurechnungsfähige Gefährtin.

»Die Reaktionen auf den Tourneevorschlag waren sehr positiv«, sagte Cleve ein bißchen ungeduldig. »Ich habe von allen was gehört, außer Tequila, Wichita, Raymond Boatright und Willie Fong Young.« Von dreien dieser vier nichts zu hören, war ziemlich einsichtig, dachte ich.

»Willie ist wahrscheinlich nur sauer, weil ich zur Bas-Mizwa statt zu seiner Hochzeit ging.«

»Diese Bar-Mizwas kriegen dich eben immer wieder dran.«

»Bas-Mizwa«, sagte ich. »Bar-Mizwas sind für Jungs und Bas-Mizwas für Mädchen.« Ich war sicher, daß diese Information Cleve sehr guttun würde.

»Wozu ist eine Botswana gut?« fragte er. Ich paffte geduldig die Zigarre und sah die Katze an.

Ich holte tief Atem und traf eine Entscheidung. Entweder war Cleve verrückt, oder die ganze Welt war verrückt, und Cleve war normal, und in beiden Fällen konnte ich keinen verdammt großen Unterschied sehen. Also erzählte ich ihm von Tequila, Boatright und Wichita.

Einen Moment lang sagte Cleve nichts. Dann hörte ich in meinem linken Ohrläppchen ein merkwürdiges leises Pfeifen. Cleve pfiff eine kleine Melodie. Sie hörte sich irgendwie bekannt an. Dann lieferte er die Worte:

»This old man, he played three./He played knick-knack on my knee.«

»Ja«, sagte ich, »das könnte man so sagen.« Die meisten Leute würden das natürlich nicht, aber es gab einen Grund, warum Cleve da war, wo er war.

Es folgte ein langes und ungemütliches Schweigen. Ich sah auf und begegnete dem kühlen Blick von Andy Warhol. Dieses Bild mußte da runter. Plötzlich hatte ich eine spontane Eingebung.

»Cleve«, sagte ich, »erzähl mir von dem Interview, das du letztesmal erwähnt hast, als wir miteinander redeten. Wer war der Reporter? Was war das für eine Zeitung? Was hat er dich gefragt?«

»Sir?«

Jetzt schien bei Cleve ein nettes kleines Multipersönlichkeitsding abzugehen. »Komm schon, Cleve«, sagte ich. »Versuch dich zu erinnern.«

Die Stimme in der Leitung war ein abgewürgtes weinerliches Etwas, das aus dem Nichts kam und mich äußerst verstörte. Es sang: *»Try to remember the kind of September/ When the grass was green and the moon was yellow./Try to remember the kind of September/And folll ... ooowwwwww ...«*

In einem, wie ich hoffte, ruhigen und rationalen Tonfall versuchte ich Cleve in die entfernte Umgebung des Ziels zu bringen. Er behauptete, daß er sich an lang vergangene Dinge erinnern konnte, als seien sie gestern geschehen, aber es fiel ihm verdammt schwer, sich an gestern zu erinnern. Das klang so normal, daß es mir angst machte.

So ungefähr alles, was ich schließlich aus Cleve rauskriegen konnte, war, daß das Interview lang war und der Reporter eine Menge Fragen über die Band gestellt hatte. Er konnte sich nicht an den Namen des Reporters erinnern, aber er meinte, die Zeitung sei die ›Daily News‹ gewesen. Ich dankte ihm und sagte, er sei eine große Hilfe gewesen.

Es gab ein sehr langes Schweigen, und dann sagte Cleve: »Also haben *sie* wahrscheinlich auch nicht *Ghostbusters II* gesehen.«

»Cleve«, sagte ich, »das ist etwas, was wir niemals erfahren werden.«

48

An diesem Abend hatten die Tänzerin und ich eine kleine Verabredung zum Dinner in Chinatown. Big Wong's hatte natürlich montags geschlossen. Und wenn man an den Tagen, wenn Big Wong's geöffnet hatte, nach acht Uhr abends vorbeikam, dann fingen ihnen die Sachen an auszugehen. Eine davon war Charme.

Kelli und ich gingen gemächlich die Mott Street hinunter, nahmen die Anblicke, Gerüche und Geräusche von Leuten in uns auf, die ihr Leben auf eine Art leben, die rauh und wunderschön und dicht am Boden ist. Vielleicht waren es meine Jahre auf Borneo, die mir den Osten ans Herz wachsen ließen. Vielleicht war es meine chinesische Freundin, die losging, um einen Kraut zu heiraten. Ich kann mich nicht daran erinnern, damals ein gebrochenes Herz gehabt zu haben, aber man sagt, wenn das Herz schon mal gebrochen ist, dann merkt man nicht immer so leicht, wenn es wieder passiert. Ich würde es nicht wissen. Was ich weiß, ist, daß ich, sollte ich jemals heiraten, als erstes ein Kindermädchen anheuern und ein paar kleine orientalische Kinder adoptieren werde. Ich habe im Moment jedoch keine Pläne, einen erwachsenen Koreaner zu adoptieren.

Wir suchten ein Restaurant in der Mott Street aus, das ein paar Blocks von Big Wong's entfernt war, und setzten uns in eine Nische am Fenster, die ziemlich nah an einem großen, am Haken hängenden Tintenfisch lag. Wir saßen uns in der Nische gegenüber.

»Man kann Rednecks immer von normalen Amerikanern unterscheiden«, sagte ich zu Kelli, »weil der Mann und die Frau dazu tendieren, auf einer Seite der Nische zusammenzusitzen, um die andere Seite möglicherweise für Elias freizuhalten.«

»Das hab ich bemerkt«, sagte Kelli und sah in die Speisekarte.

»Du bist ein aufgewecktes Kind«, sagte ich. »Dir entgeht nicht viel.«

Kelli studierte fröhlich die Vegetarierabteilung der Speisekarte weiter und schien sich nicht an meinem Quasseln zu stören, also machte ich weiter. Vielleicht befand sie sich in irgendeinem fortgeschrittenen Zustand von Kundalini-Yoga, den normale Amerikaner nicht verstehen.

»Der Grund, warum die Rednecks gerne auf derselben Seite zusammensitzen, liegt darin, daß sie instinktiver sind als wir anderen. Sie sind irgendwie rauh und wunderbar und sehr dicht am Boden, sehr ähnlich wie die Chinesen. Natürlich darf man das einem Redneck niemals sagen.«

»Ich nehme das chinesische Gemüse mit gebratenen Nudeln«, sagte Kelli.

»Vernünftige Bestellung«, sagte ich.

Nachdem ich ein paar Gerichte aus der Nichtvegetarierabteilung ausgewählt hatte, nahm der Kellner unsere Bestellung auf und brummte in die Eingeweide der Küche ab. Kelli und ich nippten heißen Tee und sprachen ein bißchen über Travis Parnell.

»Dieses ziemlich unerfreuliche Päckchen, das er dir geschickt hat, wurde kurz vor Weihnachten abgestempelt. Päckchen brauchen in dieser Jahreszeit eine Ewigkeit.«

»Hmm«, sagte Kelli. »Das muß ich Herrn Sparbier sagen.«

»Im Chelsea war nicht viel von seinem Gepäck. Er könnte einfach müde geworden sein und es satt gehabt haben, in New York herumzuhängen, und sich woanders hin verzogen haben. Fast jedem in New York geht es so. Sie gehen nur einfach nicht. Deshalb ist das hier auch so ein freundlicher Ort.«

»Es sind jetzt fünf Tage her, seit ich diese schreckliche Puppe bekommen habe. Ich habe keine Anrufe mehr am späten Abend bekommen. Vielleicht ist er wirklich abgehauen.«

»Wollen wir hoffen. Natürlich hast du den wahrscheinlich besten zum Amateurdetektiv gewendeten Country-Sänger der Stadt auf den Fall angesetzt. Paß nur auf, daß dir niemand auf die Zehen tritt.«

»Eine Tänzerin«, sagte Kelli, »steht immer auf ihren Zehen.«

Ich wendete das Thema geschickt von Travis Parnell ab und redete für eine Weile über einige der Fälle, an denen ich in der Vergangenheit gearbeitet hatte. Dann, nur um das Gespräch locker zu halten, ließ ich meine Ansichten über die New Yorker Kunstszene vom Stapel.

Ich war noch nicht sehr weit damit gekommen, den rektalen Realismus zu erklären, als ich bemerkte, daß sie nicht so richtig darauf flog. Tänzerinnen sind oft nonverbale kindliche Kreaturen, und sie fassen nicht immer gerne Dinge, die sie fühlen, in Worte. Sie hören auch nicht gern, wenn ein anderer das tut. Ich brachte das Gesprächsthema vorsichtig vom rektalen Realismus ab.

»Am besten bringen wir die Rede wieder auf mich«, sagte ich.

Kelli nippte am Tee. Es ist bei Tänzerinnen schwer zu sagen, ob sie fröhlich oder stocksauer sind, oder nur damit zufrieden, dir gegenüberzusitzen und den Tee mit Lippen zu nippen, die dem Schnabel eines süßen kleinen sexy Vogels gleichen. Und man weiß nie, wann dieser Vogel sich in einen gigantischen zornigen Strauß verwandelt und versucht, einem unter dem Tisch die Eier wegzutreten. Das ist wahrscheinlich ein weiterer Grund, warum Rednecks immer ihre Frauen neben sich sitzen haben.

Da Kelli in einer ziemlich unergründlichen, nonverbalen Stimmung war, was wegen des Drucks, unter dem sie gestanden hatte, ganz gut zu verstehen war, ließ ich sie für einen Moment allein am Tisch und ging in den kleinen Flur, um McGovern von einem Münztelefon aus anzurufen. Es war kaputt, also ging ich raus, um eins auf der Straße zu suchen. Gleich am Ende des Blocks fand ich ein Telefonhäuschen mit einer Pagode. Ich warf einen Vierteldollar ein, und die Stimme am anderen Ende hörte sich mit Sicherheit entfernter an als gewöhnlich. Es war noch nicht mal die Stimme von McGovern.

»Kinky! Mein Held!« sagte Tony Burton, der muntere Brite, der mit McGovern von den Tagen der Bleistifte an bis zu denen der Schreibmaschinen und Supercomputer bei der ›Daily News‹ arbeitete. Er hatte McGovern kennengelernt, als er in Chicago am Fall Richard Speck arbeitete, und war dafür verantwortlich, daß McGovern vor zwanzig Jahren nach New York gekommen war. Wenn es nach Tony gegangen wäre, dann hätte ich jetzt wahrscheinlich völlig watsonlos mit zwei sehr gefährlichen Fällen fertig werden müssen. Tony hatte allerdings eine sehr öde Angewohnheit. Fast alles, was er sagte, konnte man entweder als höchstes Lob oder größten Spott verstehen, und Tony half einem nicht dabei herauszukriegen, was es war. Das mußte man schon selbst tun.

»Es ist ein Privileg, deine seltene Stimme zu hören«, sagte Tony. Vielleicht hatte das irgendwas mit seinem britischen Hintergrund zu tun.

»Yeah«, sagte ich. »Ist McGovern da?«

»Nein«, sagte Burton, »aber mir ist die Gnade widerfahren, ein bißchen von dem Artikel zu sehen, an dem er gerade arbeitet. Der ›JEMAND KILLT DIE JEWBOYS VON TEXAS‹-Artikel. Ich muß gestehen, daß McGovern wieder mal die Hochebene des Journalismus erreicht hat, wie wir es alle von ihm erwarten. Und ich lege mein ganzes Vertrauen darin, daß du das hier bald aufdeckst und deiner immer länger werdenden Liste von Triumphen zufügen wirst, Kinkster.«

»Danke«, sagte ich. »Und Tony, sagst du McGovern bitte, er soll mich so schnell wie möglich zurückrufen?«

»Wegen des Falls?«

»Mit Bestimmtheit.«

»Roger. Du bist mein Held, Kinkster.«

»Ich werd versuchen, dich nicht zu enttäuschen.«

»Pip-pip, alter Kumpel.«

Ich legte auf und versuchte zu glauben, daß Burton es ernst meinte. Aus irgendeinem Grund wollte ich ihn nicht enttäuschen. Das war ein so guter Grund wie jeder andere auch, sich auf diesem Planeten abzuplacken: Also würde ich Tony Burton nicht enttäuschen. Was gab es sonst schon im Leben? Aber es gab eine deutliche Möglichkeit, dachte ich, daß ich in einem sehr abstrakten Zwanzigsten-Jahrhundert-Sinn für Tony Burton ein Held war. Erwachsene waren dafür bekannt, ganz schön verrückte Helden zu haben.

Mit etwas mehr Stolz in meiner Haltung spazierte ich wieder die Mott Street rauf und ins Restaurant hinein. Als ich zum Tisch kam, war Kelli mit dem chinesischen Gemüse mit gebratenen Nudeln ungefähr zur Hälfte durch.

»Warte nicht auf mich«, sagte ich. »Fang ruhig schon an.«

Kelli schenkte mir ein nettes Lächeln und aß weiter. Ich fing langsam an diese nonverbalen Typen zu mögen. Natürlich ist es schwer, mit einem Mund voll chinesischem Gemüse mit gebratenen Nudeln sehr gesprächig zu sein.

Ich konnte auch nonverbal sein, dachte ich. Sie konnte die Tänzerin sein und ich der starke, ruhige Typ. Wir konnten hier für immer bei chinesischem Essen sitzen und uns gelegentlich in einem kleinen Autismustaumel anlächeln. In diesem Moment, wo New York City hastig in allen Himmelsrichtungen um uns herumklapperte, hörte sich das gar nicht so schlecht an.

Als ich gerade mit meinen Spare Ribs mit Bohnensoße anfing und der Kellner mit einer sehr gutaussehenden gedämpften Flunder ankam, hörte ich den Schuß auf der Straße und sah, wie plötzlich Blut über den Tisch spritzte.

49

Die meisten Gäste im Lokal waren Chinesen, und sie warfen sich auf den Boden, weil sie wahrscheinlich dachten, daß es sich um einen Krieg zwischen chinesischen Gangstern handelte. Kelli saß mir in der Nische immer noch ganz ruhig gegenüber und hielt immer noch zwei blutige Eßstäbchen fest. Ich langte geduckt über den Tisch und drückte sie fast wie eine Stoffpuppe auf die Bank runter. Dann warf ich mich selbst auf den Boden. Ich wußte, daß es kein chinesischer Bandenkrieg war.

Wir studierten alle für einen oder zwei eingefrorene Momente das Gummi unter den Tischen, und dann kehrte langsam wieder Leben ins Lokal ein. Vorsichtig stand ich auf und sah durch das widerliche kleine Loch im Fenster auf die Straße. Niemand draußen, außer der zu erwartenden Menge der üblichen Gaffer auf dem Bürgersteig, die uns gespannt anstarrten und darauf warteten, ob es nicht einen zweiten Akt geben würde.

Ich sah zu Kelli rüber. Sie sah ziemlich versteinert, aber unverletzt aus. Ich fragte sie, ob sie in Ordnung sei, und sie nickte. Dann sah ich zum Kellner rüber. Blut spritzte in regelmäßigen Abständen irgendwo in der Nähe seines linken Bizeps heraus. Ich schnappte mir eine Leinenserviette, trat über die Flunder auf dem Boden hinweg und sah mir das näher an.

In den Arm des Mannes führte ein kleines Loch, und ein wesentlich größeres führte wieder hinaus. So wie das Blut ununterbrochen spritzte, war offensichtlich eine Arterie getroffen worden. Ich suchte schnell ein paar weitere Leinenservietten zusammen und wickelte sie fest um die Wunde, um den Blutverlust zu stoppen. Wunderbarerweise schien es für den Augenblick zu funktionieren. Kinky Brändström.

Wir setzten den Kellner auf einen Stuhl, um auf die Sanitäter zu warten. Ich stand am Tisch und redete mit Kelli, als ein Gast von einem der anderen Tische auf uns zustürmte.

»Ich Mann mit der Pistole gesehen«, sagte er aufgeregt und zeigte auf irgendeinen entfernten Punkt auf dem Bürgersteig. »Trug große Hut genau so wie Sie. Cowboy! Genau wie *Dallas*.«

»Denk dran«, sagte ich und nahm Kellis Hand, »er *denkt* nur, daß er ein Cowboy ist.«

50

Am nächsten Nachmittag, an einem Dienstag, regnete es in New York Katzen und Hunde. Meine Katze war im Loft relativ sicher und hatte es warm. Sie saß auf dem Fensterbrett und beobachtete McGoverns große Gestalt, die auf dem verregneten Bürgersteig um einen kleinen Puppenkopf herumjagte und fluchte.

»Guck dir mal den komischen Mann an«, sagte ich zur Katze.

Die Katze sagte nichts.

Gestern abend hatte ich Kelli in ihre Wohnung gebracht, zugesehen, wie sie ungefähr ihr halbes Apartment in einen roten Koffer warf, sie runter zur Grand Central Station gehetzt und sie auf einen Schnellzug gesetzt, der zur Hauptstadt meiner Nation fuhr. Nicht daß Washington, D. C., ein besonders sicherer Ort gewesen wäre, aber unter diesen Umständen konnte es New York glatt mit einem Wagenheber schlagen.

Meine kleine Schwester Marcie, die in Washington lebt und für das Rote Kreuz arbeitet, war gerade in ein großes neues Apartment gezogen. Eine Tänzerin mehr oder weniger spielte für eine Woche lang keine große Rolle.

»Was für ein Mensch ist Kelli?« hatte Marcie gefragt, als ich sie anrief, um sie über ihre bevorstehende Hausplage zu informieren.

»Nun, als sie ein Kind war, redete sie mit dem alten Weihnachtsbaumschmuck, bevor ihre Mutter ihn an die Rückseite des Baums hängte. Kelli sagte dem Schmuck, daß die Rückseite des Baums ein sehr wichtiger Platz sei.«

»Das ist süß«, sagte Marcie. »Ich hoffe, sie hängt sich nicht selbst auf.«

»Kein Problem. Sie ist allerdings in ihrer sozialen Entwicklung ein bißchen gehemmt. Die meisten ihrer heutigen Freunde sind Weihnachtsbaumschmuck.«

»Sie wird hier schon reinpassen«, sagte Marcie.

Jetzt wurde laut gegen die Lofttüre geklopft. Die Katze und ich sahen beide auf. Ich ging rüber und schloß die Tür auf. Es hatte eine Zeit gegeben, in der ich die Tür gewöhnlich nicht abschloß, aber diese Zeit war jetzt nicht angesagt.

Ein großer McGovern-Kopf und ein kleiner Puppenkopf kamen zusammen durch die Tür. Beide waren völlig durchgeweicht. »Ah, Watson«, sagte ich, »gut, daß du hier reinregnest.«

»Ich stehe seit fünfzehn Minuten draußen im Regen«, sagte McGovern und zog seinen durchnäßten Trenchcoat aus. Seine Haare klebten ihm über den Augen. McGovern besaß keinen Hut, weil die Menschen keine Hüte machten, die so groß waren wie der Kopf, den Gott McGovern gemacht hatte. Trotz seiner Qualen lachte er gutmütig, ein äußerst watsonartiges Temperament, bemerkte ich gutheißend.

»Die ganze Zeit, als ich auf der Straße stand und nach dir rief, saß diese beschissene Katze auf dem Fensterbrett und beobachtete mich mit einem Lächeln in ihrem Gesicht.«

Die Katze starrte McGovern an und blinzelte ein paarmal sehr schnell, ein sicheres Anzeichen von Mißvergnügen. Ich wendete mich an die Katze.

»Warum hast du mir nicht gesagt, daß McGovern draußen war, Darling? Warum hast du es mir nicht verraten?«

Die Katze reagierte nicht.

»Bitte sie doch, mir einen Drink zu geben«, sagte McGovern.

Später, als McGovern und ich am Tisch und die Katze und eine Flasche Jameson auf dem Tisch saßen, besprachen wir die beiden laufenden Fälle, die sich plötzlich erhoben hatten wie die bösartigen Zwillingstürme eines World Trade Centers, das die Landschaft meiner Seele beherrschte.

Nach ein paar Schüssen Jameson zählte ich McGovern die wesentlichen Einzelheiten des Vorfalls vom letzten Abend in Chinatown auf. »Travis Parnell«, theoretisierte ich, »der Jäger und wahrscheinlich auch ein Meisterschütze ist, hätte Kelli leicht auseinandernehmen können, wenn er gewollt hätte. Aber er scheint immer noch sein kleines verdrehtes Spielchen zu spielen, aus ihrem Leben einen Albtraum zu machen. Also schießt er statt dessen dem Kellner in den Arm.«

»Reizendes Kerlchen«, sagte McGovern.

»Es gibt nichts Schlimmeres als einen guten alten Jungen, der böse geworden ist«, sagte ich. Ich zündete eine Zigarre an, McGovern schenkte uns eine neue Runde ein, und wir saßen für einen oder zwei Momente schweigend da und sahen zu, wie der Regen auf die Vandam Street plästerte.

»Tony Burton sagte, daß du mich sprechen wolltest. Was soll ich tun? Ein größeres Aufgebot zusammentrommeln?«

»Du bist groß genug, um allein ein Aufgebot zu sein«, sagte ich.

»Yeah«, sagte McGovern, »aber wer würde der Anführer sein?«

Ich machte die Hälfte des Schnapses nieder und dachte darüber nach. Das war keine schlechte Frage. Ich saß jetzt schon eine ganze Zeit als dauerhaft arbeitsloser Jugendlicher an meinem Schreibtisch und öffnete mit meinem Smith-&-Wesson-Messer gelegentlich eintreffende Rechnungen oder Bar-Mizwa-Einladungen. Der Zigarrenrauch war manchmal schal geworden. Der medizinische Schuß war gut gereift, vielleicht während er sich im alten Stierhorn beruhigt hatte. Spinnweben hatten sich manchmal zwischen meiner Zigarre und meiner Nase und meinen zwei roten Telefonen und zweifellos auch in den kleinen grauen Zellen meines schrumpfenden Gehirns gebildet.

Das waren die lustigen Zeiten.

Jetzt wirbelte plötzlich ein Strudel von Haß um mich herum. Ein Maniac mit einer Waffe und einer Mission lief frei herum, und er war offensichtlich auf die allmähliche psychische und physische Zerstörung einer jungen Dame aus, die bei mir Weisheit, Rat und Schutz suchte. Und als wäre das noch nicht genug, um mich auf Trab zu halten, schien ein schrecklicher Geist aus der Kindheit direkt vor dem Gestalt anzunehmen, was Emily Dickinson meine »unmöblierten Augen« genannt hatte.

Gegen diesen anscheinend unerbittlichen Zwillingsterror traten ich und der große, freundliche, intelligente Ire an, der mir da am Tisch gegenübersaß. Wir waren die Mächte des Guten, dachte ich ziemlich sarkastisch. Wenn es zehn gute Männer auf der Welt gab, worüber ich im Moment nicht allzu sicher war, dann waren McGovern und ich sicher zwei von ihnen. Auf der anderen Seite hieß das, wenn es zehn gute Männer auf der Welt gab, dann blieben noch eine Menge böser Typen übrig, die da draußen herumliefen. Ich fühlte mich plötzlich kälter und vergänglicher als der Regen vor dem Fenster.

»Watson«, sagte ich mit einer sanften Bestimmtheit, »von jetzt an werden wir diese beiden Fälle simultan bearbeiten. Wir werden sowohl den Fall Travis als auch den Fall Tequila aufnehmen, und wir werden sie beide knacken oder beim Versuch dabei sterben.«

»Hört, hört!« rief McGovern, während er eine neue Runde in mein bereits volles Schnapsglas einschenkte. Der Jameson bildete eine klare kleine Pfütze und tröpfelte über den Tischrand wie Regen in einem entfernten, halbvergessenen Traum. Es würde nicht erfreulich werden, dachte ich.

Da es ein regnerischer, gewittriger Tag war, nutzte ich die Gelegenheit, McGovern, der wenigstens die Höflichkeit besaß, nicht zum Telefon zu stürzen und zu versuchen, mich ins Pilgrim State Hospital für Geisteskranke einzuweisen, kurz die Story »Der letzte der dreizehn« zu erzählen. Der Gedanke an das Pilgrim State Hospital für Geisteskranke brachte mich wieder auf Cleve, und das wiederum brachte mich auf das, was ich von McGovern als allererstes brauchte.

»Irgendwann in den letzten Monaten«, sagte ich, »gab Cleve einem Reporter ein Interview über die Texas Jewboys. Cleve scheint sich nicht mehr so sehr daran zu erinnern. Cleve schlüpft so leicht in seine lichten Momente rein und raus, wie andere Typen ihre Unterwäsche wechseln. Mich ausgenommen, natürlich. Ich trage keine Unterwäsche. Das ist ein kleiner Hygienetrick, den ich in den Tropen gelernt habe.«

»Wie clever von dir«, sagte McGovern.

»Cleve meint jedenfalls, daß er dieses Interview einem Typen von der ›Daily News‹ gab.« McGoverns Interesse wurde merklich aufgemöbelt.

»Willst du, daß ich den Artikel suche? Denkst du, er hängt mit dieser ›Der letzte der dreizehn‹-Sache zusammen?«

»Das weiß ich nicht, bevor ich es sehe, aber eins kann ich dir sagen«, sagte ich und hielt inne, um sehr dramatisch an der Zigarre zu paffen. »Es ist der einzige Anhaltspunkt, den wir haben.«

»Wenn man ihn finden kann, dann finde ich ihn.«

»Guter Mann, Watson!«

»Laß uns diese Herde nach Norden treiben«, sagte er.

Während McGovern äußerst betriebsam seinen Mantel anzog, um zu gehen, dachte ich grimmig, daß es für Tequila, Boatright und Wichita bereits zu spät war. Hier wirkte ganz eindeutig ein teuflischer Fluch. Es mußte einen Weg geben, diesen Vorhang aus transsylvanischem Nebel beiseite zu schieben und den Verstand und die Hand eines modernen Mörders unserer Tage zu enthüllen. Und die Zeit, dachte ich, arbeitete wirklich prächtig daran auszulaufen.

An der Tür drehte sich McGovern um und sah mich an.

»Zu schade«, sagte er, »daß Big Wong's gestern geschlossen hatte.«

»Wieso das denn, McGovern?« fragte ich.

»Wumme wimst Wong-Kellner um klingt doch irgendwie nett«, sagte er.

51

Die nächsten Tage verstrichen ziemlich ereignislos. Bei der ganzen Aufregung, mit der sie befrachtet waren, hätte ich genausogut ein gewitzter, junger, geprüfter Steuerberater oder ein wiedergeborener Proktologe sein können. Ich wußte, welche Zigarrenmarke ich rauchte. Ich wußte, daß die Katze nur Thunfisch aß. Die einzige schwierige Entscheidung, die ich je treffen mußte, war an dem einen Morgen, als ich mich nicht entschließen konnte, ob ich heiße Schokolade, Kaffee oder Espresso trinken sollte. Ich stellte mir vor, daß das Loft ein weiträumiges Flugzeug wäre und daß neben mir eine geschmeidige blonde Stewardess stände, die mit einem sehr strengen, launischen Ausdruck auf ihren intelligenten, schmollenden, sehnsuchtsvollen Lippen fragte: »Heiße Schokolade, Kaffee oder Espresso?« Das half mir nicht bei der Entscheidung, was ich trinken wollte, aber es erweckte in mir den Wunsch, die Stewardess zu fragen, ob man in Dallas bei ihr eine Zwischenlandung einlegen könnte.

Das Wetter war so grau, trübe und monoton wie meine Stimmung. Wenn ich in eine fröhlichere, positivere Stimmung kommen wollte, dann mußte ich das ohne die Hilfe des Januars hinkriegen. Ich zog einen gewissen kühlen Trost aus Sherlock Holmes' Behauptung, daß alle großen Künstler sehr durch ihre Umweltbedingungen beeinflußt würden. Wenn ich so ein großer Künstler war, warum verstand ich dann nicht das gewaltsame Lebensabstraktum, das im Winkel meines inneren Auges herumhing und den Ellbogen meiner Seele anstupste wie ein Flaschenkobold? Als Kind hatte ich nie richtig das Wesen des Fluchs in »Der letzte der dreizehn« verstanden. Als Erwachsener überstieg es mein Verständnis, daß so was im richtigen Leben passieren konnte. Zum Teufel, ich verstand ja noch nicht mal den rektalen Realismus.

In den Nächten tanzten zeitweilig Visionen von Kelli durch meine Träume. Tagsüber schienen andere, dunklere, blutigere und Schlimmeres prophezeiende Visionen sich wie der Wurm in einer Rosenknospe durch die Pupille meines linken Augapfels zu nagen und das Böse in mein Gehirn zu ejakulieren. Wenn diese Visionen Süßigkeiten waren, dann war das Haltbarkeitsdatum auf der Verpackung überschritten.

Kelli und Marcie hatten mich angerufen und gesagt, daß

in der Hauptstadt meiner Nation alles okay sei, aber um sicher zu sein, beauftragte ich Washington Ratso, einen libanesischen Rock'n'Roll-Gitarristen in einer Band namens Switchblade, nach ihnen zu sehen. Sein richtiger Name lautete Jimmie Silman, aber er wurde länger Ratso genannt, als Ratso Ratso genannt wurde, obwohl mich Ratso schon vor Ratso kennengelernt hatte, oder vielleicht war es auch andersrum. Jedenfalls nannte ich ihn Washington Ratso, um ihn von New York Ratso zu unterscheiden. Das Leben kann kompliziert werden, wenn man ein Zwei-Ratso-Mann ist.

Washington Ratso hatte mir mal dabei geholfen, einen sehr unangenehmen Nazi aufzuspüren, der versuchte mich umzubringen. Wenn er dabei helfen konnte, einen Nazi zu finden, nahm ich an, dann konnte er auch eine Tänzerin und eine sensible Schwester mit großen Brüsten unterhalten und ein Auge auf sie werfen. Bums sie nicht, sondern zeig ihnen nur die Stadt, und paß ein bißchen auf sie auf, hatte ich Washington Ratso gesagt. Kein Grund zur Sorge, hatte er mit einem irgendwie unangenehm klingenden, übertriebenen arabischen Akzent gesagt.

Ich fühlte mich besser, nachdem ich mit Washington Ratso gesprochen hatte. Wenn man keinem libanesischen, drusischen Christen trauen konnte, der mal bei den Texas Jewboys gespielt hatte, wem konnte man dann trauen? Es gab eine Menge Leute, die bei den Texas Jewboys gespielt hatten, dachte ich. Aber es gab nicht so viele, die wir die Original Texas Jewboys zu nennen beliebten. Und von dieser kleinen Handvoll ausgewählter Leute konnte man jetzt drei abziehen, dachte ich grimmig.

Der Freitag nachmittag sah ganz schön so aus, als würde er genauso ungemütlich ablaufen wie Mittwoch und Donnerstag. Kein Fortschritt. Kein Sonnenschein. Keine Freude. Keine Anrufe, die versprachen, mein Leben zu verändern.

Gegen drei Uhr übergab sich die Katze. Das war immerhin etwas, wozu man auf dem Planeten war. Es gab eine kleine hastige Aktion, als ich losstürzte, um ein altes Handtuch zu holen, und die Katze ins Schlafzimmer stürzte – ich nehme an, um ihren Cheshire-Ärger zu verbergen. Schließlich kam sie ins Wohnzimmer zurück, und ich schenkte mir einen großen Schuß Jameson ein, um nach der ganzen Aktivität etwas zu entspannen.

Ich machte den Schuß nieder.

Ich schien übermäßig viel Zeit damit zu verbringen, zu Andy Warhol hochzustarren, und er schien ebenso übermäßig viel Zeit damit zu verbringen, mit seinen sehr fragilen Nasenlöchern auf mich herunterzuleuchten. Natürlich hatte auch keiner von uns besonders viel zu tun.

»Was zum Teufel soll ich bloß mit diesem Ding anstellen?« rief ich der Katze zu, während ich angewidert zur Wand über dem Schreibtisch hin gestikulierte.

Die Katze sagte nichts.

Warhol sagte nichts.

Ich schenkte mir noch einen Schuß Jameson ein und führte ihn ein wenig durchs Loft. Ich konnte das Bild auf keinen Fall an die Längswand hängen. Diese Wand war schon völlig mit der riesigen pattonartigen Amerikaflagge bedeckt, die mir Vaughn Meader mal geschenkt hat. In den frühen Sechzigern kreierte Vaughn das höchst populäre *First Family Album*, auf dem er eine brillante Nachahmung von John F. Kennedy brachte. Vaughn reiste im ganzen Land herum und machte mit seiner JFK-Nummer ein Vermögen, bis er eines Tages 1963 am Flughafen von Milwaukee in ein Taxi stieg und der Fahrer sagte: »Schon gehört, wie der Präsident in Dallas erschossen wurde?«

»Nein«, antwortete Vaughn. »Wie geht der denn?«

Von diesem Augenblick an gingen Vaughns Plattenverkäufe und seine Auftritte so drastisch zurück, daß es Lenny

Bruce am Ende jener Woche dazu brachte, es in seinem Auftritt zu erwähnen. »Heute abend wird es zwei Gräber in Arlington geben«, sagte Bruce. »Eins für Präsident Kennedy und eins für Vaughn Meader.«

Einige Jahre später ging Vaughn zum Angeln nach Maine und machte sich nie wieder die Mühe zurückzukehren. Das konnte ich ihm kaum zum Vorwurf machen. Ich würde auch lieber angeln gehen. Ich sah zu der gigantischen Flagge auf und dachte an Vaughn und mich selbst und Tequila und Raymond und Wichita, und in mir machte sich plötzlich eine Art von starkem Gefühl breit, das ich nicht richtig identifizieren konnte. Es war zu tief und zu nah am Herzen, um Patriotismus, und zu einsam, um Liebe zu sein.

Später an diesem Tag, als die Abendschatten sich sanft wie ein indianisches Tuch aus der Kindheit über den grauen Nachmittag legten, fand ich mich am Küchenfenster stehen und mit der Katze über McGovern reden.

»Er ist der freundlichste, anständigste Mensch, den ich kenne«, sagte ich. »Er ist clever genug, um zu wissen, wie nutzlos und unbedeutend das Leben ist, und trotzdem lebt er es voll aus. Er ist einer meiner liebsten Freunde, und ich würde ihm mein Leben anvertrauen. Er ist clever, er ist aufrichtig, er ist schlampig in Perfektion, er ist uneigennützig, er ist ein *Mensch* – alles wichtige Watson-Qualitäten –, ich frage mich nur manchmal, wer mir in den Kopf gesetzt hat, daß ich je Sherlock sein könnte.«

Die Katze neigte ihren Kopf und studierte intensiv eine Kakerlake, die langsam am Festerbrett entlangkrabbelte.

»Aber sein großer Kopf ist angefüllt mit pubertären Überschriften. Es ist ihm wichtiger, über den Fall zu schreiben, als ihn zu lösen. Und wenn Ratso rausfindet, daß McGovern mit mir zusammenarbeitet, dann wird er so beleidigt sein, daß er mir nie wieder hilft. Ich brauche einen Watson! Ich muß einen Watson haben!«

Die Katze sah für einen Moment zu mir hoch und wandte sich dann wieder der Kakerlake zu. Ich zündete eine Zigarre an und starrte in die dunkelblaue, dichtbevölkerte Leere hinaus. Mein Herz war irgendwo da draußen ganz allein. Allein, so wie es mein alter Freund Slim hinter der Ranch war, wenn er sich seinen kleinen Papierhut zurechtrückte und sich auf einer alten Coca-Cola-Holzkiste gegen seinen altertümlichen Wohnwagen lehnte, der niemals irgendwohin fahren würde.

Slim sagte immer: »Du wirst allein geboren. Du stirbst allein. Also kannst du dich auch daran gewöhnen.«

Die Telefone klingelten.

Ich ging zum Schreibtisch rüber, hob den Hörer zur Linken auf und hörte für eine Weile zu. Ich paffte mit Befriedigung an der Zigarre. An einem Punkt sah ich zur Katze rüber, um ihr zuzublinzeln, aber sie hatte sich bereits auf dem Schaukelstuhl zum Schlafen zusammengerollt.

»Exzellente Arbeit, Watson«, sagte ich in den Hörer. »Exzellente Arbeit.«

52

Er sah aus wie ein leicht verwirrter Moses. Ein alter Mann mit langem grauen Haar und Bart, der seine Handflächen ausstreckte. Als ich näher kam, sah ich das Schild um seinen Hals. Ich las: ICH BIN 69 JAHRE ALT, OBDACHLOS UND STERBE AN KREBS. Ich nahm ein paar Dollar aus meiner Tasche und wollte sie ihm geben, als er anfing, wie ein Maniac zu schreien. Auf dem Weg zu McGoverns Haus kann man interessante Leute treffen.

»Geh weg!« rief der alte Mann. »Komm mir nicht mit der Zigarre zu nahe. Ich bin anämisch!«

Irgendwie leicht erschüttert, steckte ich das Geld wieder in meine Tasche und ging weiter. Schon wieder ein aristokratischer Freak, sagte ich zu mir selbst. Er ist nicht nur anämisch, er ist so verrückt wie eine Wanze. Man brauchte schon einen Sozialarbeiter, der einen Sattelschlepper fuhr, um das Dachstübchen von diesem Kerl aufzuräumen.

»Im Grunde fühle ich mich zurückgewiesen«, sagte ich McGovern, nachdem ich ihm bei ein paar Schüssen Black Bush von der Begegnung erzählt hatte. »Wenn einen ein neunundsechzigjähriger Obdachloser, der an Krebs stirbt, runtermacht, dann hat man ein Problem.«

»Du hast anämisch vergessen«, sagte McGovern. Er lachte, und ich lachte auch. Ich lachte so, wie ich mir ein herzhaftes jüdisches Gelächter vorstellte, das irgendwie ganz nett ist, weil man es nicht so besonders oft hört. Ich machte den Schuß nieder, und McGovern schenkte mir noch einen ein.

»Also hast du das Interview gefunden, an das sich Cleve nicht mehr erinnern konnte?«

»Es war nicht leicht«, sagte McGovern, stand auf und lief in dem kleinen Zimmer herum. Er sah aus, als hätte er Kinky-Lektionen genommen. Ich zündete eine Zigarre an und wartete.

»Die Zeitungsarchive sind heutzutage voller Leute, die einen Magister in Journalismus haben, aber darauf reduziert wurden, Artikel aus alten Ausgaben rauszuschneiden, weil der Journalismus zu solch einem Elend verkommen ist. Diese Leute sind verständlicherweise ziemlich schwierig, und man muß sich alle Mühe geben, sie nüchtern zu halten«, sagte McGovern, während er mit seinem Drink in der Hand im Zimmer herumlief. Er ging zum Kaminsims rüber und fing an, in einem großen Papierhaufen unter einer gerahmten Fotografie von Carole Lombard herumzufischen.

»Erzähl mir bloß nicht, daß du den Hurensohn *verloren* hast.«

»Wohl kaum«, lachte McGovern, während er fortfuhr, Haufen von alterndem Zeitungspapier durcheinanderzumischen. »Es ist irgendwo.«

»Das ist die Magna Charta auch«, sagte ich.

»Es stellte sich heraus«, sagte McGovern, »daß es überhaupt kein ›Daily-News‹-Artikel war. Er stand irgendwann Ende November in ›Newsday‹. Und jetzt paß auf. Er wurde von Dennis Duggan geschrieben.« Duggan war ein Starkolumnist bei ›Newsday‹ und ein Freund von McGovern und mir.

»Herrgott«, sagte ich. »Diese Welt ist nicht nur sehr öde, sie ist auch noch klein.«

»Nicht wenn du nach etwas suchst, das nicht mehr da ist, wo du es hingelegt hast«, sagte McGovern, während er weiter am Kaminsims entlangfuhr, vorbei an Carole Lombard und rüber zu einem großen Wahlplakat für mein unglückliches Rennen um den Friedensrichterposten. Es setzte mir etwas zu, daß ich mich nicht daran erinnern konnte, mein Autogramm auf das Poster gesetzt zu haben. Ich sah jetzt auf die Widmung, als würde ich sie zum ersten Mal lesen. Ich las:

Für McGovern –

einen guten Amerikaner,
einen guten Christen?
Einen guten Freund.
Fick dich ins Knie,
Kinky

Ich kicherte über die Widmung. Manchmal schlage ich mich wirklich selbst. Aber es war nicht so lustig, McGovern zu beobachten, der jetzt, wie ich meinte, mit einer Spur von Verzweiflung um das Poster herum suchte. Ich kippte mir den Schuß Black Bush hinter die Binde und paffte ungeduldig an der Zigarre.

»Sieh mal hier«, sagte McGovern. Ich schaute voller Hoffnung auf. McGovern zog voller Sorgfalt ein vergilbtes Stückchen Journalismus aus einem Haufen.

»Das ist noch aus der Zeit, als ich in Los Angeles über den Charles-Manson-Prozeß berichtet habe.«

»Das ist genau das, von dem ich mir gewünscht habe, daß es nicht passiert«, sagte ich zu mir selbst und schüttelte angewidert den Kopf.

»Gewisse Offizielle bei Gericht verlangten Geld von den Zuschauern«, sagte McGovern, »damit sie auf Monitoren zuschauen konnten, wie sie eine Leibesvisitation bei Manson durchführten. Charles Manson hatte einen ziemlich legendären *Eumel*, weißt du.«

»Das ist eine Information, die man nicht in der Ferienbibelschule lernt«, sagte ich.

»Nicht nur das«, sagte McGovern, »aber laut der britischen Klatschpresse hat Roman Polanski, dessen schwangere Frau von der Manson-Familie umgebracht wurde, seine Frau dabei gefilmt, wie sie unter anderem von Yul Brynner, Peter Sellers und Warren Beatty gebumst wurde. Offensichtlich suchte Manson in dieser Nacht in Wirklichkeit nach diesen Filmen.«

»Was ist mit Bob Hope?« fragte ich. »War er einer von den Typen, die Polanski beim Bumsen mit seiner Frau gefilmt hat? Das wäre eine schöne Information, die du Bob Hopes Nachruf zufügen könntest, an dem du doch jetzt schon zehn Jahre lang schreibst.«

»Ich *schreibe nicht* an dem Bob-Hope-Nachruf«, sagte

McGovern empört. »Ich *schrieb* ihn vor zehn Jahren. Ich *feile* daran herum.«

Ich überlegte, ob ich nicht ins Badezimmer gehen und nach einer Duschstange suchen sollte, an der ich mich aufhängen konnte, als McGovern plötzlich ins Schlafzimmer stürzte und Augenblicke später mit einem flatternden Zeitungsausschnitt in seinen großen Händen wieder herauskam. »Hier ist sie«, rief er jubilierend. »Die Dennis-Duggan-Story!«

»Hast du schon mal daran gedacht«, fragte ich und ließ beiläufig meine Hand an den Haufen von alten Zeitungen, Ausschnitten und Magazinen vorbeischweifen, die in dem ganzen Apartment zusammengehamstert waren, »diese ganze Bude hier in einem Computer zu speichern?«

»Warum sollte ich das tun?« fragte McGovern, wobei sein Gesicht mit geradezu kindlicher Offenheit strahlte. »Das System funktioniert.«

Dennis Duggans Artikel war eine Retrospektive auf die Texas Jewboys, die eine sehr düstere Betrachtung der Verbrechen enthielt, die Cleve begangen hatte, um dort hinzukommen, wo er sich heute befand. Der Artikel unterstrich fast die Tatsache, daß Cleve sich – während er sich in der Gegenwart anscheinend irgendwie desorientiert zeigte – mit einer fast unheimlichen Genauigkeit an gestern erinnern konnte.

Während ich den Artikel auf McGoverns kleinem Küchentisch weiterlas, fühlte ich Eisfinger an meinem Rückgrat entlangfahren. Zuerst führte ich das auf den unseligen Zug zurück, der wie ein texanischer Wirbelsturm durch McGoverns Apartment ging. Das Apartment war klein, aber die Zugluft war groß. McGovern schenkte uns noch eine Runde Black Bush ein, und das wärmte mich ein bißchen auf.

Cleve hatte Duggan einige lebhafte Anekdoten über die Zeit *on the road* geliefert, die von Leuten und Situationen handelten, die ich schon vor langer Zeit vergessen hatte und die jetzt in einer Woge von Nostalgie auf mich einstürzten. So ungefähr erzählte ich das McGovern.

»So was passiert in diesen Tagen häufig«, sagte er, als er unsere Gläser wieder füllte.

»Abbie Hoffman sagte: ›Nostalgie ist ein Krankheitssymptom eines Individuums oder einer Gesellschaft.‹«

»Das ist zu schade«, sagte McGovern, der über meine Schulter ragte wie das Chrysler-Hochhaus, »denn manchmal denke ich, daß Nostalgie das einzige ist, auf das ich mich noch freuen kann.«

»Das ist das einzige, auf das sich jeder freuen kann«, sagte ich, »der fünf Runden Black Bush getrunken hat.«

Ich versuchte mich auf Duggans Artikel zu konzentrieren, aber meine Augen fingen an abzugleiten. Dann ergriff etwas meine Sehnerven und nagelte meinen Blick auf der Seite fest. Es war der letzte Teil der Story. Duggan hatte einen »Wo sind sie jetzt?«-Schluß geschrieben, und der listete die Namen aller Original Texas Jewboys auf, die Instrumente, die sie spielten, wo sie lebten und was sie zur Zeit taten oder nicht taten.

»McGovern«, sagte ich, »lies mal diesen ›Wo sind sie jetzt?‹-Absatz.«

McGovern hob den Artikel vom Tisch und studierte ihn einige Zeit.

»Nun«, sagte McGovern, »ich will nicht dein Ego verletzen, Holmes, aber das hier ist das, was unsere moderne Kunst als Bagatelle bezeichnet. Es ist fast so beliebt wie Nostalgie.«

»Du meinst, es ist fast das gleiche wie Nostalgie.«

»Genau das meine ich, aber ich war zu feinfühlig, um das zu sagen.«

»Jetzt ist keine Zeit für Feingefühl, Watson. Paß auf, was Duggan zu den ersten drei Namen auf der Liste sagt: ›Tequila – Gitarre. Zur Zigeunermentalität der Straße passend, ist heute von Tequila keine Adresse bekannt. Cleve dazu: »Wir kriegen alle zehn Jahre eine Postkarte von ihm, ob wir wollen oder nicht.« Zum letzten Mal hörte man von ihm aus Mexiko.

Raymond Boatright – Tasteninstrumente. Lebt in Dallas, Texas. Arbeitet als Klavierstimmer.

Wichita – Gitarre und Geige. Lebt in einer Hütte ohne fließendes Wasser zwanzig Meilen von Tulsa, Oklahoma. Gibt örtliche Konzerte, wann immer er kann.‹«

»Jesus, Maria und Josef«, sagte McGovern.

»Wenn ich deinen Jesus, Maria und Josef sehe«, sagte ich grimmig, »dann hetze ich dir Abraham, Isaak und Jakob auf den Hals.«

»Die ersten drei Namen auf dieser Liste –«

»Das ist korrekt, Watson«, sagte ich. »Das sieht vielleicht aus wie ein Interview mit einem Typen, der ein Check-up vom Nacken aufwärts braucht. Das scheint vielleicht eine ›Wo sind sie jetzt?‹-Bagatelle zu sein. Aber es ist auch noch was anderes.«

Plötzlich machten sich die Eisfinger wieder auf meinem Rückgrat bemerkbar. Ich machte die letzte Runde nieder und paffte fast paranoisch an meiner Zigarre. Das kleine Apartment schien auf einmal wesentlich kälter zu sein, als es das von Rechts wegen durfte.

»Ich glaube, was wir hier haben, Watson«, sagte ich, »ist eine Straßenkarte für einen Killer.«

53

»Nun, du mußt zugeben«, sagte ich in den Hörer zur Linken, »daß es etwas zu bedeuten haben muß, wenn drei Jewboys in genau der Reihenfolge hintereinander sterben, in der sie in einer ›Newsday‹-Story aufgelistet sind.«

Es war kurz nach zehn, Duggans Artikel war auf dem Schreibtisch meines Lofts vor mir ausgebreitet, und Coopermans Stimme knurrte in mein linkes Ohr wie eine Preßluftbulldogge.

»Okay, Tex, Tequila wurde kaltgemacht, das kann ich dir sagen. Aber diese beiden anderen Vögel, von denen du da erzählst, hören sich ganz klar nach Tod durch Unfall an. Vielleicht ist deine Band anfällig für Unfälle.«

»Ich hab diese ›Wo sind sie jetzt?‹-Story direkt vor mir. Nehmen wir mal an, ein anderer schaut sie sich auch an. Nehmen wir mal an, jemand geht diese Liste durch und bringt Leute um.«

»Waren sie Schweine oder sauber?« fragte Cooperman.

Bevor wir unser Techtelmechtel abbrachen, war ich noch in der Lage, Cooperman die Details über die beiden auswärtigen Todesfälle zu geben, und er war in der Lage, mir zu sagen, daß er – weil die Dinge in der Stadt so glatt dahinsegelten und es für die Bullen nicht viel zu tun gab – versuchen würde, das zu überprüfen, und versuchen würde, auf mich zurückzukommen. Ich sagte ihm, ich würde versuchen die Luft anzuhalten.

Ich fischte eine alte, halbgerauchte Zigarre aus dem Papierkorb und zündete sie an. Wenn man eine nach ein paar Wochen oder so wieder zum Leben erweckt, gibt einem das manchmal eine kleine Dröhnung. So wie die Dinge liefen, brauchte ich eine kleine Dröhnung. Der Black Bush fing auch an, einen ziemlich wogenden Effekt auf meine Medulla oblongata auszuüben. Ich mußte klar denken. Ein bißchen Alkohol hilft einem, klar zu denken. Ein bißchen mehr hat gewöhnlich einen wogenden Effekt auf die Medulla oblongata.

Ich ging zur Espressomaschine rüber, vollzog die notwendigen Waschungen an ihr und brachte sie in Gang. Bald klang sie schon wie ein niedrig einfliegender Orville Wright. Ich schenkte mir eine gesunde, dampfende Portion in meinen alten »Rettet die Männer«-Kaffeebecher. Keine schlechte Wahl für ein Gefäß, wenn man mal alles betrachtete, dachte ich.

Duggans Liste wartete immer noch auf mich, als ich zum Schreibtisch zurückkam. Ich paffte das Überbleibsel der ziemlich alten Zigarre und nahm ein paar vorsichtige Schlucke Espresso. Dann richtete ich meine Augen auf den vierten Namen der Liste. Er lautete: »Major Boles – Schlagzeug. Lebt in St. Louis, macht aber regelmäßig Sessions in Nashville und tritt mit seiner eigenen Band auf.«

Diese kurze Zusammenfassung fing den Major nach meinem Gefühl nicht richtig ein. Wie alle Drummer, die ich über die Jahre kennenlernte, war der Major natürlich klinisch krank. Man muß schon ein Drummer sein wollen. Er war auch ein sehr lebhafter Amerikaner, den man sich oft darüber beschweren hören konnte, daß sein »Spermavorrat in die Miesen ging«.

Das war ein weiteres Problem mit den Drummern. Sie waren immer geil. Drummer waren geil, Baßspieler waren Australier, die Deutsche sein wollten, Bläser dachten alle, sie wären schwarz – außer sie waren schwarz, dann dachten sie, sie wären weiß –, und Leadgitarristen dachten alle, sie wären Jesus. Wenn man das einmal begriffen hatte, dann konnte man eine Band direkt in das Tal des Todes führen, was unglücklicherweise so aussah, als wäre es dem Ort sehr ähnlich, zu dem es die Texas Jewboys hinzog.

Kurz nach Aschenbrödelzeit rief ich Dennis Duggan an.

Es war nicht so einfach, Duggan anzurufen. Man mußte seine Nummer wählen, es zweimal klingeln lassen, dann auflegen und wieder anrufen. Offensichtlich gab es jemand, von dem Duggan nichts hören wollte. Jeder von uns hat jemand, von dem er nichts hören will, und jeder von uns hat jemand, von dem er was hören will. Das Problem ist, sie dazu zu kriegen, daß sie merken, wer sie sind.

»Kinkster, mein Kumpel«, sagte Duggan, nachdem ich meinen Namen genannt hatte, »was kann ich für dich tun?« Abgesehen davon, daß er bereits etwas geliefert hatte, was ich zunehmend für einen Fremdenführer für Mörder hielt, gab es nicht gerade verdammt viel, was Dennis für mich tun konnte. Aber es schadet nie, wenn man seine Quellen überprüft.

»Dennis«, sagte ich, »diese Story, die du über die Texas Jewboys geschrieben hast, war astrein.«

»Danke, Kinkster. Dein Freund da, dieser Cleve, ist wirklich – äh –«

»Das ist er sicher.«

»Überlegst du wirklich, die alte Band für eine Reunion-Tournee zusammenzubringen?«

»Man weiß nie, Dennis. Wir könnten unsere Aluminium-Laufstühlchen auf Hochglanz bringen und jeden Tag wieder *on the road* gehen. Ich wollte dich was wegen der Liste über die Texas Jewboys fragen, die in deinem Artikel stand.«

»Die alte ›Wo sind sie jetzt?‹-Liste. Eines Tages werden wir alle mal auf dieser Rolle stehen, Kinkster.«

»Einige von uns tun es schon«, sagte ich. Ich machte eine Pause, um ein paar Züge von dem zu nehmen, was von der alten Zigarre übrig war. »Dennis, ich interessiere mich für die Reihenfolge dieser Liste. War die Reihenfolge der Namen deine Idee? Ist das alles zufällig und aufs Geratewohl gemacht?«

»Weder noch«, sagte Duggan. »Die Namen wurden in präzise der Reihenfolge eingesetzt, wie ich sie aus Cleves Kopf bekam.«

»Und der«, sagte ich, »hat sie nicht mehr alle auf der Reihe.«

Als ich Dennis Duggan eingehängt hatte, prüfte ich noch mal die Liste. Tequila, Boatright, Wichita, Major Boles, Bryan »Skycap« Adams, Billy Swan, Little Jew Redford, Willie Fong Young, Panama Red, Snakebite Jacobs und der Tourneemanager Dylan Ferrero. Sie waren alle in den Frühtagen der Band dabeigewesen. Es gab andere, die mir einfielen, aber die meisten von ihnen traten der Band erst ein bißchen später auf dem Weg die Straße runter bei. Und das waren diejenigen, die aus Cleves Kopf kamen.

Die Liste hatte jetzt eine ziemlich Übles prophezeiende Qualität angenommen. Ich sah alle Namen auf einer Art furchtbaren Abrufliste des Todes stehen. Es schien absolut angemessen, diese Leute über die Gefahr zu informieren, in der sie schwebten, selbst wenn es sich als falsch herausstellte und nie was passierte. Aber eine kleine Stimme, die nicht gerade mein Gewissen war, nörgelte immer noch an mir herum. Sie wollte nicht, daß ich es ihnen jetzt schon sagte.

Ein paar Sachen fingen an, auf etwas hinzudeuten, aber viele schienen noch weniger Sinn zu machen als vorher. Ich verstand immer noch nicht, warum die Puppe ihren Kopf hinter dem Kühlschrank versteckt hatte oder warum sich jemand die Mühe machte, meine Fenster zuzunageln und nicht drinnen auf mich wartete, um mich fertigzumachen. Warum im Hausflur warten, wo irgendeine unschuldige Lesbe oder ein lästiger Ratso herumwandern konnte? Besonders, wenn man schon mal das Schloß geknackt hatte.

Betrachtete man Duggans Artikel in ›Newsday‹, schien das gestohlene Adreßbuch ein bißchen besser ins Bild zu passen. Aber der Geist von Travis Parnell drohte so nebelhaft und verschwommen wie eh und je. Natürlich hatte er nichts mit der Jewboys-Situation zu tun, aber aus irgendeinem Grund hörte er nicht auf, in meinen Gedanken aufzutauchen wie eine lächelnde, aufblasbare Good-ol'-Boy-Puppe.

Schließlich begannen der ganze Black Bush, die Zigarren, der Stress einer Schlacht mit unsichtbaren Feinden und das elende Gewicht der Welt meine Lider zu senken wie ein Kaufmann, der an seinem Laden in Chinatown die Rolläden runterließ. Ich löschte das Licht im Wohnzimmer, schlurfte ins Schlafzimmer, zog mich aus, zog meinen alten Batik-Sarong aus Borneo und mein kanadisches Wildlife-Sweatshirt mit dem Bild einer knuddeligen Babyrobbe an und ging ins Bett. Ich fing gerade an, Jungrepublikaner zu zählen, als die Telefone klingelten. Ich hätte das Telefon am Bett abnehmen können, aber es hörte sich so an wie ein Anruf, der am Hörer zur Linken entgegengenommen werden mußte. Ich stand auf und stolperte zum Schreibtisch. Im müden, gebrochenen New Yorker Mondlicht sah Warhol absolut böse aus.

»Red schon«, sagte ich.

»Tex«, sagte Cooperman, »du bist da an etwas dran, was wir hier im Sechsten Revier als wilde beschissene Gänsejagd bezeichnen. Ich hab das bei den Jungs in Dallas und in Tulsa überprüft. Sie haben beide gründliche Untersuchungen durchgeführt, und in beiden Fällen lautet der Befund auf tödlichen Unfall. Nicht das geringste Anzeichen dafür, daß irgendwas faul war. Die Akten sind geschlossen. Sie sind davon überzeugt – und ich bin das auch –, daß du deine Zeit verschwendest. Und du verschwendest auch *meine* Zeit. Laß dir ein paar Wochen Zeit, bevor du mich wieder belästigst.«

Cooperman legte auf. Ich hielt den Hörer noch für einen Moment fest, als ob noch mehr zu sagen wäre, dann legte ich auch auf. Es gab immer noch mehr zu sagen, dachte ich. Das war wahrscheinlich der Grund, warum so wenige Leute jemals zu etwas kamen.

Ungeachtet dessen, was Cooperman dachte, spürte ich, daß etwas fast Greifbares mit einer berauschenden ewigen Bösartigkeit auf meine Existenz ausstrahlte. Irgendwo, glaubte ich, war ein geheimnisvoller Mann, und in seinem Kopf und seinen Händen hatte er Einsatzpläne für Bombenabwürfe über seinem eigenen persönlichen Deutschland. Aus welchem Reim oder welchem Grund auch immer, ich wußte, daß jenseits vom Grabesschatten etwas Schreckliches im Gange war. Und es war darauf aus, die Jewboys zu erledigen.

54

Es war Samstag morgen, und es war Zeit, die Texas Jewboys aus ihren musikalischen Diasporas einzusammeln. Ich spürte, daß es lebenswichtig war, so viele Mitglieder der Originalband wie möglich nach New York zu kriegen, und wenn es nur aus dem Grund war, sie verdammt noch mal da rauszukriegen, wo sie jetzt steckten. In New York konnte ich sie wenigstens im Auge behalten und nicht nach und nach durch Ferngespräche darüber informiert werden, daß das Leben allen Ernstes eine phantastische Kindergespenstergeschichte nachahmte.

Die Band konnte in New York proben, und wenn es gut lief, *konnten* wir vielleicht wirklich auf eine große Reunion-Tournee gehen, einen finanziellen Erfolg daraus machen, den Fluch der Texas Jewboys weit hinter uns lassen und, natürlich, uns dann wieder zur Ruhe setzen. Wir konnten uns alle darauf freuen, in kleinen rosa Häusern am Flughafen zu leben, mit kleinen weißen Lattenzäunen, die uns vor der Vergangenheit schützten. Wir konnten unsere Wochenenden damit verbringen, unsere lachsfarbenen 59er Cadillacs zu waschen und fröhlich zuzusehen, wie unsere Kinder zu Anwälten und Berufskillern und Homosexuellen und – wenn das Kind wirklich gelernt hatte, seine Zeit anständig einzuteilen – möglicherweise alles zusammen wurden.

Alles, bloß kein Straßenmusikant.

Ziel dieses Schutzplanes war natürlich, es jemand schwerer zu machen, die Frage »Wo sind sie jetzt?« zu beantworten. Und wie die großen Philisterstämme sich schon immer gegenseitig zu erinnern pflegten, wenn sie abgerissene kleine Bands langvergangener Jewboys attackierten: »Zahlreich ist man sicherer.«

Darum nannte man sie auch Philister.

Wenn man mit einer Band auf eine große Tournee geht, dann kann man sich natürlich auch gleich die besten Zupfer besorgen, die es gibt. Ich dachte an einige der heißesten Musiker, mit denen ich in den letzten Jahren gespielt hatte. Larry Campbell, ein ebenso großer Allround-Virtuose wie Produzent, war in New York, aber ich wußte nicht, wie groß sein Interesse an einer Tournee sein würde. Lee Roy Parnell (in keiner Verbindung mit Travis) war ein sehr heißer, origineller, neuer Songschreiber und Gitarrist. Aber er hatte gerade eine Platte aufgenommen und war dabei, in Nashville eine eigene Band zusammenzustellen. Neil Kulhanek war einer der größten Steelguitar-Spieler der Welt, aber er war zur Zeit mit einer Band in Austin, und es konnte schwer werden, ihn da loszukriegen.

Etwas fehlte jedoch jedem dieser drei Weltklassemusiker: Keiner von ihnen war mal ein Original Texas Jewboy. Unter diesen Umständen würde sich das sicher als ihr Glück erweisen.

Die erste Aktion, die ich unternahm, war Dylan Ferrero

in San Antonio anzurufen. Er mußte heute nicht zur Schule gehen, und ich auch nicht. Und er war auch der einzige Typ, der dieses kleine zeitweilige Umsiedlungsprojekt aufstellen und lange genug am Laufen halten konnte, damit ich den Killer festnageln konnte, bevor er sich entschloß, wieder fleißig zu werden.

»Dylan«, sagte ich, »wie würde es dir gefallen, für eine kurze Zeit deinen alten Job wiederzukriegen? Laß dich ein paar Wochen krankschreiben. Werd Roadmanager auf einer kleinen Reunion-Tournee der Jewboys. Was sagst du?«

Dylan sagte: »›Left a good job in the city/Workin' for the man every night and day –‹«

»Also gefällt dir die Idee«, sagte ich.

Dylan antwortete nicht sofort. Als er es tat, geschah das mit einer sehr deutlichen Zurückhaltung.

»Was ist los?« sagte ich. »Hast du Angst, was Neues auszuprobieren?«

»›What's new, pussycat?‹« sagte Dylan. Ich wartete.

»Ich weiß nicht, Hoss«, sagte er. »Ich habe einen Anzug und eine Krawatte und einen Job und eine Frau und ein Haus und einen Hund.«

»Du meinst, *dafür* hast du deine tolle Pythonjacke aus Singapur eingetauscht?«

»›That ol' rockin' chair's got me‹«, sagte Dylan.

»Warum fühle ich mich immer wie ein mittelalter Peter Pan, der versucht Glöckchen aus der Reserve zu locken?«

Dylan sagte noch ein paarmal »Ich weiß nicht, Hoss«, und ich begriff, daß ich ein paar Karten aufdecken mußte.

»Sieh mal, Dylan«, sagte ich. »Ich hab dir von Tequila erzählt, und du hast mir von Raymond Boatright erzählt. Jetzt ist Wichita auch tot. Vor ein paar Monaten war in ›Newsday‹ eine Story über die Band. Sie listete die Original-Jewboys mit Namen auf und informierte darüber, wo sie zur Zeit leben. Ich glaube, daß jemand diesen Artikel benutzt, um die Bandmitglieder zu finden und umzubringen. Du spielst vielleicht außer der jüdischen Mundorgel kein Instrument, aber du hast zu uns gehört und tust es immer noch. Deshalb steht dein Name auf dieser Liste.«

Ich ließ meine Worte einwirken, um ihnen ein bißchen Effekt zu verleihen. Dylan blieb still. Das war sein Recht. Schließlich war das nicht die Liste der Bestangezogenen oder der Angestellten des Monats. Das konnte leicht die unbeliebteste Liste sein, auf der man stehen konnte, seit die Gruppe vor ein paar Jahren vor das Haus des Komitees gegen unamerikanische Umtriebe zitiert wurde.

»Wenn dir irgendwas Mysteriöses zustoßen sollte«, sagte ich, »dann brauchst du dir keine Sorgen um deinen Hund und dein Haus und deine Frau und deinen Job und deinen Anzug zu machen. Hab ich irgendwas vergessen?«

»Die Krawatte«, sagte Dylan. »Ich hab die Krawatte immer irgendwie gemocht.«

Schließlich nahm Dylan den neuen Job, den ich ihm angeboten hatte, an, der eigentlich ein alter Job war, und verlangte, effizient und feinfühlig mit Leuten, Musik und *the road* umzugehen. Nur wenige hatten Dylans sanfte, magische, halb Herumtrickser-, halb pattonartige Begabung für diese höchst unspezialisierte Arbeit. Die einzigen beiden Amerikaner, von denen ich wußte, daß sie Dylan das Wasser reichen konnten, wenn er sich *on the road* befand, waren Gary Shafner, der mit Bob Dylan arbeitete, und Sandy Castle, der mit The Band arbeitete. Aber sie waren keine richtigen Amerikaner, sie waren Kalifornier.

»›Give me weed, whites, and wine‹«, sagte Dylan. »›Show me a sign, and I'll be willin' to be movin'.‹«

Bevor wir auflegten, vereinbarten Dylan und ich, wie der Teufel zu versuchen, die Band innerhalb von zwei Wochen nach New York zu kriegen, ohne sie auf den Grund unseres Drängens aufmerksam zu machen. Wir wollten sie statt dessen mit dem Versprechen einer großen, glorreichen, profitablen, spaßigen, nostalgischen Reunion-Tournee ködern. Und wir wollten die Daumen drücken, daß nichts Unerfreuliches passierte, bevor sie hierherkamen. Ich drückte auch die Daumen, daß die Konzertveranstalter nicht herausfanden, daß mein Agent von Mackenbach aus operierte.

Ich spürte eine gewisse Erleichterung, gemischt mit einem Schuß Fatalismus, nachdem ich Dylan eingehängt hatte. Die Reunion-Tournee würde helfen, die Band zu beschützen, und konnte auch ziemlich lukrativ werden. Aber ich hatte noch einen anderen Grund, die Jewboys nach New York zu bringen, einen, den ich weder Dylan, McGovern, der Katze noch sonst jemand enthüllen wollte. Es sah für mich mehr und mehr so aus, als wäre der Killer einer der Original Texas Jewboys.

55

Zehn öde Tage später ging ich an einem frischen Dienstag nachmittag mit einem starken Anfall von Déjà-Jud die Fifty-second Street hoch. Jetzt, wo die Band in der Stadt angekommen war und es nur noch eine Sache von Minuten war, bis ich sie wiedersah, schienen die Jahre, die wir zusammen verbracht hatten, zu so gut wie nichts zusammenzuschrumpfen. Wie ein Boxer, dessen Adrenalin auf dem Weg zum Ring ansteigt, oder ein Vollblutpferd, das den Staub aufwirbelt, wenn es zum Starttor geht, konnte ich *the road* in meinem Blut summen hören. Stücke und Fetzen von Musik, Texten und Bühnengeplapper rauschten bereits durch meinen Kopf. Diesmal würde es einfacher sein. Viel einfacher. Ich konnte fast den Applaus der Menge hören, wenn wir auf die Bühne kamen.

Ein langer Gedankenzug schien sich flüchtig durch meinen Kopf zu bewegen. Es war kein sehr angenehmer Zug. Seine Fracht bestand aus menschlichem Zweifel und Ungewißheit. Waggon auf Waggon donnerte auf rostigen Lebenslinien der Vergangenheit über hohe, ratternde Brücken des Terrors, die in mir die Frage aufsteigen ließen, ob es klug war, mich auf so was einzulassen. Konnte ich die Band in New York besser vor einem unbekannten Feind schützen, als wenn ich sie einfach bleibenließ, wo sie waren? Was würde passieren, wenn wir *on the road* waren? War es klug, sie über die Gefahr im ungewissen zu lassen, die ich für die kommenden Tage voraussah? Dieser Zug von Gedanken war immer noch entfernt, aber er kam näher. Und es sah so aus, als würde er mir auf demselben Gleis entgegenkommen.

Ich zündete eine Zigarre an, vertrieb alle negativen Gedanken aus meinem Kopf und legte eine scharfe Rechte in Gallagher's Steak House ein. Dylan hatte mich am Vorabend angerufen, um mich zu informieren, daß alle im Chelsea Hotel eingecheckt hatten – man kann auch gleich mit dem Tod tanzen – und wir um zwei Uhr zum Lunch bei Gallagher's unser erstes Bandtreffen haben würden. Ich hatte eine so vornehme Verspätung wie Marylin Monroe. Die Band hatte dreizehn Jahre auf diesen Moment gewartet; da kam es jetzt auf zwanzig Minuten mehr oder weniger auch nicht mehr an. Ich war nicht sicher, ob es überhaupt noch auf irgendwas ankam, wenn ich nicht ziemlich schnell herausfand, wer da halb im Ruhestand befindliche Rock 'n' Roller auslöschte.

Es war nicht schwer, den Jewboys-Tisch bei Gallagher's herauszufinden. Er sah aus wie eine Gruppe gefallener Jünger, die sich zu einem sehr zügellosen, mittelalten Letzten Abendmahl versammelt hatten. James Clare, der charmante, gewandte Ire, dem das Lokal gehörte, hatte mir einen speziellen Papsterlaß gewährt, der mir erlaubte, im Gallagher's meinen Cowboyhut aufzubehalten. Er verstand, daß Jewboys und Cowboys gerne ihre Hüte im Haus tragen und dem eine gewisse Bedeutung beimessen. Die Tatsache, daß er Verständnis für diese sehr eigensinnige, geheimnisvolle Einstellung hatte und ein spirituelles Schlupfloch in der Restaurantpolitik schuf, definiert ziemlich gut den Unterschied zwischen Iren und Briten.

Rufe, Begrüßungen und Umarmungen wurden ausgetauscht, und die Jahre schmolzen dahin. Als uns James Clare ein paar Flaschen Champagner rüberschickte, schien es fast wie in den alten Zeiten zu sein. Ich freute mich zu sehen, daß unsere kleine Gruppe keine große Ähnlichkeit mit den groben Karikaturen hatte, die man gewöhnlich bei Klassentreffen sieht. Vielleicht hatte *the road* uns allen gutgetan. Es war sicher nicht das Resultat eines sauberen Lebens, dachte ich, als ich während eines Trinkspruchs von Snakebite Jacobs am Champagner nippte. Der Kellner füllte die Gläser, und ich sah mir Snakebite sorgfältig an.

Hier und da ein graues Haar, aber er sah großartig aus. In meinen Gedanken konnte ich ihn vor einer wilden Menge in San Francisco zwei Saxophone auf einmal spielen sehen. Ich erinnerte mich daran, wie ich Snakebite gewöhnlich vorstellte, indem ich dem Publikum erzählte, ich hätte ihn in einer Gasse aufgelesen, wo er sein Saxophon an einem Kleiderbügel um den Hals spielte. Plötzlich hatte ich die Vorstellung von Snakebites tödlich blauem Gesicht, mit einem eng um seinen Hals gewickelten Kleiderbügel. Ich schüttelte das makabre Bild ab und dachte an den Spruch meines Bruders Roger, den er oft auf der Bühne anbrachte: »Wenn du morgens mit einem Lächeln aufwachen willst, dann steck dir vorm Schlafengehen einen Kleiderbügel in den Mund.« Das war eine etwas nettere Vorstellung.

Billy Swan sah jetzt fast distinguiert aus, himmelweit

entfernt von dem Wildfang, den ich in Nashville gekannt hatte. Er hatte vor und nach den Texas Jewboys in Kris Kristoffersons Band gespielt, also hatte er immer gut lachen. Wenn Billy Swan lächelte, dann konnte man in seinen Augen immer noch *the road* aufblitzen sehen. Swan spielte jedes nur bekannte Instrument und manche, die nicht bekannt waren. Dylan und ich hatten ihn für diese Tournee an die Tasteninstrumente gesetzt, weil Little Jewford in Houston bleiben mußte. Das machte Jewford zum einzigen lebenden Originalmitglied der Band, das bei der Reunion-Tournee nicht dabei war. Dieser Gedanke ließ mich innehalten. Ich trank auf einen anderen Trinkspruch, den jemand machte. Champagner war nicht mein bevorzugtes Getränk, aber wenn man genug davon trinkt, vergißt man, was man bevorzugt.

Ich überflog den Rest am Tisch. Willie Fong Young sah aus, als würde ihm die Ehe guttun. Außerdem bemerkte ich mit einiger Erleichterung, daß er keinen Groll mehr wegen meines Boykotts seiner Hochzeit zugunsten der Bas-Mizwa zu haben schien. Manche Leute konnten ihren Groll lange Zeit mit sich herumtragen, dachte ich, als James Clare noch zwei Flaschen Champagner rüberschickte.

Panama Reds Mund ähnelte dem von Mick Jagger immer noch mehr, als mir gefiel, aber es gab nichts, was ich dagegen tun konnte, außer ein rabiates Känguruh anzuheuern, das hochsprang und seine Lippen abriß. Panama trug seinen Panamahut im Januar in New York in Gallagher's Steak House. Er war weder Jude noch Cowboy, aber wenn sein Deckel für James Clare okay war, dann war er auch für mich okay. Ich konnte Panama im Scheinwerferlicht sehen, wie er seine elektrische, metallische Kokain-Bebop-Gitarre aufheulen ließ. Panama glaubte, daß er Rock 'n' Roll mit Country-Feingefühl spielte, und ich glaubte, daß ich Country mit einem sozialen Gewissen spielte, aber in erster Linie machte ich die Augen des Publikums feucht, und er machte ihren Schritt feucht. Das war der wahre Unterschied zwischen Country und Rock 'n' Roll.

Bryan »Skycap« Adams, der seinen Namen erhielt, als die Band durch den Flughafen von Kansas City ging und wir hörten, wie sie Skycap Adams ausriefen. Er kleidete sich in einer Art modischem Negerstil mit protzigen Anzügen und schlaff hängenden Veloursmützen, Skycaps genannt. Ich höre Skycap immer noch im Baßrhythmus schnarchen und furzen. Er sah immer noch wie ein Kind aus.

Major Boles meckerte schon wegen der ersten Probe, die laut Dylan in einem Midtown-Studio stattfinden würde, das er für den morgigen Nachmittag ab zwei Uhr gemietet hatte.

»Zwei Uhr ist zu früh«, sagte der Major. Ich sagte immer, daß ich ihn bongotrommelnd im Kongo gefunden hätte, und er sah auch ziemlich so aus. Manchmal, wenn es ihn überkam, spielte Major sein Schlagzeug mit Trommelstöcken, an denen kleine amerikanische Flaggen befestigt waren.

Dylan sah aus wie Dylan. Er hatte seine Pythonjacke von den Mottenkugeln befreit und seine eckige Sonnenbrille durch ein wolkenförmiges Modell aus den Siebzigern ersetzt. Ich wußte noch nicht mal, ob Dylan Augen hatte. Aber er hatte Kontakt mit Cleve, mit McGovern, sogar mit Duggan, mit Bill Dick aus dem Lone Star Roadhouse und mit rund vierzig anderen Leuten. Wenn irgend jemand unseren großen, linkischen, maroden Vogel zum Fliegen bringen konnte, dann war das Dylan.

Irgendwann während meiner Träumerei waren acht Steaks bestellt und gegessen worden, zusammen mit rund siebzehn verschiedenen Zubereitungsarten von Gallaghers Kartoffeln. Alles war mörderbienengut, einschließlich der von James Clare persönlich geleiteten Tour durch Gallaghers Fleischvorratskammer – einer der wenigen friedlichen Orte New Yorks.

Ein paar Leute bestellten Nachtisch und ein paar bestellten Kaffee. Der Kellner kam zu Willies Tischende und stand neben ihm.

»Wie möchten Sie Ihren Kaffee, Sir?« fragte er.

»Schwarz«, sagte Willie, »so wie meine Männer.«

Swan behielt sein Glasauge im Kopf, und jeder schien in bester, zufriedener Stimmung zu sein. Unter denen ist kein Mörder, dachte ich. Das konnte nicht sein. Musiker sind sanfte Leute. Sie sind einfach nicht dazu geschaffen, vorsätzliche Mörder zu sein. Vielleicht hatte Cooperman recht. Vielleicht waren Wichita und Raymond Boatright wirklich durch tödliche Unfälle zu Jesus gegangen.

James Clare hatte noch mehr Château de Katzpiss rübergeschickt, und ich war halb beschwipst und erhob mein Glas, um einen Trinkspruch zu machen, als ich mich an etwas erinnerte, was mir McGovern kürzlich erzählt hatte. »Charles Manson«, sagte er, »war ein Musiker.«

»Charles Manson war ein Musiker. Charles Manson war ein Musiker«, spielte sich immer und immer wieder in meinem Kopf ab wie ein schlechter Champagner-Trip.

Ich stand auf, kämpfte leicht mit meinem Gleichgewicht und hob das Glas höher. Irgendwie schien »Charles Manson war ein Musiker« kein besonders guter Trinkspruch zu sein. Aber als ich mich am Tisch umsah, konnte ich nicht mit bestimmter Sicherheit sagen, ob diese Leute Mordverdächtige, unschuldige Opfer oder nur alte Freunde waren, die sich wieder getroffen hatten.

»Auf die Zukunft«, sagte ich.

Hätte ich die Zukunft sehen können, dann würde ich diesen Trinkspruch wohl nicht gemacht haben.

56

Ich kann mich nicht erinnern, wie ich an diesem Abend nach Hause oder ins Bett gekommen bin, aber ich erinnere mich daran, daß ich am frühen Mittwoch morgen mit einem der schlimmsten Kater meines Lebens aufwachte, ein schrillendes Telefon abhob und Cleve am anderen Ende der Leitung vorfand.

»Ich sehe dich dann heute nachmittag bei der Probe«, schien Cleve zu sagen.

»Wirst du das?« fragte ich mit einer Ungläubigkeit, die ich noch nicht mal zu verbergen versuchte.

»Das ist cool«, sagte Cleve. »Das ist cool.«

In Ordnung, es war cool, dachte ich. Außer Travis Parnell, der irgendwo im Unterholz auf den richtigen Moment wartete, und einem unidentifizierten Verrückten, der darauf aus war, Texas Jewboys in ziemlich regelmäßigen Intervallen per Eilpost in den Hillbilly-Himmel zu befördern, fehlte mir nur noch ein krimineller, geisteskranker, idiotischer, oberschlauer Agent, der bei den Band-Proben herumlungerte. Natürlich war es äußerst fragwürdig, daß Cleve einfach irgendwo hingehen konnte, dachte ich, während ich ihn aus der Leitung herausschmeichelte. Ich bildete mir eben nur ein, daß er zur Bandprobe gehen würde. Eine Menge Leute auf dieser Welt bildeten sich Dinge ein, die nicht wahr waren. Vielleicht war ich sogar selbst einer von ihnen.

Ich trank an diesem Morgen ungefähr vier Liter Espresso, und obwohl der Kater schließlich verschwand, fing das Gewicht der Verantwortung für das Leben der Bandmitglieder wieder an mich zu belasten. Es war jetzt ungefähr drei Wochen her, seit Wichita sich angeblich durch die verirrte Kugel eines Jägers abmurksen ließ. Travis Parnell war Jäger, dachte ich, als ich die erste Zigarre des Morgens anzündete. Aber ich konnte mir nicht vorstellen, an welcher Stelle er ins Bild paßte. Kelli zu plagen war die eine Sache, aber was konnte er schon gegen die Texas Jewboys haben? Natürlich hatten eine Menge Leute unsere Musik nicht gemocht, aber warum sollten sie dreizehn Jahre darauf warten, uns zu erledigen?

Ich nahm an, daß der Killer nicht Travis Parnell, sondern ein anderer war. Jemand, der sich nicht mehr gerührt hatte, seit er vor über drei Wochen Wichita abgeknallt hatte. Wenn ich damit recht hatte, daß Wichita und Boatright nicht durch Unfälle umgekommen waren, dann war es Zeit, daß der nächste Cowboystiefel umkippte. Nicht für eine einzige New Yorker Minute glaubte ich daran, daß das Herholen der Band sie unverwundbar machte. Ich fühlte nur, daß ich besser ein Auge auf die Dinge werfen konnte. Das Showbusiness ist wie die Politik ein sehr offenes öffentliches Kasino des Strebens. Die größten, mächtigsten Leute in diesem Geschäft können trotz ihrer Leibwächter und Sicherheitszäune und Verkleidungen und kugelsicheren Limousinen nicht verhindern, daß irgendein ausgewählter, leicht behämmerter Spinner ihre Karriere auslöscht, weil sein Wellensittich ihm ständig verschlüsselte Botschaften zukommen läßt. Manchmal kommt so was in schmutzigen Briefen an Michael J. Fox zum Ausdruck. Manchmal endet so was mit dem Tod von John Lennon. Das hängt ganz von dem Wellensittich ab.

Ich paffte an der Zigarre, nippte ein bißchen Espresso und dachte eine Weile darüber nach. Selbst wenn es jemand war, der da draußen war, wo keine Busse fuhren, mußte es ein Motiv geben. Das Motiv lag dann gewöhnlich auch da, wo keine Busse fuhren. Um das Motiv zu verstehen, mußte man also selbst da rausgehen. Man mußte sich auf eine lange, quälende Reise fern in die eigenen Gedanken und Erinnerungen machen. Wenn man einmal da ist und das

Motiv versteht, dann ist die wirklich furchterregende Sache natürlich die, daß es jetzt auf einmal gar nicht mehr so verrückt erscheint. Man hat wahrscheinlich selbst schon das eine oder andere Mal die gleichen Gedanken gehabt. Irgend etwas sehr Tiefes und Essentielles im Menschenverstand hat sich schon immer gewünscht, Jody Foster zu beeindrucken, indem man Ronald Reagan tötete.

Ich nippte noch etwas Espresso. Voltaire, erinnerte ich mich irgendwo gelesen zu haben, trank jeden Tag über siebzig Tassen Kaffee, und da die Ärzte sagten, daß ihn das umbringen würde, glaubte er, es müsse sich um ein ziemlich langsam wirkendes Gift handeln, denn er lebte so lange, daß er einer der ältesten und cleversten Frösche im Teich wurde. Ich nippte noch etwas Espresso.

Wenn irgendeine Art »Der letzte der dreizehn«-Fluch auf den Texas Jewboys lag, dann mußte ziemlich bald etwas passieren, und das würde nichts Nettes sein. Obwohl sich Verns altertümliche Gespenstergeschichte wie so viele Aspekte im Leben auf diesem Planeten niemals auflöste, verrenkte sich der Haufen weißhaariger Typen das Hirn, um herauszukriegen, was sie gemeinsam hatten, um so einen Fluch hervorzurufen. In der Story war die einzige gemeinsame Erfahrung, an die sie sich erinnern konnten, die Nacht, die sie alle in dem alten Spukhaus mitten im Wald verbracht hatten.

Ich nippte noch etwas Espresso.

Was war das moderne, nichtfiktionale Äquivalent zu den Typen mit den weißen Haaren, die zusammen eine Nacht in einem alten Spukhaus verbrachten? Welche Tat oder Erfahrung hatte die Band gemeinsam, die jetzt jemand dazu brachte, eine Art verrückter Rache an uns auszuüben? Ich dachte eine ganze Weile darüber nach, aber es kam am Ende nichts dabei heraus. Wir hatten verdammt viele Sachen *on the road* und daneben zusammen gemacht. Keine davon schien ernsthaft genug, um einen derartigen Haß auf die Band zu ziehen.

Ich mußte natürlich Major Boles warnen. Er stand als vierter auf Duggans Liste, und wenn es sich bewahrheitete, daß der Killer ein methodischer, zwanghafter Typ war, dann war der vierte Platz auf der Liste nicht gerade gesundheitsfördernd. Wie das Schicksal es wollte, war ich nicht auf der Liste, aber Duggan hatte mich schon vorher in dem Artikel abgehandelt. Ich fragte mich jetzt, was damals kurz nach Tequilas Tod los war, als jemand meine Fenster aus offensichtlich gemeineren Gründen, als die Zugluft abzuhalten, zugenagelt hatte. Vielleicht sollte ich das erste Opfer sein. Aber warum hatte der Bastard, wenn er schon mal das Schloß geknackt hatte, nicht drinnen gewartet, um mich zu erledigen? Statt dessen wartete er draußen im Hausflur, schlug Ratso nieder, als der auftauchte, kriegte es mit der Angst, floh und ging dann anscheinend weiter Duggans Liste durch und gewährte mir eine Gnadenfrist.

Er machte Tequila kalt, ging dann nach Dallas, um Boatright abzumurksen, und reiste dann nach Tulsa, um Wichita auseinanderzunehmen. Bewaffnet mit Duggans Information, meinem Adreßbuch und dem Scharfblick und der Konzentration, die nur ein mörderischer Verstand besitzt, schien er sich ganz nach Belieben zu bewegen. Er schien gerne zu reisen. Ich fragte mich, ob er Business-Class flog.

Ich sah auf und stellte fest, daß Andy Warhol mit einem sehr dünnen, leicht herablassenden Lächeln auf mich herunterstarrte. Er hatte auch weiße Haare, bemerkte ich. Ich sah zu meiner alten Gitarre hinüber, die an der Wand lehnte. Bis zur Probe waren es ungefähr zwei Stunden. Warum nicht proben? dachte ich. Wenn wir alle bald sterben sollten, dann konnten wir den Leuten auch was für ihr Geld bieten.

Ich nippte noch etwas Espresso.

»Der Affe is nich tot, und die Show is nich vorbei«, sagte ich zur Katze.

57

Ich habe gehört, daß Scheidungen und Steuerprüfungen die einzigen Dinge auf der Welt sind, die öder sind, als mit einer Band zu proben. Ich wurde hauptsächlich deshalb niemals geschieden, weil ich niemals verheiratet war, und ich wurde nie einer Steuerprüfung unterzogen, weil ich einen schwarzen Steuerberater habe und die Regierungstypen den in Ruhe lassen. Aber ich war bei einer Menge Bandproben, und sie kommen in Sachen Ödheit ungefähr der vierstündigen Wurzelkanalarbeit eines oberflächlichen, ungeschickten, möglicherweise selbstmörderischen Zahnarztes nah.

Ich will Sie nicht mit einer detaillierten Beschreibung der Bandproben langweilen, aber Sie sollten wissen, daß die ersten anderthalb Stunden gewöhnlich bei lebendigem Leib gefressen werden, indem der Drummer seine Trommeln wiederholt so laut schlägt, wie er nur kann, und der Bassist sich nach besten Kräften bemüht, genauso laut und monoton zu sein. Der Rest der Band nutzt diese Gelegenheit oft, um pinkeln zu gehen, auf einen Drink rauszugehen, Drogen zu nehmen oder sich an einer Duschvorhangstange aufzuhängen. Schließlich kommt die ganze Band auf die Bühne, und dann fängt das Gezänk an.

Es gibt auch wunderschöne, ungestörte Momente, ohne Presse, Zuschauer oder Publikum, wenn eine Handvoll Musiker, die sich seit Jahren kennen, über sich selbst hinauswachsen und auf den majestätischen Schwingen gut zusammen gespielter Musik schweben. Es geschah während einem dieser Momente, daß mir ein alarmierender, verwirrender Gedanke in den Kopf schoß. Ich dachte eine ganze Weile darüber nach, während ich mit der Band sang und Gitarre spielte. Wenn man auftritt, kann man manchmal seine Gedanken mit einer fast brillanten Klarheit auf die Reise schicken. Wenn das Publikum tatsächlich jemals herausfinden würde, woran die meisten Entertainer denken, während sie auf der Bühne herummimen, dann würde es sein Geld zurückverlangen.

Woran ich dachte, war, daß die Original Texas Jewboys nur ungefähr drei Jahre als lebensfähiges Gebilde existierten, von 1973 bis 1975. Danach war ich auf Tournee mit Bob Dylan, spielte regelmäßig im Lone Star und drehte später wieder meine Runden mit wiedererweckten Versionen der Band. Ich hatte zur gleichen Zeit eine Gruppe von Texas Jewboys in New York, eine in L. A. und eine in Texas. Schließlich war ich nicht Chuck Berry. Ich konnte nicht einfach überall, wo ich spielte, eine Hausband aufgreifen und von ihr erwarten, daß sie »They Ain't Makin' Jews Like Jesus Anymore« kannte.

Von 1973 bis 1975, dachte ich. Das mußte es sein. Wenn es einen »Der letzte der dreizehn«-Vorfall gab, dann mußte das während dieser Zeit passiert sein. Und es mußte *on the road* passiert sein, weil das die einzige Zeit war, in der wir während dieser drei Jahre alle zusammen waren. Das grenzte die Dinge ein.

Während die Band mühelos das Repertoire durchackerte, machte ich mir weitere Gedanken über zurückliegende Dinge, aber mir fiel nichts Weltbewegendes ein. Das war schon immer ein Problem mit mir. Ich erinnerte mich nie an was, bis mich jemand daran erinnerte. Dann vergaß ich es nie mehr. Entweder waren das verbrannte Synapsen, oder das Jesus-Baby schützte mich vor meiner Vergangenheit. Es war so wie der Refrain eines Songs von mir, »Silver

Eagle Express«: »And I'll ride the Silver Eagle to the last town on the line. There's nothing to remember if there's nothing to remind.«

Aber Dylan erinnerte sich an gestern. Und, Gott steh uns bei, Cleve erinnerte sich an gestern. Ich mußte eine ernsthafte Krisensitzung mit den beiden abhalten. Zweifellos erinnerten sich natürlich auch andere Typen der Band an gestern. Das Problem war, daß einer von ihnen, wie ich so ziemlich befürchtete, sich verdammt zu gut an etwas davon erinnerte.

Als die Band eine Dinner-Pause einlegte, bemerkte ich, daß sich im Proberaum ein kleiner Verkehr aus Gönnern und Kibitzen zu entwickeln begann, von denen ich die meisten kannte. Es war schön zu sehen, daß Ratso vorbeigekommen war, obwohl er ein bißchen ruhig, verschlossen und fast dünn wirkte, keine besonders ratsoartigen Qualitäten. McGovern war auch gekommen und hörte zu, wie Major Boles und Panama Red ihre Geschichten von Eroberungen *on the road* austauschten.

». . . die Rothaarige mit den gigantischen Titten in Denver«, sagte der Major gerade.

»Ich hab sie auch gebumst«, sagte Panama. »Am nächsten Abend in Boulder da in den Bergen.«

»Das *waren* Berge«, sagte der Major.

»Du hältst sie fest, ich melke sie«, sagte Willie Fong Young im Vorbeigehen.

»Sie war erste Sahne für meine Banane«, sagte Snakebite.

»Ich wäre besser Musiker geworden«, sagte McGovern.

»Da könntest du recht haben«, sagte der Major. »Auf dieser ersten Tournee in Chicago klopfte es gegen vier Uhr morgens an meiner Tür. Tequilas Frau. Ich hab sie gevögelt, bis ihre Nase blutete.«

Panama lächelte wissend. Dann sagte er: »Zu schade um Tequila.«

»Das Leben ist ein Miststück, und dann stirbt man«, sagte der Major.

»Laß mich das aufschreiben«, sagte ich.

»Ich bumste mal diese zwei Schwestern in San Antonio«, sagte Panama. McGovern hörte mit gespannter Aufmerksamkeit zu. Der Major blinzelte mir heftig zu. »Eine hieß Trixie, und die andere hieß Dixie.«

Ich spürte ein Klopfen auf meiner Schulter, drehte mich um und sah eine attraktive, gutangezogene, dunkelhaarige Frau, die eine dieser großen schwarzen Sonnenbrillen aufhatte, die Frauen manchmal tragen, um zu zeigen, daß sie nicht zum Vergnügen da sind.

»Ich bin Dr. Allison Klitsberg«, sagte sie.

Neben ihr stand Cleve, mit irgendeinem summenden Liedchen im Kopf, einem kleinen Lächeln im Gesicht und insgesamt dem Aussehen, als würde er zum dritten Ring des Saturn gehören.

»Cleve ist im Rahmen unseres Resozialisierungsprogramms mit mir hierhergekommen«, sagte Dr. Klitsberg.

Ich sah Cleve noch mal an. Er schien mich noch nicht mal zu erkennen. Ich wendete mich wieder Dr. Klitsberg zu, die jetzt ein anerkennendes Kopfnicken von Panama und Major Boles auf sich zog.

»Viel Glück«, sagte ich.

Auf dem Weg zur Herrentoilette traten Dylan und ein langer, dünner Charles-Manson-Doppelgänger auf mich zu, der mich umarmte und hochhob. Als er mich wieder absetzte, begriff ich, daß es Bo Byers war, der den Sound für die Band abgemischt und während der ersten Tournee zur Roadmannschaft gehört hatte. Bo und ich tauschten ein paar irgendwie gedämpfte Begrüßungen aus, dann drehte er ab, um den anderen Typen hallo zu sagen.

»Das könnte die Reunion-Tournee so authentisch wie möglich machen, Hoss«, sagte Dylan. »Bo hat für ne Weile rumgelungert. Er hat gesagt, daß er Arbeit braucht, also hab ich ihn an Bord genommen. Er kam letzte Woche aus Tulsa.«

»Warum hör ich bloß die Nachtigall trapsen?« fragte ich.

58

»Ich weiß, das klingt ein bißchen weit hergeholt«, sagte ich.

»Nein, das klingt nicht weit hergeholt«, sagte Major Boles. »Es klingt abso-arsch-lut verrückt. Natürlich sterben in dreizehn Jahren ein paar Leute. Sie heiraten auch, werden geschieden, gehen zu Bar-Mizwas –«

»Sag nicht Bar-Mizwa, wenn Willie da ist.«

Wir saßen in einer kleinen irischen Bar in der Forty-third Street, ein paar Blocks vom Probestudio entfernt. Die Probe war brutal, aber die Band hatte sich wesentlich knackiger angehört, als ich das nach der ganzen Zeit fern der *road* geglaubt hätte. Es war kurz vor elf Uhr. In der Jukebox sangen die Irish Rovers »The Unicorn« in einem fetten irischen Dialekt. Der Song stammte von Shel Silverstein, den nie jemand versehentlich für einen Iren gehalten hätte.

»Ich gebe zu«, sagte Major Boles, »daß die drei sich in einer ziemlich kurzen Zeitspanne ausgecheckt haben, aber manchmal passiert so was eben dreifach. So wie bei Flugzeugabstürzen.«

»Sie waren nicht in Flugzeugen«, sagte ich, als ich dem Barkeeper signalisierte, eine neue Runde Jameson zu bringen. »Sie wurden ermordet.«

»Das sagst du. Was sagt die Polizei?«

Ich machte den Schnaps nieder und schüttete ein bißchen Guinness nach. Ich sah aus dem Fenster auf die Straße. »Sie sagen, daß Leute zu Bar-Mizwas gehen«, sagte ich.

»Aha!« sagte der Major. Ich sah ihn einen Augenblick an. Sein Gesicht schien immer noch den Zweifel und den Leichtsinn der Jugend zu besitzen. Man mußte genau hinsehen, um die feinen Zeit- und Sorgenfalten zu sehen, die sich um seine Augen herum eingeprägt hatten wie Seitenstraßen und untergeordnete Nebenstrecken auf einer alten Karte von Kansas aus der Zeit, bevor Dorothy verschwand. Der Major war nicht viel jünger als ich, aber er war jung genug, um es mir immer noch schwerzumachen, ihn davon zu überzeugen, daß sein Leben in Gefahr war.

Ich zog den ausgeschnittenen Artikel von Dennis Duggan aus der Tasche meiner Jagdweste und breitete ihn auf dem Mahagoni vor dem Major aus. »Dir wird auffallen«, sagte ich, »daß die drei Namen direkt über deinem alle kürzlich verschieden sind. Sie wurden in der Reihenfolge, wie sie da stehen, abgemurkst.«

Ich ließ den Major die kleine zerknitterte Liste studieren, während ich mein leeres Glas studierte und dem Barkeeper gestikulierte, eine neue Runde zu bringen. »Was meinst du?« fragte ich schließlich.

»Wo sind sie jetzt?« sagte der Major spaßhaft. »Ich sag dir, wo sie sind. Sie sind genau an dem gleichen verdammten Ort, an dem sie schon immer waren. Niemand verändert sich sonderlich, weißt du.«

Ich sah wieder auf die untergeordneten Nebenstrecken. »Das ist das, womit ich rechne«, sagte ich.

Der Barkeeper schenkte uns eine neue Runde ein. »Erlaube mal«, sagte ich zum Major. »Nehmen wir nur mal an, jemand steht hinter diesen Todesfällen und versucht, die Band methodisch umzubringen.«

Der Major rülpste.

»Kannst du dich an irgendwas erinnern, was die ganze Band getan hat, das jemanden dazu bringen könnte, diese

Art von Rache zu suchen? Kannst du dich überhaupt an irgendwas erinnern?«

»Ich kann mich noch nicht mal an Alamo erinnern«, sagte Major Boles.

Wenn er kein Drummer gewesen wäre, hätte ich ihn vielleicht dazu bringen können, das Warnlicht zu sehen. Aber man kann heute niemand vor nichts warnen. Die halbe Welt ist ein Haufen paranoider Trottel, die Angst vor dem Leben haben, und die andere Hälfte kümmert sich einen Scheiß darum. Mit der letzteren Gruppe hat man gewöhnlich mehr Spaß beim Trinken.

Es passiert nie etwas, wenn man es erwartet, selbst wenn man darauf vorbereitet ist. Aber gewisse Vorfälle auf diesem Planeten haben ein Timing, das so unheimlich ist, daß es einen dazu bringt, an das Jesus-Baby zu glauben, oder doch wenigstens zu begreifen, daß da jemand in der Hölle jede Menge Wohncontainer baut.

Als wir die letzte Runde beendeten, war es kurz vor Mitternacht, die Zeit, auf die der weißhaarige Mann im Zug gewartet hatte. Major Boles hatte Duggans Artikel zu einem Papierflugzeug gefaltet und ging zur Tür. Ich faltete den Ausschnitt wieder auf, steckte ihn in meine Tasche und zahlte die Rechnung. Ich zog eine Zigarre heraus und zündete sie am Eingang an.

Der Major stand auf der Straße und schrie irgendwas, als ein Paar Scheinwerfer an mir vorbeischwammen wie ein Laser-Hai. Ein beschleunigendes Taxi mit plärrendem Radio rammte ihn mit diesem tiefen, ekelhaften »Wommp«-Geräusch, das, wenn man es einmal gehört hat, für immer wie eine furchtbare menschliche Glocke in den kühnsten Albträumen nachhallt.

59

»Nun«, sagte Sergeant Cooperman, »ich hatte dich gebeten, mich ein paar Wochen nicht zu belästigen, und so lang war es denn ja auch ungefähr.«

Es sah so aus, als ständen Cooperman und ich lange genug auf der Forty-third Street, um Hauptrollen in der Nummer zu spielen, wie man Leute um Wechselgeld für einen Geschlechtswechsel anbettelt. Die Typen vom Leichenkasino hatten schließlich mit dem Benehmen und dem emotionalen Tiefgang von Arbeitern, die ein Schlagloch beseitigten, Major Boles Leiche weggeschafft. Mein Herz fühlte sich an, als hätte es seine Rhythmusgruppe verloren.

»Hast du die Autonummer oder die Taxinummer gesehen?«

»Es ging zu schnell«, sagte ich. »Ich glaub nicht, daß es eine Autonummer hatte. Nur die Scheinwerfer. Die laute Musik. Es passierte alles in der Zeit, die man braucht, um ein Streichholz anzureißen und eine Zigarre anzuzünden.«

»Vielleicht solltest du nicht rauchen«, sagte Sergeant Cooperman, während er eine Gauloise aus einem zerdrückten Päckchen zog, sie mit einem Zippo anzündete und seine Augen wie eine Straßenkatze zu Schlitzen verengte. Wir standen unter einer Straßenlaterne und sahen auf die Stelle, an der Boles zerschmetterter Körper gelegen hatte. Für eine Weile hatten dort auch ein Schuh und eine zertrümmerte Sonnenbrille gelegen, aber die hatten sie auch mit in Richtung *downtown* genommen. Er war auf der Stelle tot, hatte der Leichenbeschauer gesagt, aber das hatte ich bereits gewußt.

Der Verkehr rollte wieder durch die Straße. Die Aufregung war vorbei. Ich sah für einen Moment weg von der Stelle, an der er gestorben war, und dann wieder hin. Ich war nicht mehr ganz sicher, wo die Stelle war. Orte ändern sich, sagt man. Ich steckte meine Hände in die Manteltaschen, um sie warm zu halten.

Meine Finger fummelten an irgendwas in meiner linken Tasche herum, und meine Hand kam mit Dennis Duggans Story zum Vorschein. Ich gab sie Cooperman. Er faltete sie auf, und ich zeigte auf die ersten vier Namen auf der Liste.

»Herrgott noch mal«, sagte er. »Zu schade, daß wir hier nicht auf der Pferderennbahn sind.« Er sagte, er habe die Story gelesen. Er kannte die Liste. »Beschreib noch mal den Fahrer.«

»Ich hab's dir doch gesagt. Alles, was ich sah, war der flüchtige Eindruck von einem vorbeisausenden Fleck, der einen Hut in sein Gesicht gezogen hatte.«

»Vielleicht war es James Cagney.«

Cooperman war scharf heute nacht, dachte ich. Der Tod schien seinen Witz zu wetzen. Er stellte noch ein paar Fragen. Ich gab ihm Dylans Zimmernummer im Chelsea und die Namen der Typen aus der Band, die dort übernachteten. Schließlich steckte er sein kleines Notizbuch weg. Er zündete noch eine Gauloise an, und ich fing mit dem geistigen Vorspiel an, das gelegentlich erforderlich ist, um in gewissen bewußten Momenten des Lebens eine Zigarre anzuzünden.

Aschenbrödels Kutsche hatte sich vor ein paar Stunden auf sehr unerfreuliche Art in ein boshaftes Irrlicht zurückverwandelt. Cooperman und ich standen da fast wie Freunde, beobachteten, wie Autos vorbeifuhren und Vagabunden in Mülltonnen spähten und nach der Welt suchten. Die aufdringliche Einsamkeit vibrierte schmerzhaft; sie schien an einen anderen Ort und in eine andere Zeit zu gehören. Casablanca. Das Paris der zwanziger Jahre. New York fühlte sich nicht mehr wie meine Heimat an. Vielleicht hatte es das nie getan. Vielleicht gehörte ich nach Texas. Ich wußte, daß das Texas der Neunziger nicht das Paris der

Zwanziger war, aber wie viele verschiedene Saucen kann man auf ein Chicken-fried-Steak geben?

Zum Schluß schüttelte Cooperman den Kopf und ging auf seinen gattungsüblichen Streifenwagen zu. Ich drehte mich um und ging in Richtung Seventh Avenue.

»Hey, Tex«, sagte er. Ich blieb stehen und drehte mich um.

»Du sagst, der Fahrer des Autos hatte laute Musik an, als er vorbeifuhr?«

»Yeah«, sagte ich.

»Was für Musik hatte er denn laufen, Tex?«

Etwas ließ mich für einen Moment innehalten. Audiovisuelle Vorstellungen schienen sich langsam in einem durcheinandergeratenen Regierungsgebäude in meinem Kopf auseinanderzusortieren.

»Country-Musik«, sagte ich.

»Dachte ich mir«, sagte Cooperman, als er ins Auto einstieg.

60

Als ich ins Loft zurückkam, war es halb drei morgens, und ich ließ das Telefon heißlaufen. Die meisten Leute mögen es aus für mich unverständlichen Gründen nicht, wenn man sie um halb drei morgens anruft. Wie mein Freund Marvin Brener immer sagt: »Die Leute leben ihr Leben.« Das tun sie tatsächlich. Sie leben ihre tragischen kleinen Leben, und so eine schreckliche Sache wie ein nächtlicher Anruf aus New York ist einfach zuviel für sie, um damit taktvoll klarzukommen. Es befremdet ihre Vorortseelen, wenn eine Stimme aus der Vergangenheit durch einen Draht in das Wrack eindringt, das sie aus ihrem Leben gemacht haben.

Oh, es hat mal Leute gegeben, die ich spät in der Nacht anrufen konnte, aber die sind fast alle tot. Jetzt kann ich sie anrufen, wann immer ich will, nur gehen sie niemals ran. Die Sprechanlagen in der Hölle sind immer besetzt. Natürlich sind auch viele sogenannte lebende Menschen tot und in der Hölle, sie wissen es nur noch nicht.

Ich denke, daß nächtliche Polizeianrufe von spiritueller Bedeutung sein können und daß ihr Ausbleiben ein signifikantes Zeichen für das Vorrücken des mittleren Alters ist. Wenn man wirklich das mittlere Alter erreicht hat, sind die einzigen nächtlichen Anrufe, die man bekommt, falsche Verbindungen oder die Nachricht, daß jemand gestorben ist. Nun, es war jemand gestorben. Vier Jemande waren gestorben.

»Warum rufst du mich an?« fragte Little Jewford.

»Um zu sehen, ob du da bist«, sagte ich.

»Wo zum Teufel soll ich sonst sein?« wollte er wissen. »Es ist zwei Uhr morgens.«

»Hier ist es eine Stunde später«, sagte ich. »Sollten wir unsere Uhren läutern?«

Die Unterhaltung war sehr kurz, und sie war nicht allzu erfreulich, aber sie bewies, daß Little Jewford in Houston war, und es ist schwer, sich in New York ein Taxi zu organisieren, wenn man in Houston im Bett liegt.

Ich rief Max in Kerrville an. Er war auch nicht gerade hingerissen. Er mußte morgens zur Arbeit.

»Ich verstehe nicht, warum du herummeckerst, Max«, sagte ich. »Hier ist es eine Stunde später.«

Max sagte irgendwas auf spanisch, das nicht besonders nett klang.

»Hör mal, Max«, sagte ich, »wir müssen wegen Parnell alle Hebel in Bewegung setzen. Hier gibt's einen Typen mit einem Cowboyhut, der Leute umbringt, und jedesmal, wenn ich im Geiste die Verdächtigen einkreise, steht er ganz oben auf der Liste. Anscheinend hat er kein Motiv, aber er hat einen Cowboyhut.«

»Das hat Gabby Hayes auch«, sagte Max.

Ich rang Max das Versprechen ab, am Morgen noch mal Parnells Familie anzurufen und sie nach seinem Verbleib auszuquetschen. Er wollte mich anrufen, sobald er mit ihnen gesprochen hatte.

»Buenas noches«, sagte Max schläfrig.

»Salamat mimpi«, sagte ich. Das war so ungefähr das einzige übriggebliebene Malayisch, an das ich mich noch von Borneo erinnerte, außer natürlich, wenn ich betrunken war. Dann erinnerte ich mich an eine Menge Malayisch und an eine Menge Telefonnummern aus Los Angeles, die nicht mehr in Betrieb waren. *Salamat mimpi* hieß »sichere Träume«. Das war so ungefähr das Netteste, was man jemand wünschen konnte, dachte ich.

Als ich Max eingehängt hatte, rief ich Dylan im Chelsea Hotel an, aber seine Leitung war besetzt. Ich hinterließ beim Nachtportier eine Nachricht, und zu Ehren von Dylan Thomas' letztem Aufenthaltsort auf diesem seltsamen Planeten spürte ich eine Flasche Old Grand-dad auf, die sich hinter einem Beutel mit Katzendreck versteckt hatte. Sie war mit Spinnweben und Staub bedeckt und sah aus, als sei sie mit dem Loft dahergekommen. Ich schenkte einen Schuß in das Stierhorn ein, um meine Nerven zu beruhigen. Ich erhob das Stierhorn zu einem Trinkspruch auf Major Boles. Die Katze saß auf der Theke und sah gelangweilt aus.

»›Nach dem ersten Tod gibt es keinen zweiten‹«, zitierte ich. Ich begann mich zu fragen, ob Dylan Thomas überhaupt wußte, wovon zum Teufel er sprach. Ich kippte den Schnaps runter.

Der Old Grand-dad war stärker als Jack Daniel's und vermittelte einem den sicheren Eindruck, die Degeneration schneller herbeiführen zu können als der Jameson. Aber er verringerte das Phlegma.

»Erinnerst du dich«, sagte ich zur Katze, »an das chinesische Restaurant, wo Parnell auf den Kellner knallte?«

Die Katze sah mich an. Sie blinzelte ein paarmal.

»Ich glaub, das war nicht Travis Parnell.«

Ich nahm noch ein paar Old Grand-dads, um mich ein bißchen aufzulockern und die Lage zu überdenken. Ich saß mit der Katze am Küchentisch, als die Telefone klingelten. Es war fast vier Uhr morgens. Ich mochte alles mögliche sein, aber wenigstens war ich nicht mittleren Alters. Ich ging zum Schreibtisch rüber und hob den Hörer zur Linken ab. Es war Washington Ratso, der mir erzählte, daß die Mädels sicher seien und sich großartig amüsierten, und mich fragte, warum ich ihm nicht gesagt hätte, daß Kelli einen äußerst wohlgeformten Hintern und meine Schwester phantastische Brüste habe. Er sagte das alles nicht mit genau diesen Worten, aber das war der wesentliche Inhalt.

»Es ist schön zu wissen, daß du ein Auge auf sie wirfst«, sagte ich.

»Man kann nur schwer an ihnen vorbeisehen«, sagte Ratso. »Ich hab wirklich Spaß dran, mit dir an diesem Fall zusammenzuarbeiten.«

Ich zündete eine Zigarre an und hörte zu, wie Ratso etwas näher auf anatomische Details einging, als mir lieb war. Schließlich sagte er: »Hey, ich hab in der Zeitung gelesen, daß du die Jewboys wieder für eine große Reunion-Tournee zusammenholst.«

»Wir haben ein paar Probleme gekriegt«, sagte ich. »Oder besser gesagt, sie haben uns gekriegt.«

»Nun, wenn du einen libanesischen Jewboy brauchst, der eine armselige Butan-Gitarre spielt, dann würde ich gerne kommen.«

»Sexuell gesehen?« fragte ich.

»Nein«, sagte Ratso. »Ich meine, bei eurer Tournee mitmachen. Bist du sicher, daß du keinen Gitarristen brauchst?«

»Zu schade, daß du kein Schlagzeug spielst«, sagte ich.

Es war Viertel nach vier, als ich das Licht löschte, der Katze gute Nacht wünschte und mit immer noch lebhaften Vorstellungen von Major Boles im Kopf zu Bett ging. Ich befand mich fast in der unruhigen Dreh-und-Wälz-Phase, als die Telefone wieder klingelten. Vielleicht war ich jünger, als ich dachte.

Ich schnappte mir das rosa Prinzessinnentelefon auf dem Nachttisch, das die Griechin, von der ich das Loft mietete, zusammen mit ihren Grünpflanzen und Ballettpostern zurückgelassen hatte. Es war Dylan.

Er sagte: »›I fought the law and the law won.‹«

»Ah, also hat dich Sergeant Cooperman aufgesucht.«

»Sie sind hier durchgerauscht wie die ›City of New Orleans‹.«

Ich redete einige Zeit mit Dylan, und während wir redeten, wurde das Gefühl des persönlichen Verlusts, das wir beide empfanden, offensichtlich. Mein Freund Dr. Jim Bone sagt, daß jeder zwei Familien hat: die eine, in die man hineingeboren wird, und die andere, die man sich selbst schafft. Die Texas Jewboys, mit all ihren Krächen und Trennungen, waren eine Familie, und dieser jüngste Verlust schwächte uns alle.

Cooperman und seine Jungs hatten jeden in der Band über Major Boles' Tod befragt, Hintergrundinformationen eingeholt und Alibis abgeklopft. Die einzigen zwei Leute, die sie noch nicht aufgespürt hatten, waren Snakebite Jacobs und Panama Red.

»Für Musiker ist es nicht ungewöhnlich, um vier Uhr morgens nicht im Hotel zu sein«, sagte ich. »Oder sonst irgendwo.«

»›Four o'clock rock‹«, sagte Dylan.

Nachdem ich die Prinzessin wieder hingelegt hatte, haute ich mich wieder ins Bett und starrte lange auf die von der Decke abblätternde Farbe. Noch ein paar lesbische Tanzkurse, dachte ich, und es bliebe nicht mehr viel zum Anstarren übrig. Ein betäubendes, schneidendes Schuldgefühl machte sich irgendwo tief in meiner Seele breit. Ich hatte die Band nach New York geholt. Es war meine brillante Theorie, daß sie dort sicherer wäre. Ich war der Bandleader. Ich war in großem Ausmaß verantwortlich für das, was dem Major passiert war.

Ich tat mein möglichstes, um das Schuldgefühl aus meinem Kopf zu drängen. Katholiken und Juden scheinen – genau wie praktisch jeder andere auch – Freude daran zu empfinden, in anderen Schuldgefühle hervorzurufen, aber es tut niemand gut, ein übertrieben großes Schuldgefühl zu haben. Selbst wenn man es verdient.

Ich dachte an Snakebite und Panama Red. Ich hielt Snakebite nicht für einen Killer. Ich konnte mir auch nicht vorstellen, daß Panama jemand ermordete. Er konnte vielleicht jemand mit seinen Lippen zu Tode reiten. Und er trug ständig einen Hut. Aber es machte einfach keinen Sinn. Es war unmöglich. Oder doch? Charles Manson war ein Musiker, sagte ich mir. Das wurde langsam fast zum Mantra.

Schließlich schlief ich und hatte natürlich prompt einen scheußlichen Slow-Motion- und Technicolor-Traum von Major Boles.

Aber zuerst kamen ein paar kurze Filmvorschaustreifen. Ich holte mir ein Bier und Popcorn und eilte zu meinem Platz zurück, bevor die Lichter ausgingen.

61

Dale Haufrect, der Junge, der auf der Straße gegenüber wohnte, steckte seine Hand ins Goldfischglas. Ich mußte sehr jung sein, denn ich betrachtete meine drei Goldfische als meine heimlichen Freunde. Ein Erwachsener kann seine Goldfische natürlich auch als heimliche Freunde betrachten, aber das wird gewöhnlich nicht als eine besonders gute Beziehung angesehen. Dale Haufrect nahm einen Goldfisch nach dem anderen aus dem Glas und schlitzte sie seitlich mit seinem Daumennagel auf, bevor er sie auf den Boden warf. Ich sah in diesem scheintoten Zustand zu, den nur ein Vierjähriger oder ein erwachsener New Yorker aufbringen kann, der nicht in etwas hineingezogen werden will.

Aber die Goldfische wurden nie wieder lebendig, wie Dale Haufrect es behauptete. Statt dessen fielen von den Fischen kleine zuckerwattefarbene Blutstropfen auf den Boden, und die Augen meiner altertümlichen Kindheit füllten sich mit Tränen. Ich glaube, ich wartete während meiner ganzen Jugend darauf, daß diese drei Goldfische wieder lebendig wurden, aber das wurden sie nie. Vielleicht rückten sie zur nächsten Inkarnation hoch. Vielleicht schickte sie Gott als Goodman, Schwerner & Chaney zurück. Das klingt wie ein Rechtsanwaltskontor, ist aber keins.

Ich drehte mich ein paarmal im Bett herum und begriff vage, traurig und halbbewußt, daß eines der Dinge, die Gott wahrscheinlich nicht fertigbrachte, war, tote Goldfische wieder zum Leben zu erwecken. Nicht mal Dale Haufrect konnte das.

Ich wirbelte noch ein paarmal im leeren Grab von Morpheus herum, und der Traum eilte ungefähr vierundzwanzig Jahre vorwärts in den großen feuchten Keller eines Village-Clubs. Mehrere hundert Leute scharten sich um einen Bildschirm, auf dem anscheinend ein Amateurfilm von einem sehr großen Goldfisch lief. Der Goldfisch schien eine Wunde an seiner Seite zu haben, aus der in regelmäßigen Abständen zuckerwattefarbenes Blut sickerte. Im Traum konnte ich es nicht verstehen, wie mehrere hundert Leute in einem Raum stehen konnten, um mit gespannter Aufmerksamkeit das ziemlich blutrünstige Spektakel eines sterbenden Goldfisches zu beglotzen. Ich war jetzt älter, und es war nicht mehr so ein dermaßen traumatisches Erlebnis. Ein sterbender Goldfisch warf mich nicht mehr aus der Bahn.

Ich suchte den Raum nach einem bekannten Gesicht ab und sah schließlich Ratso, der mir mit einer Hand zuwinkte und in der anderen einen großen Teller mit aufgehäuftem Essen hielt. Die Hand, mit der er winkte, hielt etwas, was wie ein Cornedbeef-Sandwich aussah. Ich ging rüber. Neben Ratso stand Allen Ginsberg, der kleine tibetanische Fingerzimbeln trug.

Ich hörte, wie Ginsberg mit einer besänftigenden, fast hypnotischen Stimme zu Ratso sagte: »Warum probierst du nicht mal diese Fingerzimbeln aus?«

Ratso antwortete: »Ich kann nicht. Ich esse ein Sandwich. Ich könnte davon eine Bleivergiftung kriegen.«

Ginsberg bot mir dann die Zimbeln an, aber ich lehnte sie auch ab. Dann lächelte Ginsberg glückstrahlend und fing an, die kleinen Zimbeln selbst zu spielen, herumzutanzen und, soweit ich mich erinnere, folgendes Gedicht zu singen:

Leb, wenn du lebst,
stirb, wenn du stirbst,
lach, wenn du lachst,
wein, wenn du weinst,
fick, wenn du fickst,
scheiß, wenn du scheißt,
piß, wenn du pißt –

»Entschuldige«, sagte ich, »aber warum sehen sich alle an, wie dieser Goldfisch stirbt?«

Ginsberg und Ratso fingen an zu lachen, und Ratso lachte so laut, daß ich froh war, Ginsbergs Angebot nicht angenommen zu haben. Es ist schwer, jemand vor dem Ersticken zu retten, wenn man tibetanische Fingerzimbeln trägt.

Ginsberg fing wieder an, die Fingerzimbeln zu spielen und herumzuspringen. Diesmal sang er ausgelassen: »Es ist Abbies Riemen, es ist Abbies Pfriemen, es ist Abbies Stichel, es ist Abbies Sichel, es ist Abbies Ding, es ist sein I-Ging, es ist Abbies Gurk', es ist in New York.«

»Sag's noch mal«, sagte ich.

»Es ist ein Kinofilm«, sagte Ratso, »den Abbie Hoffman von seiner kürzlichen Vasektomie gemacht hat.«

»Höllisch guter Kameramann«, sagte ich.

»Es ist Abbies Penis, ich schicke ihn zur Venus«, sagte Ginsberg.

Ich ging zum Ausgang rüber und versuchte gerade, eine blaue Kaugummizigarre anzuzünden, als ein Taxi mich mit dem Fernlicht blendete und langsam vorbeifuhr wie ein gelber Todesnebel. In gänsehauterregender Zeitlupe sah ich, wie dieses höllische Taxi Major Boles zu elf verschiedenen Kräutern und Gewürzen zerkleinerte. Ich hörte im Traum wieder die laute bekannte Country-Musik in den Gebäuden widerhallen und mit einem Dopplereffekt auf mich herunterkommen. Es war derselbe Musikfetzen, den ich früher am Abend gehört hatte, als Major Boles in der Forty-third Street getötet wurde. Aber dieses Mal, im Traum, hörte ich deutlich die Worte »Ronnie Reagan«.

Als ich aufwachte, war es dunkel, aber ich hatte das Licht gesehen. Zumindest hatte ich genug davon gesehen, um zu wissen, daß ich auf der richtigen Spur war. Ich wußte natürlich immer noch nicht, wohin zum Teufel ich ging, aber das konnte ich noch entscheiden, wenn ich da war. Für den Anfang mußte ich mit Captain Midnite, Willie Fong Young und Skycap Adams, der der nächste auf der Liste war, reden, und mit Dylan, der sich an gestern erinnerte. Das tat Cleve natürlich auch, aber es war riskant, sich darauf zu verlassen, weil er gestern bis morgen vergessen haben konnte.

Ich stellte die Espressomaschine an, jagte ein paar Kakerlaken aus der Bratpfanne, machte mir Rührеier mit einem großen Schlag gefrorenen Lone-Star-Five-alarm-Chili und streute ein bißchen roten vietnamesischen Pfeffer darauf, den mir vor kurzem eine kleine Freundin aus Arkansas geschickt hatte. Als der Morgen über den Lagerhäusern dämmerte, frühstückte ich und dachte über meine Träume nach.

Allen lagen natürlich wirkliche Ereignisse zugrunde. Dale Haufrect hatte meine Goldfische gekillt, als ich ein kleiner Junge war. Ich hatte ein paar Songs auf einer Party für Abbie Hoffman vorgetragen, auf der er einen Film von seiner kürzlich vorgenommenen Vasektomie gezeigt hatte. Ich machte das Vorspiel zur Vasektomie. Zwei Wochen später war der auf Kaution freigelassene Abbie in den Untergrund gegangen. Jetzt lag er für immer im Untergrund, dachte ich traurig. Nun, zumindest würde er sich da zu Hause fühlen.

Was »Ronnie Reagan« betraf, war ich jetzt sicher, daß ich dieselbe Musik zur Zeit des Unfalls mit Fahrerflucht gehört hatte. »Ronnie Reagan« gehörte zur Zeile eines Songs, dessen komplette Strophe folgendermaßen ging:

It's retro-rocket time inside my attic
I'm all wrapped up in the flag to keep me warm
I've got my brain locked in to cruise-o-matic
Rollin' Ronnie Reagan in suppository form.

Der Song hieß »Flyin' Down the Freeway« und wurde 1973 von einem jungen Songschreiber in Nashville geschrieben. Ich erinnerte mich gut daran. Das sollte ich wohl auch.

Der Songschreiber war ich.

62

Später an diesem Donnerstag morgen rief ich Captain Midnite in Nashville an. Er hatte dieses gewisse Wiedererwekkende in seiner Stimme, das man sonst nur von sehr gefühlvollen ehemaligen Diskjockeys hört.

»Hier ist der Internationale Fanclub von Little Jimmie Dickens«, sagte er. Ich nannte meinen Namen.

»Ich wollte dem United Jewish Appeal in diesem Monat eine große Spende zukommen lassen«, sagte Midnite, »aber ich bin ein bißchen knapp bei Kasse.«

»Yeah. Midnite, hast du irgendwas für mich?«

»Ich hab dir vor siebzehn Jahren einen Wecker geschenkt.«

»Du kannst froh sein, daß er immer noch funktioniert«, sagte ich. »Sonst hätte ich unter Umständen diese Unterhaltung verschlafen.«

»Ich hab wirklich was Neues für dich. Tompall Glaser hat sich dabei verletzt, wie er versuchte, so hoch wie seine Brüder zu singen. Jetzt läuft er mit einer Fistelstimme rum.«

»Ich suche nach irgendwas Ungewöhnlichem oder Unerfreulichem, was Willie Fong Young passiert sein könnte.«

»Nun, er ist rauf nach New York, um mit dir diese Reunion-Tournee zu machen. Das ist ungewöhnlich und unerfreulich.«

»Midnite, du weißt, wie Willie ist. Ich würde Tage brauchen, um irgendwas aus ihm rauszukriegen, und soviel Zeit hab ich nicht. Hatte er irgendwelche Unfälle oder Beinahe-Zusammenstöße, von denen du weißt?«

»Wenn ich es mir genau überlege, hatte sein Auto vor ungefähr drei Wochen einen Totalschaden. Die Bremsen haben versagt.«

»Willie hat nichts davon gesagt.«

»Weil er nicht im Auto war. Er hatte es seiner Schwiegerschmuddel geliehen.«

»Wie ist sie drauf?«

»Sexuell?«

»Da bin ich in meine eigene Falle getappt, was? Du hast Kinky-Lektionen genommen. Macht sie's noch?«

»Willies Schwiegerschmuddel? Hat nur ein Bein gebrochen. Der Gipsverband ist ein bißchen im Weg. Wurde aus Eßstäbchen gemacht.«

»Auf den wär ich allein gekommen.«

»Seit dem Unfall ist sie wie eine leere Muschel. Als Willie sie im Krankenhaus besuchte, hielt er sie sich ans Ohr, um zu sehen, ob er den Ozean hören konnte.«

Es fing an interessant zu werden. Nachdem ich das gesellschaftliche Techtelmechtel mit Midnite beendet hatte, lief ich ein bißchen im Loft auf und ab und paffte an einer Punch Rothschild Madura. Wenn ich recht hatte, gab es vier Opfer. Es gab mit Sicherheit vier Leichen, und ich mußte die Dinge nicht allzuweit extrapolieren, um zu sehen, daß sie alle Opfer desselben manischen, methodischen Hirns waren. Man konnte den mißlungenen Versuch, Willie Fong Young auszuradieren, der zur Verletzung seiner Schwiegerschmuddel führte, dazurechnen. Man konnte ebenfalls zwei Anschläge auf mein Leben dazurechnen, denn jetzt hielt ich es für wahrscheinlicher, daß ein schlechter Schütze auf mich geschossen hatte, als daß Travis Parnell vorsätzlich den Kellner angeschossen hatte, um Kelli eine Terrorbotschaft zukommen zu lassen. Von Travis Parnell hatte man in der letzten Zeit nicht mehr viel gehört. Ich fragte mich, wer sein Impresario sein mochte.

Bilder des Majors drangen immer noch in mein blutunterlaufenes inneres Auge ein. Ich konnte machen, was ich wollte, aber ich konnte einfach nicht das vollständige Bild sehen. Der Stil war klar. Die Methode. Die Form. Aber das Werk blieb unsigniert, unvollendet, hinterhältig, Böses prophezeiend. Man konnte nicht genau sagen, was es sein würde, wenn der Künstler damit fertig war. Es sah aus, als würde ein geisteskranker Impressionist sorgfältig ein abstraktes Gemälde schaffen, frisches leuchtendes Blut auf die lockende Leinwand klatschen, an eine Seite ein grinsendes, fast entschuldigendes Gesicht hinpfuschen und mit seinem makabren, rachsüchtigen Werk nicht ganz zufrieden sein. Rektaler Realismus war so was nicht, dachte ich.

Durch den blauen Dunst der Zigarre sah ich den Major auf der Straße stehen und nach mir rufen. Ich konnte nur seine Worte nicht hören. Das zerriß mir das Herz und das Gewissen. Ich ging ein bißchen schneller auf und ab, und die Katze verfolgte meine Hin- und Herbewegungen durch das Loft von ihrem Thron auf der Theke aus. Sie sah aus wie ein leicht gelangweilter Zuschauer eines sehr langsamen Tennismatches, mit dem Unterschied, daß sie gelegentlich gereizt mit dem Schwanz schlug, um sicherzugehen, daß ich auch wußte, daß es sie einen Dreck interessierte, wer gewann oder verlor.

Nach und nach wurde mir klar, was ich zu tun hatte. Es war keine Zeit zu trauern. Es war keine Zeit, sich schuldig zu fühlen. Die Reunion-Tournee mußte wie geplant durchgeführt werden, sosehr sie auch mit Gefahr und Tod befrachtet war. Ich war überzeugt, daß das der einzige Weg war, den Killer auf frischer Tat zu ertappen. Die einzige andere Möglichkeit war, daß die Band sich in alle Winde verstreute und dann in ziemlich regelmäßigen Abständen – so wie der weißhaarige Mann im Zug – vom Ableben der einzelnen Mitglieder der Original Texas Jewboys erfuhr.

Gegen Mittag rief ich Dylan an. Er sagte mir, daß Snakebite und Panama früh morgens zurückgekommen seien und Cooperman vorhabe, mit ihnen zu reden. Ich sagte, daß ich das auch vorhätte. Ich bat Dylan, mit allen Proben und Tourneeplänen so wie vorgesehen weiterzumachen. Er war nicht überrascht und räumte ein, daß er selbst zum gleichen Schluß gekommen sei. Aus irgendeinem Grund fühlte ich mich wohler, als ich das hörte. Wenn wir beide falsch lagen, dann würden wir das bald herausfinden.

»Ich hab einen neuen Drummer für die Tournee«, sagte ich. »Corky Laing könnte todessehnsüchtig genug dafür sein.«

»›Drums keep poundin' rhythm to the brain‹«, sagte Dylan.

»Ich werde heute auch mit Cleve die Route durchgehen. Ich werde versuchen, ihn dazu zu bringen, irgendwann in der nächsten Woche einen zusätzlichen Termin im Lone Star einzulegen, damit wir irgendwie die Sache in Gang bringen können. Vielleicht sind wir in der Lage, diesen Wahnsinn zu klären, bevor die Tournee richtig losgeht. Ich hoffe, Cleves geistige Gesundheit ist in einer etwas besseren Form, als sie es bei der Probe war.«

»›Here comes your nineteenth nervous breakdown‹«, sagte Dylan.

»Jeder in der Band, der verduften will, hat meinen Segen. Ich kenne eine Menge Typen, die liebend gerne in dieser Band sein würden.«

Es gab ein kurzes Schweigen in der Leitung. Dann hörte ich das hohe, an Brenda Lee erinnernde, unverwechselbare Geräusch abgelassenen Gases direkt in der Nähe des Telefonhörers.

»Ich sag dir was, Dylan, diese Reunion-Idee wird sich noch als triumphal herausstellen.«

»›The magical mystery tour‹«, sagte Dylan, »›is coming to take you away.‹«

63

»Natürlich bleibe ich«, sagte Skycap Adams, »aber ohne Drummer wird es wohl irgendwie schwer zu proben, meinst du nicht auch?«

»Wir könnten mit einer von diesen Rhythmusmaschinen auf Tour gehen, wie sie sie in den Foyers der Holiday Inns haben.«

Ich war gerade aus dem Monkey's Paw zurückgekommen, wo ich mit McGovern ein flüssiges Mittagessen eingenommen und ihn auf den neuesten Stand der Dinge gebracht hatte. Im Gleichklang mit der neuen Freiheit in Osteuropa und der Erleichterung der Apartheid in Südafrika hatte sich das Management des Monkey's Paw entschlossen, das 1974 wegen Anpinkelns des Beins einer Lady an der Bar ausgesprochene Lokalverbot gegen McGovern aufzuheben. »Endlich frei«, hatte McGovern zu mir gesagt, als er sich einen großen Wodka McGovern reinlaufen ließ.

»Wir könnten Wayne Newton ein hebräisches Naturell und einen Cowboyhut verpassen«, sagte Skycap Adams gerade, »und er könnte vielleicht *deinen* Platz einnehmen.«

»Er würde wahrscheinlich eine Entourage von neunundvierzig Handlangern verlangen.«

»Du mußt einen Drummer finden, Kinky.«

»Ich dachte da an was«, sagte ich. »Erinnerst du dich an Cubby? Spielte Schlagzeug für die Mousketeers. Ich frage mich, was der gerade macht.«

»Der wünscht sich wahrscheinlich immer noch, die Titten von Annette Funicello anstarren zu können.«

Ich sagte Skycap, er solle auf der Hut sein. Ich sagte ihm noch mal, daß sein Leben ernsthaft gefährdet sei, ob er nun in der Band bliebe oder nicht. Ich sagte ihm, daß mir das mit Major Boles leid tue, sehr leid. Ich wußte, daß Skycap ihm sehr nahegestanden hatte.

»Wenn man so lange mit jemand spielt«, sagte Skycap, aber er beendete den Satz nicht.

»Alles, was ich dir sagen kann«, sagte ich, »ist, was der große Produzent Huey P. Meaux mal zu mir gesagt hat: ›Alle Musiker sind Brüder.‹«

Nachdem ich Skycap eingehängt hatte, ging ich zum Fenster rüber und starrte schweigend auf die verschwommene Straße.

»Alle, außer einem«, sagte ich zur Katze. »Alle, außer einem.«

Snakebite Jacobs, Billy Swan, Panama Red, Willie Fong Young (möglich), Skycap Adams (möglich) und Bo Byers (sieht aus wie Charles Manson und kommt gerade aus Tulsa).

Das war die Liste der Verdächtigen, die ich am späten Donnerstag nachmittag sorgfältig in meinen Big-Chief-Block eintrug, während furchterregende Februarschatten sich über die Vandam Street und in mein kleines Loft hineinrankten. Die einzigen anderen Möglichkeiten, an die ich denken konnte – Dylan, mein Bruder Roger, Little Jewford und sein Bruder Big Jewford –, waren auf Grund ihrer Lehrer-, Berufs- und Familienstruktur so über jeden Verdacht erhaben, daß ich sie absolut ausschloß. Als eine Faustregel erlaube ich meinem Zeigefinger immer, auf jedes nur denkbare Individuum mit einem Motiv zu zeigen, ganz ohne Rücksicht auf meine subjektiven Gefühle ihm gegenüber. Wenn die Dinge im gegenwärtigen Mordstempo weiterliefen, dann würden natürlich alle meine potentiellen Verdächtigen bald zu Opfern, und es wäre überhaupt niemand mehr da, den man beschuldigen könnte. Es war schon immer meine persönliche Regel, Schuldzuweisungen Gott und kleinen Kindern zu überlassen, aber unglücklicherweise muß es bei einer Morduntersuchung *einen* treffen.

Eine andere entfernte Möglichkeit kam mir am Schreibtisch. Konnte der Killer jemand außerhalb der Band sein, der der Band trotzdem nahe genug stand, um Motiv, Methode, Mittel und Wege zu haben? Wenn es eine solche Person gab, dann wünschte ich mir, daß sie aus ihrem Versteck kam. Country-Bands auf Tournee sind wie kleine Kernfamilien, und Outsider können ihnen gewöhnlich nur so nahekommen, wie es ein *One-night-stand* erlaubt. Bei einem *One-night-stand* kann eine Menge passieren, aber ich konnte mir nichts vorstellen, was über so viele Jahre hinweg einen so lange schwelenden Rachewunsch zur Folge haben könnte. Haß ist, sehr ähnlich wie die Liebe, etwas, das gehegt und gepflegt werden muß.

Meine Gedanken kamen wieder auf die Vorstellung einer Art von Fluch, der auf der Band lag, zurück. Das war weit hergeholt, absurd und nahezu lächerlich. Aber vier methodische Morde an Leuten, die nichts als ihre Mitgliedschaft bei den Texas Jewboys gemeinsam hatten, waren genug, um selbst eine nicht abergläubische Person etwas innehalten zu lassen. Und selbst etwas so Melodramatisches und Altmodisches wie ein Fluch muß, wenn er im realen Leben auftaucht, ein Motiv haben.

Ich wünschte inbrünstig, mein alter Zeltlagerführer Vern würde plötzlich im Loft aufspringen und schreien, und die Story wäre vorbei. Aber ich wußte, daß er das nicht würde, und sie das nicht wäre. Es war bemerkenswert, dachte ich.

Hier stand ich, ein erwachsener Mensch, und hielt aus dem Fenster nach irgend etwas Ausschau, was sich zwischen dem flackernden Licht und den heimtückischen Schatten der Seele des Februars befand. Und noch immer fühlte ich mich wie ein kleines Kind in einer Sommerhütte, das ängstlich über den Rand seines Hochbetts in die unerklärliche, ewig finstere Finsternis späht.

64

Am Freitag morgen frühstückte ich gerade geschroteten Weizen und Rambutan-Früchte, als Cleve aus Mackenbach anrief. Er hörte sich geistig sehr klar und fast geschäftsmäßig an.

»Gehst du zu Majors Leichenschmaus?« fragte er.

»Yeah«, sagte ich. »Sie haben mich deswegen gestern abend angerufen. Es ist um zehn Uhr im Lone Star.«

»Ich bin nicht sicher, ob ich hingehen kann. Dr. Klitsberg macht sich Sorgen, daß das Ambiente dort in mir wieder gewisse Ängste aufleben lassen könnte.«

»Nun, der Arzt weiß das am besten.«

»Sie hat auch ein paar hübsche Lollos, was?«

Ich aß etwas geschroteten Weizen. Cleve summte ein bißchen vor sich hin.

»Cleve«, sagte ich, »kannst du uns einen Auftritt zur Einstimmung im Lone Star besorgen? Sagen wir, irgendwann in der nächsten Woche? Es wäre gut, schon mal eine Show hinter uns zu haben, bevor wir *on the road* gehen.«

»Schon passiert, Dude.«

»Kannst du mir auch eine kleine Liste von irgendwelchen Vorfällen oder ungewöhnlichen Erlebnissen, in die alle aus der Band verwickelt waren, machen?«

»Schon passiert, Dude.«

Das ging wirklich ein bißchen weit, dachte ich. Einen kriminell geisteskranken Patienten zu fragen, ob er sich an irgendwas erinnerte, was einem dabei helfen konnte, den Ursprung eines übernatürlichen Fluchs herauszufinden. Das war keine standardmäßige Aufklärungsmethode, da war ich sicher. Ebensowenig, wie an einem Seil hochzupinkeln.

»Danke, Cleve. Grüß Dr. Klitsberg schön.«

»Schon passiert, Dude.«

Rambutans sind in den Staaten schwer aufzutreiben. Durians ebenfalls. Beides sind einheimische Früchte aus Borneo. Wenn man eine Durian-Frucht ißt und Alkohol trinkt, stirbt man angeblich. Es wurden nicht besonders viele Studien über Rambutan-Früchte und geschroteten Weizen angestellt, aber manchmal muß man ein Risiko eingehen. Wenn man Rambutans oder Durians mal probieren will, dann findet man sie gelegentlich in Chinatown. Gewöhnlich sind sie irgendwo zwischen den Tintenfischtentakeln und den Michael-Jackson-Postern verstaut.

Als ich mit dem Frühstück fertig war, fütterte ich die Katze mit etwas Thunfisch, nahm eine Tasse Kaffee mit rüber zum Schreibtisch, setzte mich, zündete eine Zigarre an, nahm ein paar Züge und versuchte, einer Situation Sinn zu geben, die absolut keinen Sinn machte. Wir konnten uns nicht erlauben, noch mehr Jewboys zu verlieren. Dafür gab es schon mal viel zu wenige.

Ich freute mich nicht gerade darauf, an Major Boles' Leichenschmaus teilzunehmen. Zu einem Leichenschmaus zu gehen war wie zu einer Bar-Mizwa ohne Bar-Mizwa-Jungen zu gehen. Zu einer Hochzeit ohne Braut und Bräutigam. Die Leute liefen herum und sagten, wie gerne er dieses gemocht und wie sehr er jenes geschätzt hatte, und die Leiche war bereits ein Wurmköder, der in der Vorhölle rotierte. Leichenschmause waren für die Lebenden und nicht, wie angepriesen, für die Toten. Wie mein Freund Tim Mayer mal sagte: »Wir trauern um uns selbst, Kinkster.«

Der Timster selbst, ein großartiger Amerikaner, ging vor ein paar Jahren zu Jesus. Ich ging nicht zu seinem Leichenschmaus. Ich weiß aber, daß es ihm nichts ausgemacht hätte.

Ich verbrauchte das, was vom Nachmittag übriggeblieben war, damit, in Westport, Connecticut, Montreal und diversen weniger bezaubernden Orten anzurufen, um Corky Laing ausfindig zu machen und ihm einen Auftritt mit den Jewboys anzubieten. Ich streute eine Flut von Nachrichten für ihn aus und versuchte dann, Max in Kerrville und Kelli in Washington zu erreichen, die beide nicht zu Hause waren.

Als der Corkster mich zurückrief, befand ich mich ganz tief in der Mitte eines Power-Nickerchens, und ich hatte ein leichtes Problem damit, herauszufinden, wer er war und warum er mich anrief. Dann hatte ich ein kleines Problem damit, das Angebot attraktiv klingen zu lassen.

»Es gab da vor kurzem ein paar, ähm, Unfälle, die Bandmitgliedern zugestoßen sind.«

»Das hab ich gehört«, sagte Corky. »Mal ganz unter uns Pfarrerstöchtern, über euch Typen wird geredet, als ob ihr so eine Art Average White Band wärt.«

Die Average White Band war eine weiße Durchschnittsband, bis eines ihrer Mitglieder sich, mit Drogen vollgepumpt, in den Tod stürzte. Dann wurden sie plötzlich Medienlieblinge, und ihr Preis stieg bis an die Decke.

»Wir könnten schlimmer dran sein«, sagte ich.

»Das seid ihr ja«, sagte Corky irgendwie unbeeindruckt.

Der Corkster war jetzt ein Topmanager in Montreal, und er war weit davon entfernt, im Lone Star seine Trommelstöcke in die Luft zu werfen und, ohne einen Schlag auszulassen, wieder aufzufangen.

»Also willst du den Gig nicht?« fragte ich.

»Das hab ich nicht gesagt.«

»Corkster, ich wußte, daß du mitmachen würdest. Du tickst immer noch auf Rock-'n'-Roll-Zeit, Baby. Alle Musiker sind Brüder.«

»Wieviel zahlst du?« fragte Corky.

Wir feilschten für eine Weile wie Türken in einer Marktgasse. Der Corkster bestand auf einer lächerlich maßlosen »Gefahrenzulage«. Ich tat mein Bestes, um ihn herunterzuhandeln. Endlich wurde ein Kompromiß festgelegt.

»Wir brauchen dich dieses Wochenende für die Proben, Corkster.«

»Ich werde runterkommen, und wenn es mich umbringt«, sagte er.

Als ich mit Corky fertig war, dachte ich über die »Unfälle« nach, die den Jewboys widerfahren waren. Nur drei von ihnen wurden so hingestellt, daß sie wie Unfälle erschienen. Natürlich ist es ziemlich schwer, einen Typen in einem Regenraum mit einer Straßenkampfwaffe umzublasen und das wie einen Unglücksfall mit tödlichem Ausgang aussehen zu lassen.

Ich war zum ersten Mal voll mit dieser radikalen Abwesenheit eines MO konfrontiert. Das heißt *Modus operandi*, falls Sie nie Latein gelernt haben. Die meisten Bullen haben auch nie Lateinunterricht genommen, aber sie wissen, daß es merkwürdig ist, wenn ein Killer seine Arbeitsmethoden drastisch ändert. Warum sollte dieselbe Person Tequila umnieten und sich dann so viel Mühe machen, die drei anderen Morde wie Unfälle aussehen zu lassen? Das war die Frage. Ich hatte die Antwort direkt auf der Spitze meines Smith-&-Wesson-Messers, aber ich konnte sie einfach nicht sehen. Wenn ich es gekonnt hätte, dann hätten vielleicht weitere Tragödien verhindert werden können.

Ich nahm ein paar Schüsse Jameson, dachte aus ein paar

sehr schrägen Winkeln über das Problem nach und warf dann das Handtuch. Aber irgendwas an diesem verwickelten Fall nagte an mir. Ich nahm an, daß es eine sehr einfache Erklärung gab. Alle Dinge, die komplex erscheinen, sind in Wirklichkeit sehr einfach. Und alle Dinge, die sehr einfach erscheinen, sind in Wirklichkeit ziemlich komplex. Das war die Variation einer Theorie, die mein Vater darüber entwickelt hatte, wie man gut mit Leuten klarkommt.

Er sagte: »Behandle Kinder immer wie Erwachsene und Erwachsene wie Kinder, und du liegst niemals falsch.« Er sagte nichts über Lesben, Bassisten oder Mörder, aber manche Dinge muß man eben selber herausfinden.

Ich mußte mich für den Leichenschmaus fertig machen. Ob man sie nun mag oder nicht, ich nehme an, es ist immer eine gute Idee, an einem Leichenschmaus teilzunehmen, wenn man die Gelegenheit hat. Eine Sache ist sicher: Man geht niemals zu seinem eigenen.

65

Dem Major hätte der Leichenschmaus gefallen. Sonst gefiel er fast niemand, aber was interessierte ihn das schon? Er mußte sich nicht dreieinhalb Stunden lang eine prätentiöse, sich in Pose werfende Heavy-Metal-Band namens No MSG anhören. Der Major mußte nichts weiter tun, als auf uns herunter- (oder, wie ich vermutete, hoch-) zusehen, seinen Kopf zu schütteln und zu sagen: »Was bin ich froh, daß ich nicht *diesen* Scheiß durchmachen muß.«

Es wurde eine Menge Alkohol konsumiert, wahrscheinlich, weil die Band jetzt zwei und zwei zusammengezählt hatte und dabei etwas herausbekam, was annähernd so wie »Der letzte der dreizehn« war. Sie schienen zum größten Teil hinter den drei Todesfällen, die wie Unfälle aussahen, keinen Mord zu vermuten. Sie meinten, daß die Todesfälle merkwürdig, unglücklich, ein Omen waren, aber sie sprachen mit dem gleichen Fatalismus darüber wie der Major, als er mir von dreifachen Flugzeugabstürzen erzählte. Dennoch ertappte ich mich bei dem Versuch, so viele Fragen zu beantworten, wie ich selbst gerne stellen wollte. Bei einem Leichenschmaus wendet sich das Gesprächsthema schnell anderen Gebieten zu, wenn man erst einmal durchexerziert hat, was für ein wundervoller Typ der zu Ehrende war. Die ganze Zeit damit zu verbringen, über den lieben Verschiedenen zu reden, wäre morbide.

So geschah es, daß das, was noch mit den um uns herumkakophonierenden No MSG an Unterhaltung möglich war, schließlich zur Vergangenheit abdriftete, zu denkwürdigen Vorfällen und Ereignissen *on the road.* Dieses Gesprächsthema paßte mir sehr.

Wir saßen in einer großen Ecknische an der Bar: Dylan, Billy Swan, Willie Fong Young, Snakebite Jacobs, Skycap Adams, Panama Red und Bo Byers, der Neuzugang unserer Reunion-Tournee-Roadmannschaft. Es war ein kleiner Leichenschmaus, aber es war auch eine kleine Welt. Mit einiger Erleichterung bemerkte ich, daß Dr. Allison Klitsberg es für unpassend gehalten hatte, Cleve die Erlaubnis zur Teilnahme am Leichenschmaus zu geben. Der Arzt weiß es am besten, dachte ich.

Es war ein merkwürdiges Gefühl, bei einem Leichenschmaus zu sitzen, selbst bei einer coolen kleinen informellen Aktion wie dieser, und zu begreifen, daß sich irgendwo unter uns höchstwahrscheinlich ein Mörder befand, der in Schwarzarbeit den Trauernden spielte. Ich dachte daran, die Alibi-Abteilung lieber Cooperman zu überlassen. Ein Killer, der so clever war wie der, den ich suchte, war clever genug, woanders zu sein, als man ihn vermutete. So wie ich es sah, war es mein Job, alle zu ermutigen, einen kleinen

Spaziergang in die Vergangenheit zu machen, was bei jedem Leichenschmaus eine leichte Übung ist, und zu sehen, was da an gemeinsamen Erfahrungen zusammenkam. Nicht daß ich auch nur für einen Moment an die Idee eines Fluchs über dem Hause Jewboy glaubte. Ich hatte nur das Gefühl, daß jemand einen Fehler machen könnte, daß etwas zu dem sich wiederholenden Albtraum Passendes, den wir alle durchmachten, gesagt werden könnte.

Billy Swan erinnerte sich daran, wie die ganze Band 1974 in einem Hotel in L. A. zwischen den Etagen im Aufzug feststeckte. »Das war die Show im Troubadour«, sagte Swan, »unser großes Debüt an der Westküste. Wir sollten die Vorgruppe von Tony Joe White sein. Wir waren in diesem Aufzug im Sunset Marquis ungefähr zu zehnt, aber es schien so, als wäre es eine Besetzung von Tausenden. Viereinhalb Stunden lang in diesem Aufzug, und Kinky mußte seine beschissenen Zigarren rauchen. Ein paar von den Typen wollten dich wirklich umbringen, Kinkster.«

Vielleicht war einer nicht drüber weggekommen, dachte ich. Ich kippte einen Schuß Jameson und fragte Swan ruhig nach seiner Untersuchung der Angewohnheiten von Tequila und dessen Frau in Sachen Drogenhandel.

»Oh, das wollte ich dir noch sagen«, sagte Swan, »es war hauptsächlich Sheila. Sie war offensichtlich damals in L. A. eine ziemlich große Nummer. Ich glaube nicht, daß Tequila wußte, wie groß.«

»Sheila?«

»Sharon«, sagte Billy. »Ihr Westküsten-Drogen-Alias war Sheila.«

Eine Drogenhändlerin, mit anderen Worten, dachte ich. Das war aber interessant. Vielleicht gab es hier einen Drogenaspekt, den das AAOV nicht aufgedeckt hatte. Eine Sache, entschied ich, war schon lange überfällig. Nämlich Sharon zu finden.

Skycap Adams erinnerte sich an den berüchtigten Auftritt auf dem Universitätsgelände von Buffalo. Damals wurde die Frauenbewegung gerade zu einem heißen Thema. »Wir fingen gerade mit ›Get Your Biscuits in the Oven and Your Buns in the Bed‹ an«, sagte er, »als diese aufgedrehten Diesel-Lesben anfingen, in Wellen die Bühne zu attackieren. Es sah aus wie der Blick auf die Normandie durch das Auge eines Krauts. Dann fingen sie an, die E-Gitarren zu zerschmettern und die Kabel aus den Wänden zu ziehen. Die Bullen trugen sie raus, und die Bräute heulten hysterisch. Wir brauchten eine gottverdammte Polizeieskorte, um vom Unigelände zu kommen. Erinnert ihr euch?«

Wir erinnerten uns alle daran. Ich machte noch einen Schuß Jameson nieder. Ich fragte mich, ob eine Frau hinter diesen Morden stehen könnte. Ein rasendes Taxi lenken, mit einem tief in ihr Gesicht gezogenen Hut?

»Erinnert ihr euch an die Büchs«, sagte Panama Red, »die oben in Denver die ganze Band terrorisierte? Die verrückte Helen nannten wir sie, glaube ich. Sie folgte uns für eine Weile überallhin. In einer Nacht ging sie in Kinkys Zimmer, blieb dort für eine Weile und ging dann zu Dylan. Nachdem sie weg war, fragte ich beide, ob sie sie gebumst hätten. Sie sagten beide: ›Nein. Wir haben ihr nur Geld gegeben. Sie tat uns leid.‹«

»Und ich erinnere mich daran, wie du uns beide genannt hast«, sagte Dylan.

»Homos?« fragte Panama.

»Schlimmer«, sagte Dylan. »Du sagtest, Kinky und ich seien ein Paar Friedenscorps-Trottel.«

Alle lachten. Ich machte noch einen Schuß Jameson nieder. Die verrückte Helen war zu verrückt, um so was wie das hier durchzuziehen, dachte ich. Aber Frauen waren besser als Männer darin, für lange Zeit einen Groll mit sich herumzutragen. Zumindest war das meine Erfahrung.

»Dieser Auftritt in San Francisco im Old Warehouse war der unheimlichste«, sagte Willie Fong Young. »Wir standen mit Buffy Sainte-Marie auf dem Programm, und die Zuschauer bestanden zur einen Hälfte aus Kinky-Cowboy-Typen und zur anderen aus Kriegern des American Indian Movement auf dem Kriegspfad.«

»Das war die Show«, sagte Panama, »wo Kinky diesen häßlichen goldenen Modeschmuck-Armreif in Schlangenform trug. Er zeigte es dem Publikum da in San Francisco und sagte: ›Janis hat mir das geschenkt.‹ Das ganze Volk machte ›Ahhhhh‹. Dann sagte Kinky: ›Janis Bormaster. Eine Freundin aus Houston, Texas.‹ Und die Menge fing an zu buhen.«

»Es gab auch eine Menge Schwule in der Menge«, sagte Bo Byers. »Die Hälfte des Publikums sah aus, als würde sie nach einem Arsch angeln.«

Alle lachten. Billy Swan sagte: »Zurück zu deiner Story, Willie.«

»Wie dem auch sei«, sagte Willie, »wir hatten diesen Song ›Kind of Like an Indian‹, und Kinky trug einen großen Indianer-Kopfschmuck. Was ist bloß aus diesem Kopfschmuck geworden?«

»Er ist unten in Duckworth«, sagte Dylan, »zusammen mit allem anderen.«

»Zu schade«, sagte Willie. »Wir könnten ihn auf der Tournee gebrauchen. Wir treten doch nicht mehr mit Buffy Sainte-Marie auf, oder?«

»Mach mit der Story weiter«, sagte jemand.

»Nun, Kinkys Kopfschmuck war voll mit Federn und was weiß ich, und der Song hatte einen sich wiederholenden Refrain aus ›Hi-a-wath-a Ooo-guh-chuk-aas‹. Nachdem Kinky seinen Kopfschmuck eine Weile getragen hatte, setzten sich Snakebite und Jewford diesen kleinen Indianer-Kopfschmuck für Kinder aus so einem Billigladen auf. Die sahen auf den Köpfen von Erwachsenen sehr krank aus und bildeten einen witzigen Gegensatz zu Kinkys großem Kopfschmuck. Wir waren ungefähr halb mit dem Song durch, als ich sah, daß jemand durch den Hinterbühnenvorhang auf die Bühne kam. Es war Buffy Sainte-Marie, und sie stolzierte genau zwischen mir und dem Major durch und zu Kinky. Wenn Blicke töten könnten, wären wir alle tot gewesen.«

Dazu konnten wir immer noch eine Chance kriegen, dachte ich. Ich machte noch einen Jameson nieder. Willie setzte seine unendliche Geschichte fort.

»Dann kommt Buffy, die eine dermaßen authentische Indianerin war, daß sie ihre Haare geflochten hatte und einen Lederminirock trug, direkt auf Kinky zu, der klugerweise versucht, ihr aus dem Weg zu gehen. Sie grabscht wild nach dem Kopfschmuck und versucht ihn Kinky vom Kopf zu ziehen. Die Menge hat jetzt natürlich Parteien ergriffen, und in der ersten Reihe entwickeln sich Schlägereien. Die eine Hälfte feuert Buffy an, und die andere Hälfte feuert Kinky an, und die extremen A.I.M.-Anhänger bewegen sich bedrohlich auf die Bühne zu.«

»Wie sind wir da bloß rausgekommen?« fragte Snakebite. »Ich hab's vergessen.«

»Buffy kriegte den Kopfschmuck«, sagte Bo, »und rannte damit von der Bühne. Kinky stimmte ›I'm Proud to Be an Asshole from El Paso‹ an, und dann befreite ich während Buffys Auftritt den Kopfschmuck aus ihrer Garderobe und steckte ihn in den Transporter zurück.«

»Das war schon eine ganz schön fiese Show«, sagte Snakebite, »aber das war nicht so schlimm wie die im Bluebonnet Club in Temple, Texas. Also die war fast ein Kampf auf Leben und Tod.«

»Ich glaube, die Show hab ich verpaßt«, sagte Swan.

»Du warst zu der Zeit bereits wieder bei Kris«, sagte Dylan, »aber glaub mir, du hast nichts verpaßt. Außer vielleicht Van Dyke Parks. Er war damals an den Keyboards. Er war brillant. Trug einen weißen Fliegeroverall mit lauter aufgestickten kleinen amerikanischen Flaggen. Er sagte, er hätte Angst vor Texanern.«

»Es stellte sich heraus, daß er Grund dazu hatte«, sagte Skycap.

»Egal«, sagte Snakebite, »zurück zum Bluebonnet. Van Dyke war dabei, und Roscoe West und Jimmie Don Smith. Van Dyke hatte dieses starke Intro, eine Kombination aus ›Exodus‹ und ›I've Got Spurs That Jingle Jangle Jingle‹. Das war eine der besten Shows. Wir rockten so vor uns hin, und dann bemerkten wir einen echt muffigen texanischen Highway-Polizisten, der an der Tür stand. Man konnte nicht sagen, ob er die Show haßte oder den Song ›They Ain't Makin' Jews Like Jesus Anymore‹ oder einfach nur Hämorrhoiden hatte.«

»›Du weißt nie, was der Affe gegessen hat, bevor der Affe scheißt‹«, zitierte Dylan unseren alten Freund Slim. »Für den Spruch kriege ich zwanzig Dollar pro Liter.«

»Nun«, sagte Snakebite, »der Affe brauchte nicht lange, um zu scheißen. Bevor wir es merkten, waren zwei Hilfssheriffs da. Dann vier. Dann waren es ganz schön schnell auf einmal zehn. Und sie sahen alle aus, als wären gerade ihre Tropenfische gestorben.«

»Hört sich an, als hätte man da gut arbeiten können«, sagte Swan.

»Es fing schon damit an, daß die Menge nicht besonders groß war«, fuhr Snakebite fort, »und bald gab es fast so viele texanische Staatspolizisten und Hilfssheriffs aus dem Sheriffbüro in diesem Lokal wie Gäste. Van Dyke war genau wie die anderen nicht darüber erbaut. Das nächste, was wir sahen, waren Staatspolizisten und Hilfssheriffs, die sich Typen aus der Menge griffen und sie tretend und zappelnd aus dem Lokal zerrten. Ein paar der Frauen und Freundinnen von diesen Typen heulten. Und Dylan rief immer wieder: ›Spielt weiter. Spielt weiter.‹«

Ich dachte an diese schlimme Szene zurück, die jetzt ziemlich witzig wirkte. Wenn es in einem Lokal zu Gewalttätigkeiten kam, war Weiterspielen das beste, was man tun konnte. Das führte gewöhnlich, wenn auch nicht immer, dazu, einen aus der Schlägerei herauszuhalten und die Hölle davon abzuhalten, loszugehen.

»Wir spielten weiter«, sagte Snakebite. »Und die Bullen schleppten weiter die Leute in Handschellen ab. Schließlich gab es nur noch eine Menge von rund zwanzig Leuten, falls man das noch Menge nennen kann, und die Hilfssheriffs standen direkt am Bühnenrand und gaben keinerlei Anzeichen von sich, mit dem Vorrücken nachzulassen. Dylan schreit: ›Alle hinter die Bühne!‹ Das mußte man uns nicht zweimal sagen. Mit Van Dyke an der Spitze – ich glaube, es war sein erster Trip nach Texas – hauten wir schnell da ab. Es stellte sich heraus, daß der Besitzer seine Alkoholausschanklizenz oder so was nicht bezahlt hatte, aber das erfuhren wir erst viel später. Das war das erste Mal, daß ich sah, wie ein Publikum verhaftet wurde.«

»Ich ging später noch mal rein«, sagte Bo, »um ein Abschiedshäufchen in der Herrentoilette zu legen, und da stand der Major, der gerade mit dem Haufenlegen fertig war, und wollte mir was zeigen, was er auf die Wand der Herrentoilette geschrieben hatte. Ich wollte nicht in die Kabine gehen, aber er war so hartnäckig, daß ich meine Sauerstoffmaske aufsetzte und einen Blick reinwarf. Das hatte er an die Wand geschrieben . . .«

Bo räusperte sich ein paarmal und kippte einen Schuß Wild Turkey. Dann rezitierte er den folgenden Reim:

> Hier hocke ich und setz' aus meinem Arsch
> einen Texas-Polizisten in Marsch.

Alle riefen Beifall. Panama stand auf. »Auf den Major«, sagte er und hob sein Glas. Ich sah mich am Tisch um, während alle aufstanden und ihre Gläser erhoben. Wenn es in dieser Gruppe einen Killer gab, dann konnte er mich zum Narren gehalten haben.

Wir stießen alle zum letzten Mal auf den Major an. Es gab sonst nicht verdammt viel, was wir für ihn tun konnten. Außer seinen Mörder zu finden.

66

Wie Blane Borgelt, ein weißer Anwalt, der gerne ein schwarzer Prediger sein möchte, wenn er mal groß ist, häufig sagt: »Das Leben kennt dich besser als du selbst.« Das Leben kannte mich gut genug, um zu wissen, daß dieser Fall mich alarmierend nahe daran brachte, aus beiden Enden zu spritzen. Es war Samstag morgen, der Tag nach dem Leichenschmaus, und es schien nichts zu geben, auf das man sich freuen konnte, außer einer Woche von Proben für etwas, was fast mit Sicherheit zur Katastrophe werden würde.

Es war äußerst frustrierend, es mit einem Killer zu tun zu haben, der, wie es schien, nur Spuren hinterließ, die gesehen werden sollten. Ich schien nicht nur keine besonders großen Fortschritte im Fall Jewboys zu machen, sondern Travis Parnell hatte offensichtlich auch den besten Versenkungsakt seit Erich Weiss durchgezogen. Das konnten die beiden ersten Fälle sein, dachte ich verärgert, die in Kinkys Unerledigten Fällen landen würden. So sah es jetzt also mit meinem hochgerühmten Ansehen aus.

Es gab natürlich anderes zu tun, als einfach zu Hause zu bleiben und Verstecken zu spielen. Ich konnte versuchen,

Sharon zu finden, was nicht einfach sein würde, weil ihr Name zur Zeit nicht Sharon war. Ganz offen gesagt, schien sie so ungefähr der letzte Anhaltspunkt zu sein, den ich in diesem Fall hatte. Jeder in der Band kannte sie, und die meisten von ihnen anscheinend im wörtlichen Sinne des Alten Testaments.

Es lag auch ein bißchen im Bereich des Möglichen, daß Sharon zur Zeit aus gutem Grund so viel Zurückhaltung an den Tag legte. Angenommen, Sharon war der Killer. Angenommen, sie hatte irgendeinen Grund, Tequila auseinanderzunehmen, brütete dreizehn Jahre lang darüber, während sie diverse Mitglieder der Band bumste, spürte ihren Mann auf und blies seine Graue-Zellen-Abteilung über meine ganze Seifenschale. Der Gatte oder Ex-Gatte ist gewöhnlich derjenige, der hinter den meisten ungelösten Mordfällen steht. Irgendwie schien dieser Fall jedoch zu komplex und zu knifflig verflochten, um durch das Auffinden einer Frau gelöst zu werden, die ihren alten Ex umgelegt hatte. Das Szenario stellte auch nicht in Rechnung, was dieser äußerst weit hergeholte Drachen dabei gewinnen konnte, weiterhin Jewboys umzulegen, nachdem er Tequila ausradiert hatte. Versuchte sie, die Spuren ihres ersten Mordes zu verdecken? Hatte sie ein teuflischer Blutdurst überkommen? War sie immer noch stinkig wegen der Band-Darbietung von »Get Your Biscuits in the Oven and Your Buns in the Bed«? Irgendwie ließ Sharon als Mordverdächtige einiges zu wünschen übrig.

Da ich auf meiner jetzt fast verzweifelten Suche nach dem Killer jedoch nicht wie ein männliches Chauvinistenschwein erscheinen wollte, entschloß ich mich zu versuchen, mich von den Jungs aus der Band auf den neuesten Stand irgendwelcher Sharon-Sichtungen bringen zu lassen. Swans letzte Neuigkeiten über ihre Drogendeals in L. A., bei denen sie den Namen Sheila benutzte, waren fast Altertumsgeschichte. Snakebites Darstellung seines Techtelmechtels mit »Cleopatra« war über drei Jahre alt. Willie hatte sie nicht mehr gesehen, seit die Originalband sich vor dreizehn Jahren trennte und sie und Tequila sich in ihrem Hotelzimmer über einen Zug, ein Boot oder ein Flugzeug stritten, wovon nichts erklären konnte, warum Tequilas Hirn durch meinen Abfluß den Bach runterging. Natürlich hatte der Major gesagt, daß er sie in Chicago bumste, aber unglücklicherweise stand er nicht mehr zur Verfügung, um mir einen farbigen Bericht zu geben.

Ich rief das übriggebliebene Personal an: Skycap, Panama, Dylan und Bo. Bo sagte, er sei zu sehr damit beschäftigt, an der Anlage und dem Soundsystem herumzufummeln, um Zeit für die Frau eines anderen zu haben. Dylan räumte ein, daß sich vor langer Zeit mal die Gelegenheit ergeben habe, aber er hatte sich nicht gestattet, der Versuchung des Fleisches zu erliegen.

»Du *bist* ein Friedenscorps-Trottel«, sagte ich.

»›Lay, Lady, lay‹«, sagte Dylan.

Panama und Skycap jedoch rückten mit Erzählungen von sozusagen leicht schmutzigerer Natur heraus. 1974 hatte Panama sie »und auch sonst alles, was sich bewegte«, gebumst.

»Wenn du auf Tournee bist«, sagte er, »dann läßt du den kleinen Kopf für den großen Kopf denken.«

»Vielleicht ist es das, was ich brauche, um den Fall zu lösen«, sagte ich zu ihm.

Skycap hatte, wie sich herausstellte, die am kürzesten zurückliegende Begegnung mit Sharon gehabt. Das war vor zweieinhalb Jahren in Knoxville, Tennessee, gewesen, und sie hatte sich Regina genannt.

»Hübscher Name«, sagte ich.

»Ich kann mich erinnern, daß ich sie in irgendeinem kleinen Motel am Highway zurückgelassen habe«, sagte Skycap. »Sie stand auf dem Parkplatz und hob diese streunende Katze hoch, hielt sie in ihren Armen und sagte: ›Wie gefällt dir meine hübsche kleine Muschi?‹«

»Danke dir, daß du mich an diesem prägnanten, sehr privaten Moment teilhaben läßt, Skycap. Ich glaube, ich hab genug gehört.«

In Wahrheit hatte ich mehr als genug gehört. Ich empfand eine gewisse Scham dabei, mir die erbärmlichen Details des unglücklichen Liebeslebens eines toten Freundes anzuschauen. Aber das war eben einer der schäbigeren Wege, die ich erkunden mußte, um einen vollständigen Einblick in den Fall zu bekommen. Es war ein Kommentar über Ehemänner und Ehefrauen, Männer und Frauen, die Einsamkeit der Straße. Es machte mich traurig und einsam. Und beim Rückblick auf die schmerzlich leere Ausdehnung von Zeit und Geographie schien sich traurige Musik über die Jahre zu legen und den endlosen Highway erscheinen zu lassen wie ein Band im Haar eines Mädchens, das ich einmal kannte.

67

Sonntag war der Ruhetag des Herrn, aber für die Jewboys war es ein weiterer Tag gnadenlosen Probens. Der erste Auftritt im Lone Star war jetzt laut Cleve für Donnerstag abend angesetzt. Corky Laing würde hoffentlich rechtzeitig zur Probe am Nachmittag eintreffen. Wenn nicht, dachte ich, *müßten* wir wohl eine dieser automatischen Rhythmusmaschinen aus dem Foyer des Holiday Inn besorgen.

Es war elf Uhr vormittags, und ich war bereits wach und munter. Ich hatte die Katze gefüttert und ein Frühstück eingenommen, das aus einer Tasse halbstarkem Espresso und einer sehr traurig aussehenden Banane mit Leberflekken bestand, die sich wahrscheinlich wünschte, daß sie wieder in Guatemala und ich eine Tarantel sei.

Ich rief noch mal Max in Kerrville an und erhielt ein paar neue, nicht ganz unerwartete, aber trotzdem beunruhigende Nachrichten. Travis Parnells Eltern waren jetzt sehr besorgt um ihn. Sie hatten die örtlichen Behörden verständigt und fragten sich ganz offen, ob ihr Sohn durchgedreht war. »Die Jagdsaison ist vorbei, und er ist immer noch nicht zurück«, hatte seine Mutter zu Max gesagt. Sie wußte wahrscheinlich nicht, dachte ich grimmig, daß die Jagdsaison in Manhattan ganzjährig ist.

Ich wunderte mich über Travis Parnell, Texas' Version des schwer einzufangenden Schmetterlings der Liebe, auf dem ganzen Weg zur Espressomaschine. Es war nicht immer leicht die beiden laufenden Fälle in meinem Kopf auseinanderzuhalten. Manchmal schien es so, als würde ich ein ziemlich unangenehmes Paar siamesischer Albatrosse mit mir herumschleppen. Das einzige, was die beiden Fälle gemeinsam zu haben schienen, war, daß sie sich in einem ziemlich öden Tempo im Nichts verloren. Doch aus irgendeinem Grund, den ich nicht angeben konnte, spürte ich, daß es zwischen den beiden eine Überschneidung gab. Vielleicht weil die Zeitrahmen der Fälle ziemlich gleich waren; beide hatten es geschafft, in den letzten ein oder zwei Monaten empfindlich in meine Cocktailstunde einzuschneiden. Vielleicht spielte es sich nur in meinem Kopf ab, daß sich die beiden Fälle umarmten wie der Pazifische Ozean und die nächtliche kalifornische Küste. Vielleicht brauchte ich einen Check-up vom Nacken an aufwärts.

Es war kurz vor Gary-Cooper-Zeit, als ich Kelli in der Hauptstadt unserer Nation an den Hörer kriegte. Sie war nicht so ungeduldig, nach New York zurückzukommen, wie ich gehofft hatte. Außer Tänzerin war Kelli auch noch eine Gehörlosen-Dolmetscherin und hatte sich bei einem neuen Projekt in Washington engagiert. Sie war beauftragt worden, eine Nummer für die Tanzgruppe der Gallaudet University zu choreographieren. Thema war, wie man die Regenwälder rettete, und die Truppe sollte die Nummer im Kennedy Center und im Weißen Haus aufführen. Kelli und Marcie waren gute Freunde geworden, und Kelli hatte kein bißchen an Travis Parnell gedacht. Aus der Unterhaltung war auch nicht herauszuhören, daß sie besonders viel an den Kinkster gedacht hatte. Verdammt, ich war auch gefährdet. Ich hatte noch nicht mal eine Vorgruppe.

Als ich das Gespräch mit Kelli beendete, hatte ich mehr über die Gallaudet University erfahren, als ich wissen mußte, obwohl einiges davon recht interessant war. Gallaudet ist eine alte Schule. Abraham Lincoln, Marilyn Monroes Lieblingspräsident, war derjenige, der die Proklamation unterzeichnete, die Gallaudet zur Universität machte. Daniel French, der Bildhauer, gestaltete eine Statue für das Universitätsgelände, ein junges Mädchen, das die Zeichensprache lernt. Während der Zeit, in der er die Statue erbaute, bekam French selbst Interesse an der Zeichensprache und lernte sie. Ich fragte Kelli, ob French zu der Zeit auch Einblick in den rektalen Realismus genommen habe, aber sie fand das nicht so besonders amüsant.

Als Lincoln einem Attentat zum Opfer fiel, war French der Mann, den sie anhauten, das Lincoln-Denkmal zu entwerfen. Und deshalb bemerkt man, wenn man sich seine auf den Armlehnen ruhenden Hände näher ansieht, daß Lincoln die Zeichen »A. L.« gibt, die Anfangsbuchstaben seines Namens.

Mich faszinierte dieses Stück spiritueller Belanglosigkeit, während ich mir eine Zigarre anzündete und an meiner dritten Tasse Espresso nippte. Daniel French hatte eine zeitlose, prägnante Aussage gemacht, die so subtil war, daß selbst die Fremdenführer wahrscheinlich nichts davon wußten. Es war eine kleine Sache, die eine große Sache symbolisierte.

Ich dachte darüber nach, wer die Jewboys aus Texas töten mochte. Die Tatsache, daß die meisten von ihnen keine Juden und viele von ihnen noch nicht mal aus Texas waren, war unerheblich. Sie waren Juden per Inspiration. Sie waren Texaner per Inspiration. Das war alles, was ich brauchte, dachte ich. Ein bißchen Inspiration.

Später am Nachmittag, als ich mich für die Proben fertigmachte, war ich so überzeugt wie noch nie, daß der ganze Fall sich um irgendeine kleine Sache drehte. Irgendeine kleine Sache, die Millionen von Washington-Besuchern pro Jahr niemals bemerkten. Ich fühlte mich selbst wie einer dieser Touristen. Ich wußte, daß diese kleine Sache bereits irgendwo war. Ich konnte sie nur nicht sehen.

68

Die nächsten drei oder vier Tage flogen, vollgestopft mit Proben und Zeitungsinterviews, vorbei wie ein zorniger texanischer Truthahnbussard, der gelegentlich eine ganz kurze Pause einlegt, um ein kleines Stück aus meinem Herzen zu picken. Am Donnerstag nachmittag, dem Tag des Auftritts im Lone Star, hatte das Average-White-Band-Syndrom den höchsten Gang eingelegt. Dylan und Cleve teilten sich die Verantwortung, die Fragen der Presse zu beantworten, und hatten alle Hände voll zu tun. Laut Cleve hatten fast alle etablierten New Yorker Zeitungen Interesse bekundet, mit Ausnahme von McGovern und Duggan, die mich beide genau beobachteten und mein Leben im

Moment wesentlich mehr zu genießen schienen als ich. Andrea Stevens von der ›New York Times‹ hatte vor, über den Lone-Star-Auftritt zu berichten. Fred Goodman, ein Redakteur des ›Rolling Stone‹, schickte jemand, der die Tournee so lange begleiten sollte, wie sie dauerte.

»Er muß seine Story eventuell sehr schnell fertigkriegen«, sagte ich.

»Wir haben auch einen Anruf vom ›Popel‹-Magazin bekommen«, sagte Cleve.

»Bist du sicher, daß es nicht das ›People‹-Magazin war?«

»Es klang aber wie ›Popel‹.«

»Vielleicht war es das ja auch«, sagte ich.

»Wir haben auch was von Dave Dawson und Jim Oram in Australien gehört. Vielleicht können wir da irgendwann auch eine Tournee machen. Könnten es die ›Komm nach Haus in meinen Beutel‹-Tournee nennen.«

»Da spring ich voll drauf ab«, sagte ich.

Dylan wurde in ähnlicher Weise von Teilen der Presse mit morbider Faszination überschwemmt. Leute, die sich niemals dafür interessiert hatten, ob ich lebte oder starb, wollten jetzt wissen, ob ich irgendwelche Lieblingsanimositäten hätte. Hatte ich. Ich wollte wissen, warum die Weltpresse Ava Gardner und ihre Karriere fast dreißig Jahre lang ignorierte und sie dann, als sie allein und mit verstörtem Verstand starb, auf den Titel des ›Popel‹-Magazins neben die Worte »Die letzte Göttin« klatschte. Ich hatte auch noch ein paar andere Lieblingsanimositäten, aber die behielt ich für mich.

Laut Dylan war fast jede texanische Zeitung scharf auf ein Exklusivinterview mit jedem aus der Band, und zwar runter bis zum letzten Handlanger. Ratso hatte sich von seinem Krankenlager erhoben und berichtete für den ›National Lampoon‹ über die Tournee. Boyd Matson hatte ein Kamerateam bereitgestellt, das mit der Band für seine von mehreren Sendern ausgestrahlte Show herumreisen sollte, die er von seinem feuerwehrroten 58er Cadillac aus machte.

»Die Jewboys im Juden-Kanu«, sagte Dylan. »Darauf ist Boyd aus.«

»Der alte jüdische Cadillac«, sagte ich. »Bremst für nen Groschen und steckt ihn in den Sack.«

»Der Spruch ist zwanzig Dollar pro Liter wert«, sagte Dylan. »Hab ich schon gesagt, daß uns Jay Maeder für seinen nächsten Bericht im ›Daily News Magazine‹ will?«

»Vielleicht brauchten wir Major Boles, um an die Spitze zu kommen«, sagte ich grimmig, »aber offensichtlich sind wir heiß. Piers Akkerman hat von Adelaide angerufen. Er ist jetzt dort Redakteur, und er hat vor, rüberzukommen und selbst über die Tour zu berichten.«

»›Tie me kangaroo down, mate‹«, sagte Dylan.

»Sieh mal, Dylan«, sagte ich, »wir dürfen uns diesen ganzen Rummel, so angenehm er auch ist, nicht zu Kopf steigen lassen. Wir dürfen auch bei keinem unserer Konzerte zulassen, daß der mögliche Eintritt einer Tragödie uns daran hindert, einen guten Auftritt hinzulegen. Wir müssen unsere Augen offenhalten und einfach immer unserem lebenslangen Motto folgen: ›Wieder eine Show in der Tasche.‹«

»›Money doesn't talk; it swears‹«, sagte Dylan.

»Nimm einfach an«, sagte ich, »daß die Todesdrohung nicht wie ein Damoklesschwert über uns hängt. Nimm an, daß das einfach nur eine Tournee ist, mit all der Unschuld und Ausgelassenheit der alten Tage.«

»Nimm das an«, sagte Dylan. Es gab eine kurze Pause. Dann gab es das unverwechselbare Geräusch einer großen Menge Gas, die durch eine sehr kleine Öffnung entwich.

69

Von der Bühne des Lone Star Roadhouse aus gesehen, sah das Publikum an diesem Donnerstag abend ganz genauso aus wie jedes andere Publikum auch, vor dem ich gespielt hatte. Hier und da gab es ein bekanntes Gesicht und hin und wieder ein freundliches, ermunterndes Lächeln eines Unbekannten, der sich wirklich gut zu amüsieren schien. Wie mein Freund Will Hoover einmal in einem starken Country-Song schrieb: »Sometimes that's all that keeps you goin'.«

Das Überschauen einer Menschenmenge von der Bühne aus verfehlt neben dem Hervorrufen vieler anderer Gefühle niemals seine Wirkung, einen daran zu erinnern, daß man allein ist. Eine Beziehung à la Judy Garland zum Publikum kann einen sehr weit tragen, aber sie trägt einen niemals den ganzen Weg zur Zuflucht unter dem warmen Applaus und dem unbeschwerten Lachen auf der anderen Seite des Mikrofons.

Ein Grund dafür, daß ich mich allein fühlte, war natürlich der, daß ich es war. Ich beendete den ersten Teil mit einer Soloversion von Woody Guthries Klassiker »Pretty Boy Floyd«. Die Band hatte bereits eine Zugabe mit »Waitret, Please, Waitret, Come Sit on My Face« gegeben, eine Kneipenballade, die Major Boles, Roscoe West und ich geschrieben hatten. Weil sie mündlich überliefert wurde, war sie auf dem besten Weg, ein kleiner amerikanischer Klassiker zu werden. Als wir diesen sehr zotigen Song sangen, stimmte die ganze Menge mit ein, und ich ertappte mich aus irgendeinem Grund dabei, an den Major zu denken und zu begreifen, daß ein Song irgendwann im Sänger aufgeht. Aber diese momentane Auftrittseinsicht war nur sehr kurz.

Mit »Pretty Boy Floyd« flog ich unter ziemlich starkem jüdischem Radar und war einfach nur dankbar, daß wir alle musikalisch und körperlich den ersten Teil überlebt hatten.

Bescheidenheit beiseite – die Menge schien wirklich alles zu lieben, was wir machten. Natürlich kommen die Leute nicht zu einer Reunion-Tournee, um sich auf ihre Hände zu setzen. Sie sind da, weil sie nach ihrer verschwendeten Jugend suchen, die Atmosphäre einer fröhlicheren, einfacheren Zeit wiederherstellen wollen. Wir Bandmitglieder für unseren Teil waren in diesem Lebensstadium alte Applausjunkies; wenn die Menge Beifall rief, dann nahmen wir unsere kleinen Regenschirme und stiegen sofort wieder aufs Hochseil.

Ich schlängelte mich in einem halb traumartigen Zustand wie ein ziemlich ätherischer texanischer Politiker, der das Parlament bequatscht, durch die Menge und nahm würdevoll Lob und Bewunderung entgegen. Ich hatte Schwierigkeiten damit, Lob anzunehmen. Wenn jemand sagte, das sei die stärkste Show, die er je gesehen habe, dann sagte ich: »Nun, die Monitore haben nicht so gut funktioniert«, oder: »Der Drummer hat ein bißchen die Kontrolle verloren.« Ich habe den Drummer immer gerne als Sündenbock benutzt. Aber je älter man wird, desto leichter ist es, Lob anzunehmen. Man muß sich nur daran erinnern, daß man es wahrscheinlich genauso verdient wie jeder andere auch. Man sollte nicht mit Entschuldigungen kommen, wenn man keine nötig hat; man sollte einfach nur ein paarmal mit dem Kopf nicken und lächeln. Sie sind schließlich gekommen, um einen zu sehen. Und man selbst ist hauptsächlich da, um die Atmosphäre seiner Brieftasche aufzubessern.

Auf halbem Weg zur Garderobe bemerkte ich, daß ich Dylan folgte und Dylan Cleve folgte. Cleve, bemerkte ich, folgte Dr. Allison Klitsberg, die anscheinend beschlossen hatte, daß auch ihm ein bißchen Atmosphäre nicht schaden konnte. Zum Teufel, dachte ich, als ich mich durch die letzten Randbezirke der Menge schlich. Es war ein Resozialisierungserlebnis für uns alle.

Um zu den Garderoben des Lone Star Roadhouse hochzukommen, hatte Bill Dick vorausschauend ungefähr ein halbes Dutzend sehr langer, sehr steiler Treppen bereitgestellt, eine Aerobic-Übung, die von Musikern mittleren Alters nicht besonders geschätzt wird. Die meisten aus der Band waren schon in der Garderobe unter dem Dach, dem wahrscheinlich schäbigsten Penthouse New Yorks, als unsere kleine Seilmannschaft mit dem steilen Anstieg begann. Wir hatten ungefähr die Hälfte der zweiten Treppe hinter uns, Dr. Allison Klitsberg immer noch in Führung, als wir einen Bullen und ein kleines Menschenknäuel am Treppenabsatz der ersten Etage erblickten. Zwei Körper waren auf dem kleinen, kalten, betonierten Treppenabsatz ausgestreckt, als wären sie von der steilen Treppe in den Tod gestürzt.

»O mein Gott«, sagte Dr. Klitsberg. »Ist das nicht Ihr Bassist, wie heißt er noch gleich?«

»Skycap«, sagte ich. Skycap lag absolut regungslos da, sein Kopf in einem unmöglichen Winkel verdreht.

»Das ist grauenhaft«, sagte Dr. Klitsberg. »Wer ist der Große?«

Der andere Körper, genauso regungslos, war tatsächlich sehr groß. Das Gesicht hatte einen verblüffend heiteren Ausdruck, nicht unähnlich dem, den der große Mann gehabt haben konnte, als er noch ein kleiner Junge war.

»Das ist Mike McGovern«, sagte ich. »Mein Lieblingspoet aus Irland.«

70

Wir starrten von der zweiten Treppe aus für eine Zeit, die wie eine Ewigkeit erschien, auf die beiden regungslosen Körper, dann brachte uns ein Uniformierter in ein kleines

Büro im Erdgeschoß. Panama Red saß am Schreibtisch und rauchte eine Kent.

»Ich kam gerade von der obersten Treppe herunter«, sagte Panama. »Ich hörte einen Schrei, und dann hörte es sich so an, als würde Samson den Tempel zum Einsturz bringen.«

Ich zündete eine Zigarre an und bemerkte, daß meine Hände zitterten. Der einzige im Zimmer, der absolut gelassen aussah, war Cleve, der sich eine Speisekarte vom Schreibtisch genommen hatte und sie mit einem kleinen Zwitschervogellächeln studierte.

»Darf ich einen Cheeseburger haben?« fragte er Dr. Klitsberg.

»Cleve«, sagte sie in einem Ton, in dem man einen Fünfjährigen tadelt.

»Darf ich? Darf ich? Darf ich?« fragte Cleve.

Das war nicht gerade die förderlichste Umgebung, aber ich wußte, daß ich ernsthaft nachdenken mußte. So wie die steilen Treppen konstruiert waren, konnte jeder hinter einem Treppenabsatz lauern und jemand mit der sehr guten Chance, ihm eine schwere Körperverletzung zuzufügen, herunterschubsen. Die Treppen entlang gab es praktisch keinerlei Sicherheitsvorrichtungen, bis man die vierte Etage und die Garderobe erreichte. Nur sehr wenige Leute stiegen jemals so hoch, wenn sie nicht gerade ihre Royal-Canadian-Air-Force-Übungen machten.

Ich war todunglücklich wegen McGovern. Ich hatte ihn früher am Tag darum gebeten, Skycap zu beschatten, und das hatte er offensichtlich getan. Der Killer hatte anscheinend einen nach dem anderen die Treppe heruntergekegelt wie ein verrückter Bowlingspieler. Der Killer konnte nach wie vor jeder aus der Band sein oder, in diesem Fall, auch jeder aus dem Haus. Skycap hatte das Risiko gekannt und hatte sich dafür entschieden, in der Band zu bleiben. Er war ein hilfloses Opfer dieses Monsters, und wir würden ihn sehr vermissen. Die Tournee ging schon zu Ende, bevor sie überhaupt begonnen hatte. Wirre Gedanken fuhren mir durch den Kopf, aber der einzige Gedanke, den ich nicht akzeptieren konnte, war der an eine Welt ohne McGovern.

»Hast du jemand die Treppe rauf- oder runtergehen sehen?« fragte ich Panama.

»Keine Menschenseele«, sagte Panama, während er die nächste Kent kettenrauchte. »Alle anderen waren in der Garderobe.«

»Wo wolltest du hin?« fragte Dylan.

»Nur ein bißchen Luft schnappen.«

»Und du hast auch nicht *einen einzigen* flüchtig auf der Treppe gesehen?« fragte ich.

Panama stand auf. »Was zum Teufel ist mit euch los?« schrie er. »Denkt ihr etwa, ich habe sie umgebracht?«

»Mit zwei Scheiben Käse«, sagte Cleve, der immer noch lächelnd in die Speisekarte sah. »Und frischem Gartensalat.«

Ich wandte mich an Dr. Klitsberg. »Können Sie ihn nicht dazu bringen, sich geschlossen zu halten?«

»Er braucht die Befreiung«, sagte Dr. Klitsberg.

»Vielleicht ist es an der Zeit, das hier zu befreien«, sagte Dylan. Ich ging gerade zur anderen Seite des kleinen Zimmers, als er furzte. Dr. Klitsbergs Körper wurde so steif, als wäre sie von einer Schrotladung getroffen worden.

Genau in diese angespannte und äußerst stinkende Atmosphäre drängte sich jetzt Sergeant Coopermans große, finstere Visage. Seine Augen strahlten eine eigentümliche Mischung aus Unglauben und gemeiner Boshaftigkeit aus. Er schloß die Tür hinter sich, schüttelte eine Gauloises aus seinem Päckchen und zündete sie mit seinem Zippo an. Er sah abgespannt von der Jagd nach dem Tod und so bösartig wie die Hölle aus.

»Ich nehme einen Cheeseburger«, sagte Cleve zu Sergeant Cooperman.

Als sich die ganze Aufregung gelegt hatte, befand sich Cleve mit Dr. Klitsberg auf der anderen Seite der Türe, und Cooperman trat seine Froschfluppe auf dem Boden aus, als wäre sie eine Klapperschlange.

»So ein beschissener Penner«, sagte er. Er schüttelte noch eine Gauloises heraus und zündete sie mit einer fast poetisch wirkenden ökonomischen Bewegung an. Bullenballett.

Dylan, Panama und ich warteten und sahen zu. Aus irgendeinem abergläubischen Grund verbalisierte ich meine Gedanken über McGovern nicht, aber Cooperman mußte sie gelesen haben.

»Dein Kumpel McGovern kommt vielleicht durch«, sagte er. »Sie haben ihn ins Krankenhaus gebracht, aber bisher ist er noch nicht zu sich gekommen. Wir bewachen ihn. Er könnte was Interessantes zu sagen haben. Der andere – wie heißt er?«

»Skycap«, sagte ich.

»Das ist ein guter Name für ihn«, sagte Cooperman, »jetzt, wo er im Himmel ist.«

Panama kettenrauchte noch eine Kent. Dylan nahm seine Sonnenbrille ab. Ich setzte mich auf einen Stuhl, und mir war nach Weinen zumute, aber es kamen keine Tränen. Wir trauern um uns selbst, dachte ich.

Cooperman verließ für einen Moment den Raum, und als er zurückkam, trug er zwei Plastiktüten. Er stellte sie auf den Schreibtisch. Ich stand auf und ging rüber, um zu gukken. In einer Tüte war ein mit dicken Großbuchstaben handbeschriebener Zettel. Ich las: WAR ES DAS WERT? In der anderen Plastiktüte war eine kleine gelbe Gummi-Ente, mit der ein Kind in der Badewanne spielen konnte.

Cooperman sagte: »Der Zettel wurde in der linken

Tasche des Sportsakkos, den Skycap trug, gefunden. Die Ente wurde in der rechten Tasche gefunden. Sagt euch das irgendwas?«

Wir sahen uns die merkwürdigen, jämmerlichen Objekte in den kleinen Pastiktüten an. Dann sahen wir uns an.

»Es bedeutet«, sagte Dylan, »daß es Zeit für diese Band ist, sich auseinanderzubandeln.«

71

Die Stewardess der Continental Airline war jung, attraktiv, honigblond und hörte sich nach einer Spur australischem Akzent an. Auf ihrem Namensschild stand Terri.

»Wie möchten Sie Ihren Kaffee?« fragte sie.

»Schwarz«, sagte ich. »Wie meine Männer.« Sie reichte mir die Tasse und schenkte mir ein gefrorenes Jackie-Kennedy-Beerdigungslächeln Nr. 47. Sie fragte den Typ in der nächsten Reihe, wie er seinen Kaffee wolle. Definitiv ein australischer Akzent, dachte ich. Es war am frühen Sonntagmorgen, ein »Bloody-Mary-Morgen«, aber bei dieser Gelegenheit blieb ich bei schwarzem Kaffee, ob Terri das gefiel oder nicht.

Das Flugzeug ging nach San Antonio, Texas, natürlich mit einer Zwischenlandung in Dallas, Heimat der majestätischen Gedenktafel für President Kennedy, die ungefähr die Größe und die geistige Ausstrahlung einer Gedenkbriefmarke hatte. Durch mein Nichtraucherfenster fing New York an, auch schon ganz ordentlich wie eine Gedenkbriefmarke auszusehen, und das, woran sie erinnerte, war nicht so besonders hübsch. Aber als ich mich in meinen Sitz zurücklehnte und an dem lauwarmen Kaffee nippte, verspürte ich so viel Frieden in mir wie schon seit Monaten nicht mehr.

Schließlich wußte ich jetzt, wer der Killer war, und wenn ich meine Wette nicht verlor, dann würde ich ihn bald sehen.

72

Die Lösung des Rätsels, wer die Texas Jewboys umbrachte, war nicht leicht gewesen. Sie hatte mich fast drei Tage gekostet, in denen ich durch die Straßen spazierte und in jede Village-Kneipe einlief, bis ich den Schweizer-Käse-Effekt in meinem Kopf unter Kontrolle hatte und plötzlich kleine Partikel durch das intellektuelle Netz gehen konnten, das wir alle seit der Kindergartenzeit knüpfen. Ich war überzeugt, daß, wie in diesem Song, kleine Dinge Großes bedeuteten. Lagen die Dinge aber schließlich aneinandergereiht vor, dann leuchteten sie wie kleine Highway-Rückstrahler in einer regnerischen Nacht und geleiteten mich die mentale Straße hinunter, die zur Identität des Killers führte. Jetzt mußte ich nur noch beweisen, daß ich richtig lag.

McGovern lag immer noch im Koma. Die Ärzte im St. Vincent's hatten mir gesagt, daß ihn nur Familienmitglieder sehen dürften. Ich sagte ihnen, daß es keine Familie gab. Sie sagten, daß ihn dann niemand sehen dürfe. Ich traute den Ärzten im St. Vincent's nicht. Dylan Thomas war dort gestorben, und obwohl er McGoverns Idee von guter Gesellschaft entsprechen mochte, wollte ich nicht, daß McGovern auf die Idee kam, sich ihm jetzt anzuschließen. Die Welt braucht ihre McGoverns. So wie es aussieht, gibt es verdammt wenig davon. Typen, die kein Fernsehgerät besitzen, kein Auto und keinen Anrufbeantworter, sind in New York schwer zu finden, wenn man sie nicht gerade im

Obdachlosenasyl sucht. Die Welt braucht immer Leute, die nicht wollen, daß aus ihrem Apartment eine Eigentumswohnung wird, obwohl alle anderen im Haus dafür sind; die dem Besitzer einer kleinen Pizzabude ihre Steuererklärung anvertrauen; die einen gefährlichen Auftrag eines Freundes so gewissenhaft ausführen, daß sie jetzt im St. Vincent's im Koma liegen. Es gibt viele Typen mit Abschluß in BWL oder mit BMWs auf dieser Welt und wahrscheinlich viele mit beidem, aber keiner von ihnen würde wohl jemals daran denken, sich die Haare zu kämmen, bevor er einem Rennpferd gegenübertritt.

Es gab nichts, was ich für McGovern tun konnte, was ich nicht bereits getan hatte. Ich war ein Freund gewesen, oder etwa nicht? Vielleicht hätte ich ein besserer Freund sein können, ein etwas freundlicherer, aber wenn ich ganz anders gewesen wäre, dann wäre McGovern wahrscheinlich erst gar nicht mein Freund geworden. Wenn jemand erst mal im Koma oder in der Kiste liegt, dann ist es ein bißchen spät, sich zu fragen, was man für ihn tun könnte. Sie zu »besuchen« oder ihnen Blumen zu schicken ist eine armselige Entschuldigung der Lebenden. Wie Allen Ginsberg sagt: »Liebe, wenn du liebst.«

Ich verdrängte das Bild von McGoverns freundlichem irischem Verstand, der gehirntot in seinem großen, traurigen, komatösen Körper lag, aus meinen Gedanken. Klatscht mit den Händen, wenn ihr glaubt, daß ein Typ wie McGovern es in dieser Welt schafft! Ich hörte nichts außer dem Summen der Versorgungsanlage und dem Typ hinter mir, der über die Grundstückspreise einer Gegend brummelte, in der er niemals leben würde. Auf zu praktischeren Dingen, dachte ich.

Ich hatte am späten Samstagabend mit Kelli gesprochen, und ich spulte mir einen Teil der Unterhaltung ab, so daß ich ihre Stimme hören konnte.

»Du sagst, es ist okay, wieder zurückzukommen?«

»Yeah.«

»Und Travis?«

»Er ist nicht in New York, Tänzerin.«

Marcie hatte eine lange Zeit in Mexiko verbracht, sprach fließend spanisch und hatte Beziehungen zum mexikanischen Roten Kreuz. Als ich mit ihr redete, bat ich sie, eine kleine Sache für mich herauszukriegen, obwohl ich glaubte, die Antwort schon ganz gut zu kennen. Ich konnte genausogut die I durchkreuzen und Pünktchen auf die T machen.

Am Samstag hatte ich auch Rambams Anwalt angerufen und ihm gesagt, daß ich irgendwann an diesem Wochenende nach Texas ginge und daß Rambam, sollte mir etwas zustoßen, mein Smith-&-Wesson-Messer und meine Caruso-Kassette haben könne. Ich redete auch mit Dylan und fragte ihn, ob es ihm etwas ausmachte, noch ein paar Tage dazubleiben und sich um das zu kümmern, was von der Band übriggeblieben war. Einige waren anscheinend schon weg, und andere hingen immer noch in der Stadt herum. Dylan sagte, er würde bleiben.

»Ich übertrage der Katze die Verantwortung für das Loft«, sagte ich zu ihm, »und dir übertrage ich die Verantwortung für alles außerhalb des Lofts.«

»›Nobody feels any pain‹«, sagte Dylan, »›tonight as I stand inside the rain.‹«

Das einzige, was ich an diesem ganzen Wochenende für mein eigenes persönliches therapeutisches Vergnügen tat, war, meinen alten Freund Nick »Chinga« Chavin anzurufen, den Country-Musik-Pornostar, der ein höchst erfolgreicher Werbemanager geworden war. Ich hieß ihn eine Kopie seines Essays »Vergewaltigung im Gefängnis als positive Erfahrung« an Dr. Allison Klitsberg schicken.

Ich kicherte trocken in mich hinein, und das nächste, was ich wußte, war, daß ich mich in einem dieser halbbewußten acht Meilen hohen Träume befand und in einem alten Pickup-Truck durch die Wüste von Arizona fuhr. Mein Kumpel Jerry Rudes saß am Steuer, und in unserem Besitz waren die, wie Chet Flippo sie mal im ›Rolling Stone‹ genannt hatte, »quasilegendären Wohnzimmer-Bandaufnahmen« der Texas Jewboys. Es war am wackelnden Schwanzende der Sechziger gewesen, und wir waren auf dem Weg nach Kalifornien, auf einem Pfad, der verrückter und weitschweifiger war, als es sich einer von uns erträumt hätte. Jerry lebte jetzt schon seit fast zwanzig Jahren in Südfrankreich – Herrgott, konnte das schon so lang sein? –, und ich lebte das Leben eines Jet-set-Zigeuners. Ich konnte den roten Pickup-Truck den Freeway nach L.A. herunterrauschen sehen, und ich lächelte. Wenn man sich in einem halbbewußten, acht Meilen hohen Traumstadium befindet, dann ist es manchmal schwer zu sagen, ob man über sich lächelt oder trauert.

Man sagt, Texas sei ein Geisteszustand, und vielleicht ist es das auch. Es bietet einem die physische und spirituelle »Ellbogenfreiheit«, nach der Daniel Boone immer suchte. Die texanische Musiktradition ist so tief und vielschichtig, daß sieben Archäologen mit sieben Besen sieben Jahre lang fegen müßten, nur um den Staub wegzuräumen. Wenn sie sich von Dorf zu Dorf durchgegraben hätten und endlich auf den Grund stießen, dann würden sie wahrscheinlich Bob Wills' Zigarre neben Mance Lipscombs Gitarre liegen sehen.

Der Einfluß der Musik auf Texas und der Einfluß von Texas auf die Musik ist ganz enorm und weitreichender, als Sie vielleicht denken. Nicht nur, daß Buddy Holly die Beatles beeinflußte und T-Bone Walker die Rolling Stones – die frühen singenden Cowboys aus Texas reichten höher ins Firmament hinauf, als sie vielleicht selbst dachten. Ein kleines Mädchen namens Anne Frank erreichte mit nichts mehr als einem Füllfederhalter das Bewußtsein von mehr Menschen als die gesamte Propagandamaschinerie von Hitlers Drittem Reich. Nach dem Krieg entdeckten örtliche Behörden den Geheimanbau, in dem sie und ihre Familie gelebt hatten. In Annes kleiner Ecke flatterten die Bilder von amerikanischen Cowboys immer noch dort an der Wand, wo sie sie hingehängt hatte.

Auf eine kleine, unbewußte Art führen wir alle so ein isoliertes Leben wie das von Anne Frank. Ich hatte eine auf gewisse Kenntnisse abgestützte Vermutung über die Identität des Killers und seines gegenwärtigen Aufenthalts. Wenn ich falsch lag, dann war Kelli in Gefahr, die übriggebliebenen Texas Jewboys waren in Gefahr, und auf mich kam ein langer Ritt zurück nach New York zu. Wenn ich richtig lag, dann konnte es noch schlimmer werden.

Wie Slim schon gesagt hatte: »Man weiß nie, was der Affe ißt, bevor der Affe scheißt.«

73

Das übliche Strandgut aus Jublern und jecken Teenagern in zu großen Cowboyhüten drängelte sich um die Sperre, als wir in San Antonio ausstiegen. Ich sah mir die Menge genau an, teils aus jüngster und langjähriger New Yorker Paranoia, teils aus Wunschdenken. Ich hatte zu meiner Zeit eine Menge Flughafen-Rendezvous gehabt. Ein paar von den Bräuten waren gut darin, Flugzeuge zu verpassen, und alle waren gut darin, mein Leben zu vermasseln. Flughäfen hatten irgendwie was. Besonders Flughäfen, wie sie früher mal waren. Das letzte denkwürdige Ereignis in der Art, das mir einfiel, war an einer Greyhound-Station passiert, als Holly Golightly Buddy Ebsen in *Frühstück bei Tiffany* good-bye sagte. Und ich reiste in diesen Tagen nicht gerade viel mit dem Dampfer. Wenn also irgend etwas Unerwartetes passieren sollte, dann würde es auf einem Flughafen passieren, und der hier ließ mich nicht im Stich.

Ich sagte nicht romantisch. Ich sagte unerwartet.

Genau zwischen einer obszön korpulenten mexikanischen Lady mit einem »Fat Is Beautiful«-T-Shirt und einem leidenschaftlichen jungen Mann mit einem Blumenstrauß war ein dunkles, bekanntes Gesicht, das früher mal eine ganz schöne Kneipenbräune gehabt hatte. Das Gesicht trug eine Yankee-Baseballkappe, die gefährlich über ein Auge gezogen war. Der Rest des Kerls war mit einem Tarnanzug herausgeputzt, komplett mit Kampfstiefeln. Ein grüner Militärmatchbeutel mit dem roten Flügelemblem der israelischen Fallschirmjäger hing über seiner linken Schulter.

Es war Rambam.

»Ich hatte keine Lust mehr, da unten in Guatemala Moskitos totzuschlagen«, sagte er. »Ich dachte, du könntest ein bißchen Unterstützung gebrauchen.«

»Also bist du einfach so hergekommen?«

»Ich hab das nicht gern gehört, was du Wolf Nachman erzählt hast.« Wolf Nachman, dachte ich, war entweder der beste oder der schlechteste Anwalt der Welt, falls es da einen Unterschied gab. Die Jury tagte immer noch.

»Und wie zum Teufel hast du gewußt, daß ich heute morgen kommen würde, und mit welchem Flug?« Das war eine logische Frage.

»Kein Problem«, sagte Rambam. »Du hast Wolf gesagt, daß du irgendwann am Wochenende nach Texas kommst. Ich hab einfach nur einen Freund von mir gebeten, sich in das Computersystem der Fluglinien einzuhacken.«

»Kann man so was?«

»Leichter, als in Beverly Hills bei Rot über die Ampel zu gehen.«

Als wir durch den Terminal raus in die Parkgarage gingen, fühlte ich mich immer besser dabei, Rambam auf diesem Ritt bei mir zu haben. Ich war nicht ganz sicher, was ich auf diesem Trip finden würde, aber wenn ich es fand, dann war ich mir sehr sicher, daß es kein Vanille-Soda-Shake sein würde. Ich hatte Max gebeten, den alten Pickup-Truck der Ranch an einem ausgemachten Platz für mich abzustellen und die Schlüssel auf das rechte Hinterrad zu legen. So hatte das auch immer Todd Miller, der Inhaber des »Rund-um-die-Uhr-Abschleppdienstes der fröhlichen Nutten«, getan. Ich hatte dieses Jahr von Todd noch nicht meinen ›Playboy‹-Kalender bekommen, dachte ich. Wenn er einem den Kalender gibt, sagt er immer »vierundzwanzig Titten«. Wir fanden den Truck, und wir fanden die Schlüssel.

»Ist der Truck staubig, oder ist er grau?« fragte Rambam.

»Von beidem ne Menge«, sagte ich, als ich ihn startete. Der Truck hatte kein Gaspedal. Man setzte nur einfach den Fuß auf, und dann lief er gewöhnlich. Ich war erfreut, daß er nicht vergessen hatte, wie das ging.

»Mir gefällt dieser ›Eßt mehr Muschi‹-Aufkleber«, sagte Rambam bewundernd. »Wo hast du den her?«

»Mein Freund Bob McLane hat mir den aus Shreveport geschickt. Bob war mal Vorsitzender des ›Komitees Schwule Texaner für Connolly‹. Jetzt verkauft er Aufkleber bei Grateful-Dead-Konzerten und Motorradrocker-Treffen in South Dakota. Ist ziemlich lukrativ, sagt er, aber manchmal kommen Motorradrocker, die sich tätowieren lassen wollen, auf ihn zu und fragen ihn: ›Wie buchstabiert man Arier?‹«

»Ich kann mir viele Möglichkeiten vorstellen, Arier zu buchstabieren«, sagte Rambam.

»Das kommt, weil du kein Arier bist«, sagte ich. Aber ich dachte nicht an Arier. Ich dachte an Tätowierungen.

Wir kamen auf die I-10 West, legten unsere Ohren an und

waren in etwas unter einer Stunde in Kerrville. Unterwegs informierte ich Rambam darüber, wo wir hinwollten und was ich zu finden glaubte, wenn wir ankamen.

»Hört sich ganz nach einem Good-ol'-Texas-Spaß an«, sagte er.

Als wir durch die Straßen von Kerrville fuhren, kamen die Leute bereits aus der Kirche. Ich zeigte Rambam ein paar der lokalen Touristenattraktionen, an denen wir vorbeifuhren.

»Das Gebäude da drüben ist die älteste Methodistenkirche in Kerrville. Vor kurzem haben sie das Kreuz vom Kirchturm abgehackt und einen Drive-in-Schalter aus Aluminium eingebaut. Jetzt ist es eine Sparkasse.«

»Na, *das* ist doch Fortschritt«, sagte Rambam.

»Manches ändert sich«, sagte ich, »und manches bleibt, wie es ist. Du wirst dich sicher freuen, wenn du hörst, daß es nach den Verordnungen der Kerrville Bus Company immer noch verboten ist, Bullensamen per Bus zu transportieren.«

»Was die brauchen«, sagte Rambam, »ist ein Gesetz, das Texanern verbietet, Scheißdreck im Mund zu transportieren.«

»Eines Tages werden wir da schon hinkommen«, sagte ich. »Ihr New Yorker seid eben einfach fortschrittlicher.«

Ich führte Rambam zum Lunch ins Del Norte Restaurant, und er bestellte, wie alle Yankees, ein Chicken-fried-Steak. Ich ging mit ungefähr vierzig guten kleinen Kirchgängern, von denen fast alle Rentner waren, das Büfett entlang.

»Dieses Lokal ist demographisch echt stark«, sagte ich, als ich mich wieder zu Rambam an den Tisch setzte. »Das gibt mir immer das Gefühl, jung zu sein.«

»Die Blütezeit von Miss Kinky Friedman«, sagte Rambam.

»Letztes Mal, als ich hier war, hatten sie diese Jagdprospekte, die Werbung für Christliche Jagdführer machten. Ich nehme an, sie haben keine Prospekte mehr. Die Jagdsaison ist vorbei.«

»Nicht für uns«, sagte Rambam.

Später auf dem Del-Norte-Parkplatz war ich äußerst entsetzt, daß jemand, während Rambam und ich lunchten, meinen »Eßt mehr Muschi«-Aufkleber abgerissen hatte. Der Täter hatte eine Botschaft unter dem Scheibenwischer hinterlassen, die ich Rambam im Fahrerhaus des Trucks laut vorlas. Sie las sich wie folgt: »›Ihr Autoaufkleber ist, oder war, äußerst abscheulich, und ich versichere Ihnen, daß der Zorn des Gottes von Israel entweder jetzt oder später über Sie kommt.‹«

»Warum entscheidet sich der Kerl nicht«, sagte ich. Ich fuhr fort. »›Ich wünsche nicht, meinen fünf Jahre alten Kindern Ihren Aufkleber erklären zu müssen.‹«

»Sie werden wahrscheinlich denken, daß du meinst, sie sollen ihre Katzen essen«, sagte Rambam.

»Er schließt das mit einem netten Ton ab«, sagte ich. »›Bereue, und deine Sünden seien dir vergeben.‹«

»Ich wußte nicht, daß Jimmy Swaggart in Kerrville lebt.«

»Jimmy würde ein ›Eßt mehr Muschi‹-Aufkleber nicht stören. Er würde sich vielleicht ein bißchen über einen ›Seht euch mehr Muschis an‹-Aufkleber aufregen.«

Als wir aus dem Parkplatz heraus und in Richtung Highway 16 fuhren, versuchten wir zu entscheiden, was wir mit diesem Zettel tun sollten. Rambam wollte ihn verbrennen. Ich wollte ihn einrahmen und an meiner Heldenwand aufhängen. Rambam schlug dann vor, ihn zu einem Zäpfchen zusammenzurollen und zu sehen, ob er fliegen konnte. Schließlich legten wir den Zettel ins Handschuhfach und vergaßen ihn und sahen zu, wie die texanische Landschaft sanft an uns vorüberglitt.

Aber der Zorn des Gottes von Israel war unglücklicherweise nichts, was wir so leicht abschütteln konnten.

74

Der nachmittägliche Himmel war wie ein biblischer Fluch dunkler und bedrohlicher geworden, und als wir den Highway verließen und der staubige Pickup durch den alten Weidezaun fuhr, rollte ein Donner durch den Himmel. Rambam lächelte jetzt und trommelte einsatzbereit mit den Fingern gegen den Fensterrahmen. Ich rauchte eine Zigarre und dachte über Serienkiller nach.

Sergeant Cooperman hatte mir mal in einem seltenen Moment von Austausch und Anteilnahme die Bullenansicht über die Anatomie eines Serienkillers anvertraut. Läßt man mal was vom Polizeijargon weg, ist das der Kern: Wenn ein Mann sein erstes Opfer ausbläst, dann gefällt ihm das vielleicht mehr, als er dachte. Er kann das gleiche belebende Gefühl haben, das ein Kind hat, wenn es zum ersten Mal Fahrrad fährt oder schwimmen lernt. Nur noch etwas mehr. Vielleicht hatte der Killer niemals vor, weiterzugehen, als eine Person umzulegen. Wahrscheinlich fängt man nicht mit der Vorstellung an, ein Serienkiller zu werden. Aber wenn man entdeckt, wie leicht es manchmal ist, ein zerbrechliches menschliches Leben zu nehmen, wie mächtig und gottähnlich man sich dabei fühlt, dann überkommt einen so etwas wie Blutdurst. Wenn man dann das zweite und dritte Opfer einen Kopf kürzer macht, dann ertappt man sich dabei, daß man wirklich beginnt, seine Arbeit zu mögen, und wird unverfrorener. Spitzen-Serienkiller machen sogar heutzutage Band- oder Videoaufnahmen von ihren Auftritten. Sie beginnen zu spüren, daß ein

Schleier der Unverwundbarkeit über sie fällt. Sie können damit anfangen, die Polizei oder die Zeitung herauszufordern oder zu ködern oder absichtlich Spuren zu hinterlassen. Es ist fast immer so, als würde der Serienkiller sagen: »Guck mal, Mutti. Ohne Hände!« Vom Zustand zu urteilen, in dem gewisse Opfer gefunden werden, entspricht dieses Statement buchstäblich der Wahrheit.

Als wir auf der staubigen Landstraße an diversen Ranches vorbei und über drei oder vier Viehweiden fuhren, dachte ich grimmig darüber nach, auf was ich in ungefähr drei Meilen stoßen würde. Ich war schließlich in der Lage gewesen, eine Kette aus Spuren zusammenzustellen, von denen manche beabsichtigt und manche nicht beabsichtigt waren, und sie schienen zusammenzupassen wie fürs Farbfernsehen gedreht. Ich lag richtig mit der Identität des Killers, dachte ich. Die einzige Frage war, ob er *in persona* hier war, oder so wie bei einer grotesken Schnitzeljagd für Erwachsene nur eine weitere Spur hinterlassen hatte.

Gerade als der Sturm losbrach und Regen und Hagel gegen die Windschutzscheibe prasselten, erreichten wir den Ort. Auf der einen Seite des kleinen Tals gab es steile Klippen und auf der anderen einen Fluß mit zwei wunderschönen Wasserfällen, an die ich mich aus Urzeiten erinnerte. Das alte Haus und die verlassen aussehende Garage, die mal eine Scheune war, erschienen ziemlich so wie immer. Vielleicht war es der Sturm und die dunklen dahinziehenden Wolken, die sie so desolat und unheimlich aussehen ließen. Es gab kein Anzeichen eines Autos und kein Anzeichen eines Menschen. Ein Tor mit einem verrosteten Scharnier schloß sich irgendwo in der Nähe der alten Scheune. Es hörte sich an wie aus dem Soundtrack für ein Krimiprogramm im alten Dampfradio. Ich hielt den Truck auf dem Kiesweg vor dem von Unkraut überwucherten Vorgarten an.

»Der Ort sieht verlassen aus«, sagte ich.
»Das tun sie immer«, sagte Rambam.
»Ich seh im Haus nach«, sagte ich. »Du siehst in der Scheune nach.«
»Gut«, sagte Rambam. »Sollte ich Norman Bates treffen, bestelle ich ihm schöne Grüße von dir.«
Wir stiegen beide aus dem Truck in den strömenden Regen. Rambam zog in Richtung Scheune ab, und ich rannte zum schützenden Vordach des Hauses. Ich kam nicht rechtzeitig genug an, um meine Zigarre vorm Durchweichtwerden zu bewahren. Die Tür war unverschlossen. Ich betrat die Diele. Der Ort sah aus, als wäre er schon lange Zeit unbewohnt. Ich schüttelte den Regen von meinem Hut und ging in das alte Wohnzimmer. Es warf mich wieder richtig zurück.
Die Wände waren mit spinnwebigen Erinnerungsstükken aus den Siebzigern bedeckt. Ein verspiegeltes Poster von Bob Dylans Rolling Thunder Revue. Ein Handzettel zu Willie Nelsons Heimkehrkonzert in Abbot, Texas. Dieser Auftritt hatte mich so elektrisiert und inspiriert, daß ich mich fast erwürgt hatte, als ich mir die Gitarre umhängte. Ich erinnerte mich daran, wie Sammy Allred von den Geezinslaw Brothers dem Publikum sagte: »In Ordnung. Wir lassen Kinky ein paar Nummern machen. Dann wird er ein paar Songs für euch singen.«
Es gab noch ein Poster von einer Show, die wir mit David Allen Coe gemacht hatten. Es ist komisch, woran man denkt, wenn man mit dem Kopf ganz woanders ist. Ich erinnerte mich daran, daß ich Willie Nelson fragte, ob etwas Wahres an dem Gerücht sei, daß David Allen Coe auf seiner Penisspitze eine Schlange eintätowiert habe. »Weiß ich nicht«, sagte Willie, »sie ist niemals hochgekommen.«
Ein Blitz und ein lauter Donnerschlag rissen mich aus meiner kleinen Träumerei. Es war ein Geruch in der Luft,

der nicht so besonders angenehm zu sein schien. Mein Riecher hat ungefähr sieben Jahre lang nicht besonders gut funktioniert, aber wenn ich schon mal einen Geruch durch das ganze Katzenhaar, den Zigarrenrauch und die Bob-Marley-Rückstände herausfiltere, dann kann man gewöhnlich darauf wetten, daß es nichts Nettes ist. Ich folgte meiner Nase ins Schlafzimmer.

Da lag auf einem kleinen Feldbett die Leiche einer Frau. Sie trug ein weißes mexikanisches Hochzeitskleid. Ihre Hände waren über ihrer Brust zusammengefaltet und hielten etwas fest, was mal eine Blume gewesen sein konnte. Ihr Gesicht war aufgedunsen wie ein Soufflé, und diverse Insektenarten schienen in ihren weitgeöffneten, blicklosen Augen eine Versammlung abzuhalten. Der einzige Name, auf den sie jetzt jemals hören würde, war Tod.

»Ich nehme an, ihr beide kennt euch«, sagte eine bekannte Stimme. Es war nicht die von Rambam.

Ich drehte mich um und sah eine Gestalt, die einen Indianerkopfschmuck, ein ekelhaftes Lächeln und rote Kriegsbemalung trug, die ziemlich so aussah, als rührte sie von schlechten Cholesterinwerten her. Die Gestalt hielt eine doppelläufige Flinte.

»Ich halte euch alle für schuldig«, sagte die Stimme, »aber dich, Kinky, ziehe ich persönlich zur Verantwortung.«

Auf dem Rücken seiner weißen Knöchel bemerkte ich die eintätowierten Worte L-o-v-e und H-a-t-e. L-o-v-e war das, was am Abzug drückte.

75

»Dann hörte ich zwei ohrenbetäubende Detonationen«, sagte ich, als ich durch McGoverns kleines Krankenhauszimmer schritt. Neben McGoverns großer Gestalt, die mit den ganzen Schläuchen und Dingern, die in ihm steckten, im Bett ausgestreckt lag, gab es im Raum nicht mehr verdammt viel Platz, um hin und her zu laufen. Aber ich tat, was ich konnte.

»Als ich auf den Boden fiel, sah ich überall diese farbigen Federn herumfliegen. Es sah aus, als wäre Jolly Rodger ein Volltreffer auf Long John Silvers Papagei gelungen. Dann hörte ich eine Stimme, die durch die Welt echote, und ich wußte nicht, ob sie Gott oder dem Satan gehörte. Sie sagte: ›Dieses Eigentum wird von Smith & Wesson geschützt.‹ Es war natürlich Rambam.«

Ein kleines Lächeln huschte über McGoverns Lippen, und er lachte fast. Seine Augen folgten mir, während ich hin und her lief.

»Als ich den Puppenkopf hinter dem Kühlschrank fand, hätte ich wissen müssen, daß ich alles falsch gesehen hatte. Das war sozusagen meine erste ernstzunehmende Warnung.«

»Also *war* es Tequila«, sagte McGovern mit einer schwachen, kaum wiederzuerkennenden Stimme. Es war eine Woche her seit seinem kleinen Fall in Ungnade, und die Ärzte versicherten mir jetzt, daß die Prognose einer vollständigen Wiederherstellung bestens aussah.

»Ja«, sagte ich. »Du hast ihn ganz korrekt für die Bullen identifiziert, als sie dir vor ein paar Tagen die alten Jewboy-Fotos zeigten. Tequila *hat* von einem Zug geredet, als er vor Jahren bei einem Streit mit seiner Frau in einem Hotelzimmer gehört wurde. Er beschuldigte sie, ›einen ganzen Zug über sich herrollen zu lassen‹. Mit anderen Worten, mit jedem in der Band zu bumsen. Das war das Erlebnis, das wir alle gemeinsam hatten.«

McGovern nickte und verfolgte mich weiter mit seinen Augen. Ich wurde davon ermutigt, daß seine Augen klar und wachsam und so voller Intelligenz aussahen wie die meiner Katze.

»Marcie fragte bei ihren Quellen beim Roten Kreuz in Mexiko nach und fand heraus, daß Tequila dort zehn Jahre im Gefängnis war. Da hat er dann auch seine Tätowierungen und unwiderruflich einen an der Klatsche gekriegt. Die Vorstellung, daß ihm von der kompletten Band Hörner aufgesetzt wurden, röstete dann das, was von seinem Hirn übriggeblieben war. Als er rauskam, schnappte er sich ein kleines, mit Schwarzmarktgeschäften gemachtes Vermögen, das er versteckt hatte, und begann mit seinem Kreuzzug. Es war ihm egal, wieviel es ihn kostete, seine Rache zu bekommen. Die fünfundzwanzigtausend Kröten, die er in meinem Loft zurückließ, waren nur ein kleiner Teil von dem, was er hatte, aber es war genug, um uns alle auf die falsche Spur zu setzen. Die Sixteenth-Avenue-Sache deutete nur darauf hin, daß er von Nashville aus, wo er erfolglos versuchte, Willie Fong Young umzulegen, nach New York gekommen war. Unglücklicherweise feilte er seine Vorgehensweise aus, als er weitermachte.

Der Grund, warum Travis Parnell so komplett vom Bildschirm ausgeblendet wurde, war, daß er dem Tip einer geschwätzigen Lesbe gefolgt sein muß und direkt in mein Loft stolperte, nachdem Tequila angekommen war und ich zum Einkaufen ging. Tequila sah das als eine perfekte Gelegenheit, sich selbst von der Bildfläche zu schaffen und ziemlich unverdächtig mit seinem gnadenlosen Rache- und Todesfeldzug weiterzumachen. Es gab einen Kampf zwischen ihnen, wobei einer gegen den Kühlschrank gestoßen wurde und den Puppenkopf runterrollen ließ. Das war eine kleine Sache, und ich brauchte eine lange Zeit, um zu begreifen, wie wichtig sie war. Tequila hatte bereits das Wasser laufen lassen und war in die Dusche gestiegen, bevor ich ging. Es paßte einfach nicht, daß er aus der Dusche herausgekommen, heftig mit einem Eindringling in der Küche gekämpft und dann tot im Regenraum geendet haben sollte, mit einem Loch im Vorhang. Offensichtlich war Tequila mit dem Duschen fertig und wieder im Loft, als Parnell reinlatschte und ihm die perfekte Gelegenheit bot, seinen eigenen Tod vorzuspiegeln, indem er ihn in die Wanne pflanzte.

Was uns natürlich zu der kleinen Gummi-Ente und dem Zettel in Skycaps Tasche bringt. Der Zettel fragte ›War es das wert?‹ und meinte damit das Bumsen von Sharon, und die Antwort war, nach allem, was wir gesehen haben, ein ganz klares Nein. Aber setze für Ente das Wort *duck* und für Wert das Wort *worth*, und du hast *Duckworth*, der Name der Ranch, die uns mal in Texas gehörte und wo die Band zuerst hinging, um dort zu leben, zu proben und unentwirrbar in ein fragwürdiges Karma verwickelt zu werden.«

McGovern schien mit seinem Mund kleine zirpende Geräusche zu machen und zeigte auf das Fenster. Wir starrten uns gegenseitig an, bis es nervte.

»Oh«, sagte ich, »du möchtest wissen, warum Tequila sich im Hausflur versteckte, nachdem er schon meine Fenster zugenagelt hatte? Nun, ich habe es schließlich darauf eingegrenzt, daß es entweder Tequila oder Sharon war, denn sie war die andere, die Motive und Gründe haben konnte, um hinter dieser ganzen Sache zu stecken. Selbst der Puppenkopfhinweis schloß sie nicht aus. Sie konnte Tequila im Regenraum einen Kopf kürzer gemacht haben. Aber laut Skycap hielt sie mal eine streunende Katze im Arm und fragte: ›Wie gefällt dir meine Muschi?‹ Dadurch ist sie aus dem Schneider. Denn der Grund, warum Tequila sich weigerte, im Loft auf mich zu warten, wo er mich sicherlich getötet hätte, und sich statt dessen dafür entschloß, im Hausflur auf mich zu lauern, wo er zu meinem

Glück Ratso begegnete, ist ziemlich einfach. Tequila war allergisch gegen Katzen.«

McGovern starrte mich für einen Moment lang an. »Laßt uns diese Herde nach Norden treiben«, sagte er.

Ich dankte McGovern für seinen Mut und seine unschätzbare Hilfe und fühlte mich, nachdem ich gegangen war, ziemlich sicher, was seine Chancen auf völlige Genesung betraf. Nicht, weil die Ärzte gesagt hatten, die Prognose sei exzellent. Ich habe nie an Ärzte geglaubt. Und McGovern sah nicht besonders gut aus. Er war immer noch schwach, lethargisch und schockierend blaß. Aber als ich mich an der Tür umdrehte, um good-bye zu sagen, bemerkte ich etwas, was meine Stimmung enorm anhob. Es war das Lächeln irischer Augen.

76

Später an diesem Abend trank ich unten bei Gallagher's gerade einen mit Dylan und James Clare, als Billy Swan, Snakebite, Willie Fong Young und Panama Red ins Lokal kamen.

»Ich dachte, ihr wärt schon verduftet«, sagte ich.

»Nein, verdammt«, sagte Snakebite. »Wir sind hierhergekommen, um bei einer Reunion-Tournee der Texas Jewboys zu spielen, und genau das werden wir auch tun.«

»Die ganze Welt wartet auf uns«, sagte Willie. »Das ist jetzt nicht die Zeit, sich zu verdünnisieren.«

»Wir brauchen noch ein paar Typen«, sagte ich. »Roscoe West macht sich zur Zeit sehr gut als Künstler. Washington Ratso ist dabei, in der Hauptstadt unserer Nation eine große Nummer in den Fernsehnachrichten zu werden. Van Dyke Parks schreibt nicht nur Filmmusik, sondern ist auch ein ausgezeichneter Harvard-Dozent. Country Joe Mankiewicz ist ein großer Hollywood-Produzent geworden. Es könnte schwer werden, diese Typen davon zu überzeugen, daß das, was sie tun, nicht wichtiger ist, als in einer Country-Band zu spielen.«

Panama zündete eine Kent an. »Nichts auf der Welt«, sagte er, »ist wichtiger, als in einer Country-Band zu spielen.«

In dieser gelösten Stimmung schenkte uns James Clare eine Runde aufs Haus aus. Ich dachte an einige der großen Musiker, die ich gekannt und geliebt hatte und die zu Jesus gegangen waren und ihre Musik nie wieder live spielen würden. Lowell George, Phil Ochs, Jimmie Don Smith, Mike Bloomfield, Ron Slater, Buffalo, Paul Butterfield, David Blue, Jesse Ed Davis. Und ich dachte an Tom Baker, der kein Musiker war, aber wunderschöne Musik in der Seele hatte. Und ich dachte an John Belushi, der den Blues liebte.

Ich sah Billy Swan an. Er zuckte mit den Achseln. Dann lächelte er. Dann sah ich, wie mich aus seinen Augen Millionen von Straßenmeilen munter anstrahlten.

»Nun«, sagte ich, »worauf warten wir noch?«

»›On the road again‹«, sagte Dylan.

Gegen Mitternacht kam Kelli ins Loft rüber. Ich schenkte uns gerade ein paar Drinks ein, als Winnie anrief, um sich noch mal für das wunderschöne Porträt von Andy Warhol zu bedanken.

»Alle meine Mädels beten es an«, sagte Winnie. »Es ist so unwiderstehlich und sensibel. Ich weiß nicht, wie der Künstler es geschafft hat, Andy so vollständig einzufangen. Es *wurde* in Öl gemalt, oder?«

»So was Ähnliches«, sagte ich.

Als ich Winnie eingehängt hatte, erzählte ich Kelli die ganze Story über Tequila und Sharon und die Texas Jewboys und Travis Parnell. Als ich mit der Story fertig war, schenkte ich uns noch einen steifen Schuß ein und machte einen Trinkspruch.

»Auf Anna Pavlova«, sagte ich, »die große Ballerina, deren letzte Worte lauteten: ›Bringt mir mein Schwanenkostüm.‹«

Wir machten die Schnäpse nieder.

Dann fragte Kelli: »Woher weißt du von Anna Pavlova?«

»Es ist mein Job, Dinge zu wissen«, sagte ich.

»Dann gibt es was, was ich gerne wissen würde«, sagte die Tänzerin. »Du sagtest, alle Typen aus der Band hätten mit Sharon geschlafen. Hast *du* mit Sharon geschlafen?«

Ich ging zum Fenster rüber und sah, wie der Pazifische Ozean die nächtliche kalifornische Küste umarmte. Sommerzeit. Ein kleines Motel in der Nähe von Malibu. Die Beine einer anderen Tänzerin, geschmeidig und erotisch. Ein Hauch von Jasmin. Ein Geschmack nach Meer.

»Hast du mit ihr geschlafen?« fragte Kellis fast flehentliche Stimme über meine Schulter hinweg.

Mein Blick streunte weiter die Küste hinunter zu einem einsamen Zedrachbaum. Ich drehte mich um und sah in Kellis Augen. Hoffnung glühte grün darin. Sie wollten gerne glauben. Für einen kurzen Moment sah ich ein Kindergesicht, das mal mit altem Weihnachtsschmuck gesprochen hatte. Vielleicht *war* die Rückseite des Weihnachtsbaums ein wichtiger Platz.

Das Leben ist eine Reihe großer Augenblicke, dachte ich. Enttäuschungen, Vergnügungen, Tragödien, Träume, Mißerfolge und Triumphe, alle zusammen aufgezogen wie eine mickrige indianische Halskette.

»Nein«, sagte ich.

Kelli lächelte. Dann nahm sie meine Hand. Dann führte sie mich ins Schlafzimmer. Dann tanzten wir zum allerersten Mal zusammen.

Vor meiner Zeit

Roman. Aus dem Englischen von Michael Walter. Umschlagbild von Nikolaus Heidelbach. Neuausgabe.

Der Roman einer Eifersucht: Wenn Männer zu sehr lieben. Neuausgabe von *Als sie mich noch nicht kannte* anläßlich des Shakespeare-Preises für Julian Barnes.

GEORGE BAXT

Mordfall für Alfred Hitchcock

Kriminalroman. Aus dem Amerikanischen von Ruth Keen. Umschlagbild von Michael Sowa. Deutsche Erstausgabe.

München 1925: Hitch dreht seinen allerersten Film, Mordfälle in seiner Crew bleiben ungeklärt; zwanzig Jahre später pocht die Vergangenheit beim Mord-Meister an die Tür.

Mordfall für Tallulah Bankhead

Kriminalroman. Aus dem Amerikanischen von Gertraude Krueger. Umschlagbild von Nicky Zann. Deutsche Erstausgabe.

New York 1952: McCarthys Kommunistenverfolgung ist in vollem Gange. Es treten u.a. auf: die Nervensäge und Schauspielerin Tallulah Bankhead und das Reff Dorothy Parker.

Mordfall für Greta Garbo

Kriminalroman. Aus dem Amerikanischen von Werner Schmitz. Umschlagbild von Klaus Dill. Deutsche Erstausgabe.

Hollywood 1944: Sogar Los Angeles wird aus Angst vor Luftangriffen nächtens verdunkelt. Ein teuflischer Plan hat die Garbo zur neuen Mata Hari auserkoren.

W. ARNOLD BREUER

Interview mit einer Toten

Roman einer Ermittlung. Umschlagbild von Nikolaus Heidelbach. Erstausgabe.

Eine ermordete Prostituierte auf St. Pauli: für die Polizei ein routinemäßig unerledigter Fall. Nicht so für die ›Gesellschaft zum Schutz vor Gewalt gegen Frauen‹ – obwohl die Frau lange ein Mann war.

EDMUND CRISPIN

Der wandernde Spielzeugladen

Kriminalroman. Aus dem Englischen von Andreas Vollstädt. Umschlagbild von Nikolaus Heidelbach. Deutsche Erstausgabe.

Eine ermordete Lady liegt im Spielzeugladen. Kurz darauf ist die Leiche weg – und der Laden auch. Kein leichtes Spiel für den Spezialisten: Gervase Fen, Amateurdetektiv und Oxford-Don.

PHILIP K. DICK

Autofab

Sämtliche SF-Geschichten in 10 Einzelbänden, Band 7. Aus dem Amerikanischen von Thomas Mohr. Umschlagbild von Nikolaus Heidelbach. Deutsche Erstausgabe.

Der Metaphysiker unter den SF-Autoren: kein anderer hat so ziemlich alle philosophischen Grundprobleme von der Erkenntniskritik bis zur Moraltheologie in eine unvergeßlich spannende Handlung gebracht.

Zur Zeit der Perky Pat

Sämtliche SF-Geschichten in 10 Einzelbänden, Band 8. Aus dem Amerikanischen von Thomas Mohr. Umschlagbild von Nikolaus Heidelbach. Deutsche Erstausgabe.

»Gemessen an Dicks schwarzem Pessimismus erscheint Schopenhauers Weltanschauung als helle Freude am Leben.«
Stanislaw Lem

Black Box

Sämtliche SF-Geschichten in 10 Einzelbänden, Band 9. Aus dem Amerikanischen von Clara Drechsler. Umschlagbild von Nikolaus Heidelbach. Deutsche Erstausgabe.

»Philip K. Dick ist bis heute der innovativste amerikanische Science-Fiction-Autor.« *Wolfram Knorr/Weltwoche*

Blade Runner

Science-Fiction-Roman. Aus dem Amerikanischen von Norbert Wölfl, durchgesehen und ergänzt von Jacqueline Dougoud. Umschlagbild von Klaus Dill. Erweiterte Neuausgabe.

Der Roman diente als Vorlage für Ridley Scotts Kultfilm, mit dem Harrison Ford als *Blade Runner* zum Weltstar wurde.

JÜRGEN EBERTOWSKI
Maltagold
Kriminalroman. Klassisches Umschlagbild. Erstausgabe.

Ritter, Rommel, Reiserummel. Ein Krimi durch 500 Jahre europäisch-maltesisch-türkische Geschichte voller Reiselust und Goldgier.

AARON ELKINS
Fluch!
Ein Gideon-Oliver-Krimi. Aus dem Amerikanischen von Jürgen Bürger. Umschlagbild von Nikolaus Heidelbach. Deutsche Erstausgabe.

Der Anthropologe Gideon Oliver auf Ausgrabung und als Knochen-Detektiv auf der Suche nach dem Mörder eines sehr alten Maya.

KINKY FRIEDMAN
Lone Star
Ein Kinky-Krimi. Aus dem Amerikanischen von Hans-Michael Bock. Umschlagbild von Nikolaus Heidelbach. Deutsche Erstausgabe.

Ein Serienkiller legt nacheinander sämtliche Sänger um, die in New Yorks Country-Music-Club »Lone Star« auftreten; auch Kinky von den »Texas Jewboys« soll wieder einmal vorsingen.

Wenn die Katze weg ist ...
Ein Kinky-Krimi. Aus dem Amerikanischen von Hen Hermanns. Umschlagbild von Nikolaus Heidelbach. Deutsche Erstausgabe.

... tanzen die Mäuse auf dem Tisch. Ein haariger Fall für den »Texas Jewboy«: Der Kinkster wird von einer Raubkatze in Menschengestalt wie Großwild niedergestreckt. Doch damit geht der Tanz erst los ...

Frequent Flyer
Ein Kinky-Krimi. Aus dem Amerikanischen von Georg Deggerich. Umschlagbild von Nikolaus Heidelbach. Deutsche Erstausgabe.

Kinky kriegt eine Einladung zur Beerdigung seines Kumpels aus alten gemeinsamen Militärzeiten. Doch der da begraben wird, ist nicht sein Kumpel. Dafür kommt Carmen, und das stark.

Nie wieder Tequila

Ein Kinky-Krimi. Aus dem Amerikanischen von Hen Hermanns. Umschlagbild von Nikolaus Heidelbach. Deutsche Erstausgabe.

Tequila ist der erste. Dann werden weitere Mitglieder der ehemaligen Kinky-Country-Band »Texas Jewboys« umgenietet. Einer nach dem anderen. Schön der Reihe nach. Bis F wie Friedman.

SUSAN GEASON

Fish im Trüben

Syd-Fish-Kriminalgeschichten. Aus dem australischen Englisch von Hen Hermanns und Henner Löffler. Umschlagbild von Nikolaus Heidelbach. Deutsche Erstausgabe.

Wie Fish vom Privatsekretär eines Politikers zum Privatdetektiv und selbständigen Unternehmer umsattelt und Australien nicht nur von der Sonnenseite besieht.

ROBERT GERNHARDT

Die Falle

Eine Weihnachtsgeschichte. Erste, durchgesehene und vom Verfasser bebilderte Einzelveröffentlichung in Buchform.

Fröhlich kommt der Weihnachtsmann, von den Kindern seligen Blickes erwartet, für die Eltern allerdings beileibe nicht nur gnadenbringend.

MAX GOLDT

Quitten für die Menschen zwischen Emden und Zittau

Aus Onkel Max' Kulturtagebuch. Mit vielen Fotos. Umschlagbild von Michael Sowa. Erstausgabe.

Die komische Kulturgeschichte der Jetztzeit eines seriösen Humoristen.

Die Radiotrinkerin

Ausgesuchte schöne Texte. Mit einem Vorwort von Robert Gernhardt. Umschlagbild von Michael Sowa. Neuausgabe.

»Ein reines Goldt-Konzentrat.« *Robert Gernhardt*

Schließ einfach die Augen und stell dir vor, ich wäre Heinz Kluncker

Ausgesuchte Texte 1991–1994. Umschlagbild von Michael Sowa. Erstausgabe.

Allerlei Gesammeltes aus vier Jahren: Erzählungen, Hörspiele, Interviews, Witzvariationen, Essays, Betrachtungen und »Dramolettfetzen«.

STEPHEN GREENLEAF
Blutgruppe

Ein John-Marshall-Tanner-Krimi. Aus dem Amerikanischen von Sepp Leeb. Umschlagbild von Nikolaus Heidelbach. Deutsche Erstausgabe.

Wie Blutkonserven entstehen und gehandelt werden. Wer Blut braucht, kann sich den Spender nicht aussuchen. Lebensrettung mit letalem Ausgang.

ECKHARD HENSCHEID
Über die Wibblinger

Geschichten und Bagatellen. Umschlagbild von F.W. Bernstein. Neuausgabe eines Teilklassikers.

Vereint, abzüglich der Erzählungen, alle Bagatellen aus dem lang vergriffenen Sammelband *Ein scharmanter Bauer* von 1980. Möge Gott dem Werke ein erquickendes Wohlwollen überwölben!

ECKHARD HENSCHEID & BERND EILERT
Eckermann und sein Goethe

Ein Schau-/Hörspiel getreu nach den Quellen. Mit Zeichnungen auch auf dem Umschlag von F. W. Bernstein. Neuausgabe.

Ein Genie zum Ansehen und Zuhören: Goethe, wie er trinkt und kracht.

HEN HERMANNS
Maximum Trouble

Ein Max-Reinartz-Krimi. Umschlagbild von Nikolaus Heidelbach. Erstausgabe.

Ein neuer Fall für Kölns einzigen taoistischen Investigator. Diesmal dabei: Wohnungssuchende, Werbende, Liebende, Makler- und ganz frische Stasi-Opfer.

H. P. KARR &
WALTER WEHNER
Geierfrühling

Ein Gonzo-Krimi. Umschlagbild von Nikolaus Heidelbach. Erstausgabe.

Von Pennern, Strichern, Nutten, Junkies, kriminellen Rechten, kriminellen Türken, schwarzen Sheriffs und grünen Minnas im Revier. Und immer und überall dabei und plötzlich auch mittendrin: Geier Gonzo, unser Kameramann.

DAN KAVANAGH
Schieber-City

Ein Duffy-Krimi. Aus dem Englischen von Michel Bodmer. Umschlagbild von Nikolaus Heidelbach. Neuübersetzung.

Die heißeste Ware, die schmierigsten Schmuggler und härtesten Schieberringe am Londoner Heathrow Airport legen sich um Duffy.

HANNS KNEIFEL
Der Traum der Maschine

Phantastischer Science-Fiction-Roman. Umschlagbild von Nikolaus Heidelbach. Neuausgabe.

Nicholas Morgeaux' Alter ego Nig ist in ferner Zukunft auf der Suche nach bewohnbaren Planeten.

CONNY LENS
Verliebt in den Tod

Ein erotischer Kriminalroman. Umschlagbild von Nikolaus Heidelbach. Erstausgabe.

Wenn Lesben zu sehr lieben …

BOB LEUCI
Captain Butterfly

Kriminalroman. Aus dem Amerikanischen von Peter Torberg. Umschlagbild von Nikolaus Heidelbach. Deutsche Erstausgabe.

Eine Frau fällt und steigt auf bei der Polizei der Polizei. Doch der Machtkampf hat erst begonnen.

Auf der Kippe

Kriminalroman. Aus dem Amerikanischen von Jürgen Bürger. Umschlagbild von Nikolaus Heidelbach. Deutsche Erstausgabe.

Washington, D.C.: Hauptstadt der Weltmacht Nr. 1. Und die Stadt mit der höchsten Kriminalitätsrate der Welt. Neben dem Weißen Haus sieht's schwarz aus und geht's finster zu.

MONTY PYTHON

Der Sinn des Lebens

Vollständiges Drehbuch mit vielen Fotos und zusätzlichen Szenen. Aus dem Englischen von Bernd Eilert. Umschlagbild von Terry Gilliam. Deutsche Erstausgabe.

Die ultimative Lebenshilfe: Wem das nicht hilft, dem ist nicht zu helfen.

Das Leben Brians

Drehbuch mit vielen Fotos und zusätzlichen Szenen. Aus dem Englischen von Michel Bodmer. Umschlagcollage von Terry Gilliam. Neuausgabe.

»Ich wollte, ich hätte dieses Drehbuch geschrieben.«

Anthony Burgess

Der Heilige Gral

»Die Ritter der Kokosnuß«

Drehbuch mit vielen Fotos und zusätzlichen Szenen. Aus dem Englischen von Karsten Singelmann. Umschlagcollage von Terry Gilliam. Deutsche Erstausgabe.

Die Wahrheit über König Artus, die Ritter der Tafelrunde und ihre Suche nach dem Heiligen Gral.

EUGEN NETER

Paarungen für eine Hand

Scharfe Geschichten. Mit einer Umschlagvignette von Félicien Rops. Erstausgabe.

Pralle und spritzige Ereignisse, strotzend und protzend von Lebenskraft und -saft.

ELLIOT PAUL
Mickey Finn

Ein Homer-Evans-Krimi. Aus dem Amerikanischen von Michael Schulte. Umschlagbild von Nikolaus Heidelbach. Deutsche Erstausgabe.

Ein reicher Amerikaner im Paris der zwanziger Jahre gerät in einen Strudel von Steuerhinterziehung, Raub und Mord.

DAVID M. PIERCE
Rosen lieben Sonne

Ein Vic-Daniel-Krimi. Aus dem Amerikanischen von Ulrich Hoffmann. Umschlagbild von Nikolaus Heidelbach. Deutsche Erstausgabe.

Für einen butterweichen Job ist Discount-Detektiv Vic Daniel mit seinem knochenharten Witz genau der Richtige.

Hear the Wind Blow

Ein Vic-Daniel-Krimi. Aus dem Amerikanischen von Ruth Keen. Umschlagbild von Nikolaus Heidelbach. Deutsche Erstausgabe.

Discount-Detektiv Vic und der Fall vom illegalen Einwanderer aus dem Süden direkt in die Falle.

Angels in Heaven

Ein Vic-Daniel-Krimi. Aus dem Amerikanischen von Ulrich Hoffmann. Umschlagbild von Nikolaus Heidelbach. Deutsche Erstausgabe.

Discount-Detektiv Vic Daniel muß nach Mexiko. Sein Blutsbruder sitzt dort im Knast. Vic soll ihn knacken, den Knast. Sara gibt dafür sogar ihr Punkerleben auf.

GERHARD POLT/
HANNS CHRISTIAN MÜLLER/HANS WELL
Tschurangrati

Der vollständige Text der neuen Revue in den Münchner Kammerspielen. Mit vielen Szenen- und einigen Umschlagfotos von Oda Sternberg. Erstausgabe.

»In der darstellenden Vermischung von Biedersinn und Menschenverachtung, dem Ineinander von Gemütsgetue und Charaktersauereien besteht die Kunst dieses Stücks. Auf geht's, nach Tschurangrati!« *Renate Schostack/FAZ*

HARRY ROWOHLT
Pooh's Corner
Meinungen und Deinungen eines Bären von geringem Verstand. Umschlagbild von Frank Shepard. Erstausgabe.

Die gescheiteste Feier des Lebens, das schlicht schönste Buch dieses Jahres. Harry Rowohlt – ein Name, den man sich merken muß!

WALTER SATTERTHWAIT
Wand aus Glas
Ein Joshua-Croft-Krimi. Aus dem Amerikanischen von Cornelia Philipp. Umschlagbild von Nikolaus Heidelbach. Deutsche Erstausgabe.

Privatdetektiv Joshua Croft soll den Raub eines Kolliers aufklären. Dabei kommt er einer internationalen Schmugglerbande auf die Schliche und in die Quere.

Mit den Toten in Frieden
Ein Joshua-Croft-Krimi. Aus dem Amerikanischen von Christa Krüger. Umschlagbild von Nikolaus Heidelbach. Deutsche Erstausgabe.

Joshua Croft auf der Suche nach einem sehr alten Navajo.

FRANK SCHULZ
Kolks blonde Bräute
Eine Art Heimatroman. Umschlagbild von Udo Kruse. Neuausgabe.

Kolk widerfährt, wovon alle Postboten träumen, wenn sie zweimal klingeln... Der ultimative Kneipen- und Liebesroman.